BROKEN ANGELS

RICHARD MORGAN

ブローケン・エンジェル

リチャ　ーガン

田口俊樹　訳

BROKEN ANGELS
by Richard Morgan

本書をヴァージニア・コッティネッリ――友――に捧ぐ
アルフィレレス（装身具）、カマス（寝床）、サカプンタス（鉛筆削り）

目次

主な登場人物

タケシ・コヴァッチ……………元エンヴォイ・コーズ（特命外交部隊）隊員、カレラ機甲部隊中尉
ヤン・シュナイダー……………ケンプ軍の脱走兵、民間のパイロット
ターニャ・ワルダーニ……………考古学者
ジョコ・ロエスピノエジ……………商人
マルシアス・ハンド……………マンドレーク社重役
セメテア……………ソウル・マーケットのスタック売買業者
マーカス・スジアディ……………ソウル・マーケットで調達された、元保護国軍隊長
オール・ハンセン……………同、爆破ユニット戦闘員
イヴェット・クルイックシャンク……………同、奇襲作戦部隊戦闘員

ジャン・ジャンピン……同、ステルス部隊小隊長
アメリ・フォンサヴァート……同、ステルス部隊小隊長
リュック・ドゥプレ……同、パイロット
スン・リピン……同、ステルス部隊軍曹
アイザック・カレラ……同、システム士官
トニー・ロエマナコ……カレラ機甲部隊司令官、タケシ・コヴァッチの上官

カレラ機甲部隊隊員、タケシ・コヴァッチの部下

第一部

傷ついた部隊

戦争はいやな人間関係のようなものだ。
そんな関係は誰しも断ち切りたいと思う。
しかし、その代償は？　それより重要なのはおそらくこういうことだろう。
関係を断てたとして、そのあとどれだけよりよい生活が待っている？

クウェルクリスト・フォークナー『戦闘日記』

第一章

　ひどい痛みに耐えながら、おれがヤン・シュナイダーに初めて会ったのは、サンクション第四惑星のぼろぼろの雲の上、地上三百キロの軌道上に浮かぶ保護国の軌道病院の中でだった。建前としてはサンクション星系に保護国のものがあるのはおかしい。形ばかりの惑星政府は掩蔽壕《えんぺいごう》から、これはあくまで内政問題だと言い張っており、地元企業の大物たちも今のところは暗黙のうちにその主張を認めているのだから。

　その結果、ジョシュア・ケンプがインディゴ・シティに革命旗を翻して以来、サンクション星系にある保護国の船はみな認識コードを変え、地元のさまざまな関連企業に長期でリースされ、さらに税控除を受けて、政府に貸し出されていた。だから、ケンプ軍の予想外に効果的な中古の襲撃爆弾攻撃を免れた船は、戦争が終われば、リース期限が切れるまえに保護国籍に戻され、誰もが手を汚さない形で、損失はここでもまた税金で帳消しにされるのだろう。いずれにしろ、軌道を制しているのは保護国の宇宙船を得た政府側で、ケンプ軍との戦闘で負傷した古参兵は安全に前線からシャトルで後方に送られていた。それがどちらの側につくか決める際のおれの一番の決め手になった。どのみち、この戦争は醜い戦争になりそうな様相を呈してはいたが。

シャトルは巨大な弾薬供給ベルトに似ていなくもない装置を使って、おれたちを病院の格納庫デッキに直接降ろした。効率至上主義で何十というカプセル・ストレッチャーが次々に放り出され、おれはウィングの上を通り、シャトルの甲高いエンジン音がフェイドアウトしていくのを聞きながら、がたごととデッキに運ばれた。カプセルが開かれると、格納庫の空気がはいり込み、それまで真空状態にあった深宇宙の冷たさでおれの肺を刺激し、顔にもどこにもかしこにも瞬時に氷の薄い皮膜ができた。

「あなた！」ぴりぴりしてざらついた女の声がした。「どこか痛むところは？」

おれはまばたきをして、眼に貼りついていた氷を払い、血のりがべったりとこびりついている自分の戦闘服を見おろして、声を絞り出した。

「あててみてくれ」

「衛生士！　エンドルフィン補助刺激薬と多目的抗ウィルス薬！」女医はおれの上にまた覆いかぶさると、手袋をした指でおれの頭を押さえた。首に皮下スプレーのひんやりとした感触があった。痛みが劇的に和らいだ。「イーヴンフォール前線にいたの？」

「いや」われながらなんとも情けない声だった。「ノーザン・リム。イーヴンフォールはひどいのか？」

「救いようのないボタン頭が戦略核を使ったのよ」女医の声にはひややかな憤りが鎖のようにきつくからみついていた。おれの体をまさぐり、ダメージの程度を調べながら、女医は言った。「ということは、放射能は受けてないのね。化学兵器は？」

おれは戦闘服の襟のあたりを顎で示して言った。「被爆メーターがあるだろ？　見てくれ」

「なくなってる」と女医はこともなげに言った。「肩の大半と一緒に」

「そうか」おれはどうにか平静に答えた。「まあ、クリーンだと思うけど。細胞スキャンはできないのか？」

「ここではね。細胞レヴェルのスキャナーは共同棟にしか置かれてないのよ。あっちがあいたら、検査しましょう」手がおれの体から離れた。「あなたのバーコードはどこに？」

「左のこめかみだ」

　おれが言ったところにこびりついている血を誰かが拭った。レーザー・スキャンをされた感覚が顔にあった。コンピューターが承認の音をたて、処理済ということでおれはひとりにされた。

　執事がコートと帽子を客から受け取る慇懃さと手ぎわのよさで、エンドルフィン補助刺激薬が痛みと意識を薄れさせるのに身も心も任せて、しばらくじっと横たわっていた。今まとっているスリーヴ（体）は再生修理されるのか、それとも新しいスリーヴをまとうことになるのか、心の隅でぼんやりと考えた。カレラの機甲部隊は〝不可欠な〟兵士のためのスリーヴ銀行をいくつか持っている。カレラ軍側についた元エンヴォイ・コーズ（特命外交部隊）のたった五人の傭兵のひとりとして、おれはまちがいなくエリートとして登録されているはずだった。ただ、〝不可欠〟というのは両刃の剣で、そこが厄介なところだ。全身交換まで含め、エリートとしての治療は受けられても、そうした治療の目的はできるだけ早い機会にまた戦場に送り出すことなのだから。一方、修復不能なほど体に損傷を受けたプランクトン・レヴェルの兵士に残されるのは、各自脊柱の一番上の心地よい住処に埋められている大脳皮質スタックだけだ。保管容器に放り込まれ、そこでたぶん戦争が終わるまで保存されることになる。それもまた理想的な出口とは言えない。自分たちの兵士の面倒をよくみることで知られるカレラの機甲部隊ながら、新たなスリーヴがもらえる保証はどこにもないからだ。それでも、叫びだしたくなるような混沌の数ヵ月を過ごしたあとでは、スリーヴのないスタックだけになって、意識をなくしたまま保管されることがなんとも魅力的に思えないでもなかった。

「大佐。ちょっと、大佐」

エンヴォイの特殊技能がおれの意識を覚醒させていたのか、それとも脇で聞こえた声で眼が覚めたのか。おれはゆっくりと首をめぐらして、声の主を見た。

そいつもストレッチャーに寝かされていた。驚くほどこわそうな黒髪をした筋骨逞しい若者だった。エンドルフィンを打たれてぼうっとはしていたが、それでもなお鋭敏な知性が感じられる顔をしていた。おれと同じ機甲部隊の戦闘服を着ていた。が、体に合っていなかった。戦闘衣にあいた穴と体にできた穴とが一致していなかった。バーコードがあるはずの左のこめかみをブラスターにやられていて、所属も名前も正確にはわからなくなっていた。うまい具合に。

「おれに話しかけてるのか?」

「そうです」男は頭をもたげて片肘をついた。おれより打たれたエンドルフィンの量がだいぶ少ないようだった。「おれたち、やりましたよね。ケンプは逃げ出さざるをえなくなった、でしょ?」

「そりゃ面白い見方だ」第三九一小隊がずたずたにされるさまが一瞬脳裏に甦った。「だったら、ケンプはどこへ逃げたと思う?　言っとくが、ここが彼の惑星だってことを忘れないようにな」

「自分は、その、ただ思っただけです——」

「だったら思わないことだ。雇用契約書を読まなかったのか?　口を閉じて息を節約することだ。息苦しくなったときに備えて」

「え、ええ。わかりました」おれのことばが意外だったのか、男はまず息を呑んでからそう言った。まわりのストレッチャーからも同じような気配があり、カレラの機甲部隊の将校が今のおれのような口を利くのに驚いているのは、その若い兵士だけではないことは容易にわかった。これはたいていの戦争について言えることだが、サンクション第四惑星でも、それまで堅牢だったものが揺らいでいた。

「もうひとつ」

「なんです、大佐？」

「このおれの戦闘服は中尉のものだ。そもそも機甲部隊に大佐などという階級はない。覚えておくんだな、機甲部隊の軍服を着てるんだから」

そこで体のあらゆる個所から気まぐれな痛みが湧き起こった。おれの脳の戸口の番をしている用心棒――エンドルフィンの制止を振り切り、中にはいり込んだ痛みがダメージを訴えていた。耳を傾けてくれる者には誰彼かまわず叫んでいた。それまでおれの顔に貼りついていた笑みがイーヴンフォールの街の眺めと同じように溶けだした。おれはただひたすら叫ぶこと以外、あらゆることに興味をなくした。


次に眼が覚めると、体のすぐ下で水がひたひたとやさしく揺れていた。やさしい陽の光が顔と腕にあたっていた。榴散弾でずたずたになった戦闘服をいつのまにか脱がされ、機甲部隊の袖なしTシャツに着替えさせられていた。片手を動かすと、年季が入ったなめらかな木の板に指先が触れた。それも温かかった。瞼の内側で陽の光が躍っていた。

痛みは消えていた。

上体を起こした。ここ数ヵ月で一番いい気分だった。フィヨルドか入り江のように見える海上に十メートルほど突き出した、簡素な造りの小さな桟橋の上にいた。両側に低くて丸い山が見え、フィヨルドか入り江はそこまで延びていた。頭上ではふわふわした白い雲が気ままに飛び散っていた。水面からアザラシの家族が顔をのぞかせ、胡散臭そうにおれを見ていた。

おれの体はノーザン・リム攻撃のときと同じアフロ・キューバンの戦闘用スリーヴだった。損傷も傷痕もどこにもなかった。

ということは……

桟橋の板をこするような足音がうしろから聞こえてきた。おれはすばやく振り向いた。反射的に腕が胎児のように身を守る体勢を取っていた。おれのスリーヴには近接察知機能が備えられているので、現実の世界では誰もおれに気づかれずに背後から近づくことはできない。身構えてからそのことに気がついた。

「タケシ・コヴァッチ」軍服を着た女がすぐそばに立っていた。おれの名をアマングリック語風の〝コヴァック〟ではなく、スラヴ語風に〝コヴァッチ〟と過たず発音していた。「回復スタックへようこそ」

「どうも」おれは差し出された手を無視して立ち上がった。「おれはまだ病院にいるのか？」女は首を振り、とがった顔にかかった豊かな銅色の髪をうしろに払った。「あなたのスリーヴはまだ集中治療中だけど、あなたの今の意識は機甲部隊第一ストレージにデジタル移送されたの。あなたの体が回復するまで」

おれはあたりを見まわして、また太陽を見上げた。ノーザン・リムは雨の多いところだ。「機甲部隊第一ストレージはどこにあるんだ？　いや、それは機密事項か？」

「悪いけど」

「しかし、おれにはどうしてそれが機密事項だとわかったのか」

「あなたは保護国政府とも関係があったわけだから、当然それぐらいのことは――」

「説明には及ばない。ただ軽口を叩いただけだ」このヴァーチャル・フォーマットはどこにあるのか。だいたい見当はついた。通常、惑星間戦争時には、低アルベドの秘密宇宙ステーションをばかばかしいほど遠い楕円軌道に乗せるものだ。軍の交通手段に支障が出ないように。そして、これには見つかりにくいという利点がある。教科書にならって言えば、宇宙は広いのだ。

「ここのヴァーチャルの時間比率は？」

「リアル・タイムと同比になってる」と女は即答した。「比率は上げられるけど」

比率を三〇〇倍ぐらいにして、おそらくはさほど長くはないこの回復期を引き延ばすというのも魅力的に思えたが、いずれリアル・タイムに戻されてまた戦場に引き出される場合を考えると、いささかためらわれた。戦闘感覚を鈍らせたくなかった。それに、そもそも機甲部隊の司令官がそういう引き延ばしを認めてくれるとも思えなかった。こうした美しい自然の中で隠者よろしくふた月ものんびり暮らしたら、どんな無差別殺人のプロでも士気を落とす。

「あなた用の設備もあるわ」と女は言って指差した。「気に入ったら、部分修正もできる」

おれは伸ばされた腕の先を見た。長い砂浜のへりに――カモメの翼のような突起物の下に――ガラスと木でできた二階建ての建造物が見えた。

「悪くはなさそうだ」あいまいな性欲が体の中でうごめいた。「きみはおれの個人間関係の理想形としてここにいるのか?」

女はまた首を振った。「わたしは機甲部隊第一システム全体のコンストラクトよ。肉づきは保護国最高司令部のルシア・マタラン中将がモデルになってる」

「その髪で?　冗談だろ?」

「わたしにはある程度裁量権が与えられてる。あなた自身の個人間関係の理想形をつくってほしい?」

時間高比率のヴァーチャル・フォーマット同様、ちょっと心がそそられた。が、やるか、やられるかといった機甲部隊での荒っぽい六週間を過ごしたあとでは、何よりしばらくひとりになりたかった。

「考えておくよ。ほかには何がある?」

「アイザック・カレラからの録画ブリーフィングがあるんだけど。家のほうに保管しておく?」

「いや、ここで見せてくれ。何か入り用なものがあったら連絡するよ」

「ご随意に」コンストラクトは少しだけ頭を傾げた。そのとたんいなくなった。そのあとに機甲部隊の黒い礼装を身につけた男が姿を現した。短く刈り込んだ黒い髪には白いものがちらほらと混じり、黒い眼をした高貴な顔立ちには深い皺が刻まれていた。厳しさと寛容さが同時に感じられる表情を浮かべ、今でも戦場で通用する体型を維持しているのは軍服の上からでも見て取れた。真空コマンドの元司令官にして保護領内で最も恐れられている傭兵部隊の創設者。模範的な兵士にして司令官にして卓越した戦術家。ほかに選択の余地がないときには有能な政治家になることもある。ごくまれに。

「コヴァッチ中尉、録画ブリーフィングですまないが、イーヴンフォールの戦況は惨憺たるものでね。どうリンクをセットアップしている余裕さえないていたらくだ。きみのメディカル・レポートを見た。どうやらきみのスリーヴは十日前後で修復可能なようだ。ということは、クローン銀行という選択肢はなくなったわけで、私としてはできるかぎり早くノーザン・リムに戻ってほしいところだが、実際のところ、あそこはしばらくは足踏み状態が続きそうだ。きみがいなくても二、三週間はなんとか持つだろう。それより、このブリーフィングには最後の戦闘でこうむった損害に関する最新状況レポートがついているので見てほしい。ヴァーチャルにいるあいだに、エンヴォイの特殊技能を使って分析しておいてほしい。ノーザン・リム戦線には今までとは異なる発想の戦略が必要なのは誰の眼にも明らかだ。ノーザン・リム一帯を掌握すれば、結果的に主要な九つの攻撃目標のうちのひとつを……」

おれはもう動いていた。栈橋を歩いて戻り、一番近い丘に向けて砂地の斜面をのぼった。雲が上空を行き過ぎていたが、嵐を沖合に予感させるほど空の色は黒くなっていなかった。充分高いところまで行けば、入り江の景観が望めるはずだ。

栈橋の上のホロ・プロジェクションから離れると、カレラの声が消えた。人は誰も聞いていていないブリーフィングになった。聞く以外ほかにこれといってすることのないアザラシしか聞いていないブリーフイングに。

第二章

結局、一週間の隔離生活になった。

といって、一週間が過ぎるのがもどかしく感じられたことはなかったが。下界では、サンクション第四惑星の北半球をいたぶりながら、互いに殺し合いを演じている男と女の上に、騒がしい雲が雨を降らせていた。より興味深い下界の詳細は、定期的におれのところにやってくるコンストラクトから聞くことができた。ケンプの盟友たちがオフワールド（外界）から保護国の封鎖網を突破しようとして失敗し、惑星間輸送船を無駄にしていた。特定できない地域から撃たれたいくらかましなスマート爆弾が保護国の戦艦を撃破していた。北東地帯で機甲部隊やそのほかの傭兵部隊がケンプのエリート護衛隊に押される一方、熱帯地方では政府軍がよく持ちこたえていた。イーヴンフォールでは今でもまだ煙が立ち昇り、火が燻《くすぶ》っていた。

隔離生活は少しももどかしくなかった。それはさっき言ったとおりだ。

再スリーヴ室で眼が覚めた。化学物質のせいにしろ、頭から爪先まで、気力も体力もみなぎっていた。軍人病院ではダウンロードの直前に自己満足薬を注射する。言ってみれば、軍隊式のウェルカム・パーティみたいなもので、そういう薬を与えられた者は、許可さえおりれば今すぐにでも単身、悪玉に立ち向かいたくなる。このクソみたいな戦争に片手で勝利できそうな気分になる。明らかに効果のある薬だ。が、そういった愛国カクテルのプールを泳ぎながらも、ちゃんと機能する五体と器官がフルセットで新しくなったことが、おれにはただ単純に嬉しかった。

もっとも、それも女医と話すまでのことだったが。

「あなたを予定より早く引き出したのは」その声を聞くかぎり、シャトルのデッキで見せた怒りはいくらか収まっているようだった。「機甲部隊司令部から命令があったから。あっちにはあなたの全快を待ってるだけの余裕がないみたい」

「おれはもうどこも具合は悪くないが」

「そりゃそうでしょうよ。あなたは耳の高さまでどっぷりエンドルフィンに浸かってるんだから。エンドルフィンの効果が消えると、左肩の機能がまだ三分の二ぐらいしか戻ってないのがわかるはずよ。そうそう、それから肺にもまだダメージが残ってる。ゲラン20による傷よ」

おれは眼をぱちくりさせた。「やつらがそんなものをばら撒いたとは知らなかったな」

「ええ、表向きは誰も使ってない。まあ、秘密攻撃の勝利ということね」彼女はしかめっつらをつくりかけて途中でやめた。くたびれきって、そんなことをするのさえ面倒なようだった。「とにかくそこのところはきれいにして、傷がひどいところは再生バイオウェアを施して、二次感染防止処置もしておいたから、まあ、二ヵ月もあれば、たぶん完治すると思うけど、でも……」彼女は肩をすくめた。

おれは軽く体を動かしてみようと思い、病院の中央デッキを歩いてみた。傷ついた肺に思いきり空気を入れてみた。肩をまわしてみた。デッキはおれと同じように傷を負って、おれと同じことをしている男女であふれていた。中には見知った顔もあった。

「中尉！」

トニー・ロエマナコ。急速再生バイオが埋め込まれたところに緑のタグが取り付けられ、それがあばたのように見えるずたずたの肉片マスクのような顔をしていた。それでも笑っていた。左半分の歯が奥まで何本も見えすぎた。

「脱出したんですね！　よかった、ほんとによかった！」

彼はほかの大勢の患者たちのほうを見た。

「おい、エディ。クォック。中尉も助かったんだ」

クォック・ユエン・イー。彼女のほうは両眼とも眼窩にオレンジ色の組織培養ゼリーを詰められていた。外付けのマイクロカメラが頭蓋骨に取り付けられていて、当座のビデオスキャンに間に合うようにしてあった。手は黒い骨格カーボンファイバーで再生中だった。新しい組織は濡れていて、赤い肉がまだ剝き出しになっていた。

「中尉！　わたしたちはてっきり――」

「コヴァッチ中尉！」

エディ・ムンハルト。体の動きを補強するリハビリ用のモービリティ・スーツを身につけていたが、スーツ越しにもスマート榴散弾が慈悲深く残してくれた右腕と両脚の残骸からバイオが再生しているのがわかった。

「また会えるなんて、中尉！　全員が、ほら、快方に向かってます。あとふた月もすれば、三九一小隊はまた戦場に戻って、ケンプ主義者どものケツを思いきり蹴飛ばしてやれる。心配なんか要りません、全然」

今のカレラの機甲部隊の戦闘スリーヴは〈クマロ・バイオシステム〉社のもので、クマロの戦闘バイオの最新技術は魅力的な特注品を多く提供しているが、中でも私情にとらわれない暴力能力を高めてくれる神経伝達物質遮断システムは名高い。スピードと残虐性が加味されたオオカミの遺伝子。それに涙なしには語れない忠誠心高揚機能。ずたずたにされながらも生き残った小隊の隊員に囲まれ、おれは咽《の》喉《ど》の奥が痛くなりはじめた。

「でも、おれたちもよくやったよ、だろ？」とムンハルトが一本残った左腕を魚のひれのように動かして言った。「昨日フラッシュを見たんだけど」

クォックのマイクロカメラが精密油圧装置の音をたてながら回転した。

「また新たに三九一小隊を結成するんですか、中尉？」

「それはまだ――」

「おい、ナキ、どこにいた？　中尉だ、中尉がここにおられる！」

そのあとおれは中央デッキに近づくのをやめた。


シュナイダーがおれに話を持ちかけてきたのはその翌日だった。おれは将校用共同病室の窓から外を眺めていた。煙草を吸いながら。愚かなことに。何を考えてるの⁉　とあの女医が言ったとおり。空飛ぶ鉄片で回復不能なまでに自分の体をずたずたにしたり、発ガン物質で自分の肺を腐食させたりする傾向が同じ人間に備わっている場合、その人間が自分の世話をするということにどれほどの意味がある？

「コヴァッチ中尉」

すぐには彼がわからなかった。人の顔というものは傷によってずいぶん変わって見えるものだ。それに、まえに彼を見たときにはお互い血まみれだった。おれは煙草越しに彼を見て、こいつもおれのせいでこんなことになりながら、おれを誉めたがっているやつのひとりだろうかと、うら淋しく思った。が、彼の仕種の何かがおれの記憶を呼び覚ました。格納庫デッキでおれに話しかけてきた男だ。彼がまだ軌道病院内にいることにおれはいささか驚いた。ほんとうは機甲部隊の隊員でさえないのに、どうやってもぐり込んだのか。将校用病室までやってきたことにはもっと驚いた。おれは坐るように手で彼に示した。

「どうも。おれは……ヤン・シュナイダー」そう言って手を差し出した。おれは会釈で応じた。シュナイダーはテーブルの上の煙草のパックから勝手に一本取った。「感謝してます。あんたが……その……階級のことを黙って――」

「忘れるんだな。おれのほうはもう忘れたから」

「負傷すると、その、怪我が心にあれこれ影響する。記憶にも」――おれは苛々して椅子の上で体を動かした。「だから、負傷のせいでおれは階級も何もごっちゃになって、なんというか――」

「いいか、シュナイダー。そんなことはどうでもいい」おれは無分別に煙草の煙を肺いっぱいに吸い込んで咳き込んだ。「おれの唯一の関心は出口が見つかるまではこの戦争を生き抜くことだ。あれこれご託をまだ並べるつもりなら、ほんものの機甲部隊の隊員におまえを撃ち殺させるぞ。そういう話はもうやめるなら、なんでも好きにすりゃいい。わかったか?」

彼は黙ってうなずいた。が、そこで態度が微妙に変わった。おどおどしたところはただ親指の爪を嚙むところだけになって、おれをじっと見つめた。ハゲワシみたいに。おれが言いおえると、口から指を出して、かわりに煙草を差し込んだ。そして、むしろ愉快そうに窓と窓の向こうの惑星に向けて煙を吐きながら言った。

「まさに」

「何が〝まさに〟だ?」

シュナイダーはまるで密談でもしているかのようにあたりを見まわした。が、共同病室のほかの患者は全員部屋の反対側に集まって、ラティマー製のホロポルノを見ていた。シュナイダーはにやっと笑って、身を寄せてきた。

「まさにおれが探してたものってことだよ。常識を備えた人物。コヴァッチ中尉、あんたにいい話を持ってきたんだ。この戦争から抜け出られる話だ。ただ生きて出られるだけじゃなくて、うんと金持ちになって出られる話。あんたが想像するよりうんとね」

「おれはそもそもうんと想像するほうだが、シュナイダー」

シュナイダーは肩をすくめた。「なんでもいいよ。とにかく大金だ。大金に興味は？」

おれは考えた。シュナイダーの狙いはなんなのか。「ケンプ側に寝返ろうなんていう話ならお断りだ。ジョシュア・ケンプに別に個人的な恨みはないよ。だけど、ケンプはいずれ負ける。だから――」

「政治」とシュナイダーはおれのことばを撥ねのけるような手振りをして言った。「これは政治とはなんの関係もない話だ。戦争にも関係ない。まあ、状況としては同じかもしれないけど。おれはちゃんとした形のあるものの話をしてるんだよ。製品だ。どんな会社だって年商の何割も出して手に入れたくなるようなね」

サンクション第四惑星のようなど田舎にそんなものがあること自体疑わしいだけでなく、それ以上にシュナイダーのような男が持ちかけてきた話というだけで充分疑わしかった。それでもシュナイダーは、事実上保護国の戦艦の中にまぎれ込み、医療を受けているわけだ。臨時政府が出した統計では五十万の男たちが地上でむなしく叫び求めている医療を。もしかしたらほんとうに何かあるのかもしれない。それに、どうにもならないこの現状から抜け出られるかもしれない話は、おれにとってどんなものでもとりあえず聞くだけの値打ちはあった。

おれはうなずいて煙草の火を揉み消した。

「わかった」

「乗るかい？」

「話を聞くだけだ」とおれは事務的に言った。「乗るか乗らないかは話を聞いてからだ」

シュナイダーは頰の内側を吸って口をすぼめた。「そういうことじゃ話を進めていいものかどうか。中尉、おれとしちゃ――」

「おまえにはおれが要る。それはどう見ても明らかだ。そうじゃなきゃ、おれたちはここでこんな話をしてない。さあ、話せよ、聞いてやるから。それとも、機甲部隊の警備兵を呼んで、無理にでもおまえから聞き出すか。そっちがいいか？」

こわばった沈黙ができた。シュナイダーはその沈黙に薄ら笑いをにじませた。血のように。

「そういうことなら」と彼は最後に言った。「おれはあんたを誤解してたみたいだ。記録を見るかぎり、今みたいなのはあんたの性格にはなかったんだけど」

「おまえがアクセスできるどんな記録を見ても、おれのことは、まあ、半分ぐらいしかわからないだろう。後学のために言っておいてやるよ、シュナイダー、おれが最後にいた部隊はエンヴォイ・コーズだ」

おれはシュナイダーの反応を見た。びくついたかどうか。エンヴォイには保護領全土にほとんど神話的といってもいいステータスがある。といって、慈悲深さで知られているわけではない。おれは自分が元エンヴォイだということをここサンクション第四惑星で秘密にしているわけではなかったが、といって、必要がないかぎり自分から明かそうとも思っていなかった。食堂にはいるたびにぴりぴりとした沈黙が流れたり、分別よりニューラケム（超神経化学物質）と移植筋肉をたっぷり仕込んだ若造のトチ狂った挑戦を受けたりしなければならないのが、エンヴォイの名声だからだ。で、三人殺すと（もちろんスタックまで破壊したわけではないが）おれはカレラに譴責《けんせき》された。当然のことながら、司令官というものは身内同士の殺し合いを好まない。兵士のそうしたエネルギーはすべて敵に向けられなければならない。譴責のあと、エンヴォイに関するおれの記録は機甲部隊のデータコアの奥底深く埋められ、表面上、おれは保護国の海兵隊あがりの傭兵ということになった。実際、傭兵の大半がそういう連中だった。

おれが元エンヴォイだとわかってシュナイダーも少しはビビったのかもしれないが、顔色は変わらなかった。前屈みになると、抜け目のなさそうな顔をいくらか険しくして彼は言った。

「エンヴォイ、か？　いたのはいつ？」

「もうだいぶ経つ。どうして？」

「イネニンにはいた？」

彼の煙草の火が赤く光り、おれのほうに迫ってきたように見えた。一瞬、その火に吸い込まれそうになった。赤い火が破壊された壁や汚泥と化した地面を舐めるレーザーの網目模様に見えた。海岸堡が粉砕され、ジミー・デ・ソトがおれの腕の中で抗い、傷の痛みを訴え、わめきながら死んでいったときの記憶が甦った。

おれはいっとき眼を閉じた。

「ああ、いたよ。どんな会社も喜んで金を出すという話をする気があるのかないのか」

シュナイダーがおれのことを誰かに嬉々として話すのはもうまちがいなかった。またおれの煙草を一本取ると、椅子の背にもたれて彼は言った。

「ソーバーヴィルの北、ノーザン・リム海岸線には人類の考古学でわかってるかぎり、最も古い火星人の入植地があった。そのこと知ってたかい？」

そういう話か。おれはため息をついて、シュナイダーの顔から眼をそらし、背後の窓からサンクション第四惑星を眺めた。当然予測できた話だった。それでも、おれはなぜかシュナイダーに失望した。話をしてまだいくらも経っていないのに、失われた文明にしろ、秘められた財宝にしろ、その手のたわごとにしてはどこかしらリアルな感触を勝手に感じ取っていたらしい。

われわれ人類が火星文明の壮大な墓を運よく見つけて以来、五百年近くが経とうとしている。なのに、絶滅したわれらが惑星の隣人の人工遺物は残存しているのか、それともわれわれの手の届くところにはもうないのか、あるいはすべてすでに破壊されてしまっているのか（あるいはその両方なのか）いまだに人類にはわかっていない。ただ、われわれ人類がこれまでにやれたことで、ほぼ唯一有益だったのが宇宙航行チャートの発掘だった。そのチャートのおかげで、われわれは自分たちの入植宇宙船をより安全確実に目的地に送ることができるようになったからだ。

この成功（加えて火星人に導かれた世界から発見された火星文明の遺物の断片や遺跡）をよすがに、さまざまな仮説や考えやカルト的な信仰が次々につくりだされ、その手の話は保護領内を行ったり来たりするたびに聞かされる。もうたいていの話は聞いてしまっているのではないだろうか。たとえば——宇宙チャートは実はわれらが人類の未来のタイム・トラヴェラーがもたらしたもので、すべてはその事実を隠そうと企む国連の隠蔽工作である。冗舌なパラノイアから聞いた話だ。こんな宗教がかったやつもある——われわれ人類は、カルマ的な天啓を得て祖先の精神と一体化する日を待っている火星人の失われた子孫である。科学者の中にはほのかな期待を込めてこんな仮説を唱える者もいる——火星は母体となる文明から切り離された辺境の入植地であり、その文明の中枢は必ず宇宙のどこかに存在している。個人的なおれのお気に入りはこれだ——火星人は地球にやってきて、狭苦しい科学技術文明から逃れるためにイルカになった。

しかし、結局のところ、どれも同じところに行き着く。すなわち、彼らはもうこの世におらず、われわれはただ彼らの断片を拾っているにすぎない。そういうことだ。

シュナイダーはにやっとして言った。「あんたはおれのことを頭のおかしなやつだと思ってる、だろ？子供のホロキャストの世界に出てくるいかれ頭だと。だろ？」

「まあね」

「だろうね。でも、まあ、最後まで聞いてくれ」彼は煙草を忙《せわ》しなく吸っていて、何か言うたびに煙が口からポッポッポッと小刻みに吐き出された。「いいかい、誰もが火星人はわれわれと同じだと思ってる。同じと言っても、肉体的なことじゃなくて、精神的なことだ。彼らの文明はわれわれと同じ文化的基盤を持ってた。みんなそう思ってる」

文化的基盤？　シュナイダーのような男の語彙ではない。つまりシュナイダーは誰かに聞かされたことをおれに伝えているのだ。わずかながら、彼の話にまた興味が湧いてきた。

「それはつまりこういうことだ。このサンクション第四惑星みたいな新世界を建設するとき、火星人の居住地の中心が見つかると、誰もが大喜びする。おれたちもそこに都市を築けばいいんだからな。このサンクション第四惑星はラティマー星系から二光年近く離れてる。でも、ラティマー星系にしても、すでに人類が住めるようになってる生物圏がふたつ、まだ手を入れなきゃならないところが三つばかりあるだけのことだ。しかもどれもともとは一握りの廃墟だったものだ。だから、このサンクション第四惑星をさらに探査して、都市らしきものが見つかったら、誰もが今やってることを放り出して、あっちから殺到してくるだろう」

「〝殺到する〟は大げさだが」

きわめてよくチューンアップされた入植船で亜光速で移動しても、ラティマーの連星から、サンクションヨン（承認）などという想像力のかけらもない命名のこの弟星まではほぼ三年近くかかる。星間では何事もそう速くは進まない。

「そうかな？　だったらどれだけかかったと思う？　探査データを受け取って、サンクション政府ができるまで」

おれは黙ってうなずいた。この惑星の軍事アドヴァイザーとしてそうした数字をつかんでおくことはおれの職務だ。シュナイダーが今言った件に関して言えば、興味を持った企業が保護国の役人に書類仕事を急がせた結果、数週間でことが進んだ。しかし、それは一世紀もまえの話だ。シュナイダーが今おれに売り込もうとしていることの喩えにはならない。おれはさきを続けるよう身振りで促した。

「こういうことは」と言って、シュナイダーはまた前屈みになると、指揮者のように腕を振りまわしながら言った。「考古学と同じだ。どこでも最初に見つけたやつが権利を主張する。早い者勝ちだ。政府はそういった発見者と買い手となる会社の橋渡しをする」

「橋渡しをして口銭をせしめる」

「そう、そのとおり。それと公用徴収の権限。保護国の公共的利益を考えた場合、きわめて重要と思われるものに関しては適切な補償をして、なんたらかんたら。いずれにしろ、一儲けしようと思ってる考古学者はみんな火星人の居住地の中心地を探す。実際、これまで誰もがそうしてきた」

「なんでおまえみたいな男がそんなことを知ってる、シュナイダー？　おまえは考古学者には見えないが」

シュナイダーは左腕を差し出して袖をめくってみせた。翼のあるヘビがとぐろを巻いているタトゥーをイリユミナム顔料で入れていた。ヘビの鱗が自らの光で輝き、翼が上下にはばたいていた。ハネヘビが実際にたてる羽音がほとんど聞こえてきそうだった。ヘビの歯に〈サンクション惑星間パイロット組合〉という文字がからみついていて、そんな図柄のまわりを〝地上は死者のもの〟ということばが花輪のように取り囲んでいた。いくらか色が褪せていたが。

おれは肩をすくめて言った。「悪くない。だから?」

「おれは以前、ソーバーヴィルの北西のダングレク海岸で調査をしてた考古学者たちに雇われて運送屋をしてたことがあるんだ。そいつらは大半がスクラッチャーだったけど、それでも――」

「スクラッチャー?」

シュナイダーは眼をぱちくりさせた。「ああ。それがどうした?」

「おれはこの惑星の人間じゃない」とおれは辛抱のあるところを見せて言った。「おれはここでただ戦争をしてるだけだ。スクラッチャーというのはなんだ?」

「ああ、そうか。ガキのことだよ」シュナイダーはまごついたような顔をして身振りを交えて言った。「学校を出たばかりの新米学者のことだ。初めて発掘作業をするような。それがスクラッチャーだ」

「なるほど。で、誰がそうじゃなかったんだ?」

「ええ?」シュナイダーはまた眼をぱちくりさせた。

「誰がスクラッチャーじゃなかったんだ? おまえは大半がスクラッチャーだったけど、それでも、と言った。そうじゃないやつもいたんだろ?」

シュナイダーは恨めしそうな顔をした。話の腰を折られて気分を害したようだった。

「ああ、ヴェテランの学者もいたよ。スクラッチャーはどんな発掘でも見つけたものを提示しなきゃいけない。でも、ヴェテランの中には昔ながらの知恵に従わないやつもいる」

「あるいは出遅れて損をするやつも」

「ああ」どういうわけか、おれの軽口がシュナイダーには気に召さなかったようだった。「ときにはそういうこともあるかもな。いずれにしろ、おれが言いたいのは、おれたちが……彼らがあるものを見つけたということだ」

「何を見つけたんだ？」

「火星人の恒星間宇宙船だ」シュナイダーは煙草の火を揉み消した。「それも無傷のやつだ」

「ばかばかしい」

「ほんとだって」

おれはまたため息をついた。「おまえは宇宙船——失礼、ただの宇宙船じゃなくて恒星間宇宙船だ——そんなものを見つけたなんて話をおれに信じさせようとしてるんだぜ、ええ？　ニュースにも何にもなってないことを。それを誰もまだ見てないなんてことを。火星人の宇宙船が誰にも気づかれずに転がってたなんてことを。おまえらは何をしたんだ、バブルファブ（泡状簡易建造物）でもふくらまして、その宇宙船にかぶせたのか？」

シュナイダーは唇を舐めてにやりとした。急にまた機嫌を直したようだった。

「掘り出したなんて言ってないよ。見つけたって言ったんだ、コヴァッチ。大きさは優に小惑星ぐらいある。サンクション星系のへりにあった。パーキング軌道に。おれたちが掘り出したのはその宇宙船に通じるゲートだ。係留システムだ」

「ゲート？」そう訊き返すなり、ひんやりとしたものが背すじを這いおりたのがわかった。「ハイパーキャスターのことを言ってるのか？　おまえの考古学者にはテクノグリフがちゃんと読めたのか？」

「コヴァッチ、見つけたのはゲートだって言ってるだろ？」シュナイダーはまるで幼い子供に噛んで含めるように言った。「ゲートを開けたら、向こう側が見えた。まるでB級エクスペリアの特殊効果みたいだったけど、星景はどう見てもここサンクション星系のものだった。おれたちはただ通ってはいりさえすりゃよかった」

「宇宙船の中にはいった？」意に反して、おれはシュナイダーの話に引き込まれていた。エンヴォイでは嘘のつき方を教えられる。ポリグラフを受けながらの嘘にしろ、極端な緊張状態に置かれた中での嘘にしろ、どんな状況下に置かれようと、百パーセント確信を持ってつく嘘のつき方だ。だから、エンヴォイの隊員は保護領内の誰より嘘をつくのがうまいはずだ。自然のままの人間であれ、さまざまなパワーを増強された人間であれ。見るかぎり、シュナイダーは嘘をついてはいなかった。おれにはそれがわかった。どんなことがあったにしろ、彼は自分の話していることを完璧に信じていた。

「いや」とシュナイダーは首を振った。「宇宙船の中じゃない。ゲートは船体から二キロほど離れていて、回転して四時間半ごとに船体に近づくんだ。それに宇宙服が要った」

「あるいはシャトルが」とおれは彼の腕のタトゥーを顎で示しながら言った。「そこまでは何に乗って行ったんだ？」

彼は顔をしかめて言った。「ぼろの〈モワイ〉の軌道下船《サブオービタル》だ。家ぐらいの大きさの。宇宙船の入口にフィットしなかった」

「なんだって？」おれは思わず笑ってしまい、咳き込んだ。胸が痛んだ。「フィットしなかった？」

「ああ、笑いたきゃ笑えばいい」とシュナイダーはむっつりと言った。「もっとちゃんとした船だったら、おれはこんなところで戦争なんかしてないよ。今頃は誂《あつら》えのスリーヴをまとってラティマー・シティにでもいるよ。冷凍したクローンを遠隔保管して、永久に死なない人間になってるよ。それがおれの人生計画だ」

「誰も宇宙服を持ってなかったのか？」

「なんのために持っていかなきゃならない？」シュナイダーは両手を広げた。「サブオービタル船だったんだぜ。誰もオフワールドに出るようなことになるなんて思っちゃいなかった。それに、そもそも誰もランドフォールのインタープラネット港以外からオフワールドに出る許可を得てなかった。まだある。見つけたものはすべて検疫局を通さなきゃならない。そういうことを進んでやりたがるやつはいなかった。探査条項のことは知ってるよな？」

「ああ。どんな発見物も保護国の公的利益に照らして判断される。だけど、まさか〝適切な補償〟とやらを期待してるんじゃないだろうな? 〝適切な補償〟なんてものがあると思ってるわけじゃないだろうな?」

「おいおい、コヴァッチ。こんな発見にいったいどんな補償がありうる、ええ？」

おれは肩をすくめた。「それはことと次第によるだろうさ。個人的なレヴェルじゃ、こういう話を誰にするかによってもちがってくる。相手によっちゃ、いきなりスタックに弾丸《たま》を食らわないともかぎらない」

シュナイダーは硬い笑みをおれに向けた。「おれたちには企業に売り込むことができなかった。まさかそんなことを思ってるんじゃないだろうな？」

「おまえらは話を持ちかける相手をまちがえて、取り返しがつかないへまをしでかしてたかもしれない。おまえらが生き永らえてたか、くたばってたか、それはどこまでも取引きをする相手次第だっただろう。そういうことだ」

「あんたならどこへ持っていってた？」

おれはその質問に答えるまえに新しい煙草を一本パックから取り出して、間を置いた。「おれたちがここでしてるのはそういう話じゃない、シュナイダー。おれのコンサルタント料はおまえらにはとても手が出ない額だ。でも、パートナーとなると、まあ魚心に水心ということもある」おれはおれで薄い笑みをシュナイダーに向けてやった。「いいから話せよ。で、そのあとどうなったんだ？」

シュナイダーは耳ざわりな笑い声をあげた。その声があまりに大きかったので、部屋の反対側で、実物大3Dの毒々しい裸体がくねるさまを見ていた男たちの眼が一瞬おれたちに向けられた。

「どうなったかだって?」シュナイダーは声を落として訊き返し、好き者たちの視線がまた裸体のパフォーマンスに戻るのを待ってから言った。「どうなったか。そのあとこのクソろくでもない戦争が始まっちまったのさ」

第三章

どこかで赤ん坊が泣いていた。

かなり長いことおれはハッチのへりにつかまっていた。赤道の外気がシャトル内にはいり込んできた。役務に耐えられるまで回復したということで退院はしたものの、おれの肺はまだおれが思うほどには機能しておらず、湿った空気は息苦しかった。

「暑いな、ここは」

シュナイダーはシャトルのドライヴをすでに切っており、おれの肩を押して急かした。おれはハッチのへりから手を放し、シュナイダーをさきに通すと、手びさしをつくって、ぎらつく太陽光線から眼を守った。上空からだと、その強制収容所はうまく設計された住宅のように見えた。が、近くで見ると、誂えた制服のようなそのこぎれいさなど見せかけにすぎないことがよくわかった。熱のせいで急ごしらえのバブルファブにはひびがはいり、液状の廃棄物がバブルファブのあいだの路地に流れ出していた。重合体を燃やした刺激臭がわずかばかりの風に乗って鼻をつき、シャトル離着陸場を取り巻くフェンスには、紙やプラスティックのゴミがへばりつき、フェンスを流れる電流にぼろぼろに引き裂かれていた。フェンスの向こうにロボット歩哨システムが焼かれた大地からヤグルマソウのように生えているのが見えた。コンデンサーの眠くなるような鈍い振動音が収容者たちのざわめきの底を流れる通奏低音のように響いていた。

軍曹に引き連れられた市民兵の小隊が不恰好ななりで立っていた。軍曹はどこかしらまだましだった頃のおれの父親を思わせた。おれの機甲部隊の軍服を見て、慌てて集まったのだろう。軍曹は恨めしそうな敬礼をした。

「カレラ機甲部隊のタケシ・コヴァッチ中尉だ」とおれはことさらきびきびと言った。「こっちはシュナイダー伍長。尋問のため、ここの被収容者、ターニャ・ワルダーニを引き取りにきた」

軍曹は眉をひそめた。「そういう報告は受けてませんが」

「だから今報告しただろうが、軍曹」

こういう場合、軍服さえ着ていれば普通はそれで用が足りる。機甲部隊が保護国の手強い非正規部隊だということは、サンクション第四惑星ではよく知られている事実で、機甲部隊の隊員が望むものはたいてい手にはいる。すったもんだしそうになると、ほかの傭兵部隊は譲歩するようだが。いずれにしろ、何かがこの軍曹の咽喉《のど》に引っかかったのだろう。軍規遵守の精神をおぼろげながら思い出したのか、まだすべてが意味を持っていた頃――練兵場で訓練を受けていた頃――戦争がこれほど制御不能になるまえに刷り込まれたものが息を吹き返したのか。それとも、同胞である収容者たちがバブルファブで飢えている姿そのもののせいだったのか。

「命令書を拝見させていただかなければなりません」

おれはシュナイダーに向けて指を鳴らし、ハードコピーを渡すよう手を伸ばした。そういうものを手に入れるのはむずかしくもなんともなかった。こうした戦闘状態にある惑星では、カレラは保護国軍の師団長が人を殺してでも手に入れたがる裁量権を下級将校にも与える。ワルダーニを尋問する理由など誰にも訊かれなかった。そんなことは誰も気にしていないのだ。一番厄介だったのはシャトルだ。惑星間の交通手段は慢性的に不足気味だからだ。だから、最後には誰かが教えてくれたスチンダの南東にある野戦病院の警護部隊の大佐を銃で脅して調達するしかなかった。このことはあとでトラブルになるだろう。しかし、カレラの口癖ではないが、これは戦争なのだ、人気コンテストではなく。

「それで満足かな、軍曹？」

軍曹はハードコピーを穴のあくほど見ていた、もっともらしい書類のどこかに偽物と疑わせる瑕疵はないかどうか。おれは必ずしも演技ではない苛立ちをことさら態度に示した。強制収容所の空気は重苦しく、どこか見えないところから聞こえている赤ん坊の泣き声にはとぎれがなかった。こんなところはさっさとおん出たかった。

軍曹は顔を起こすと、おれにハードコピーを返して無表情に言った。「所長に会ってもらわねばなりません。ここの収容者は全員、政府の管理下に置かれてるんで」

おれは軍曹の左右に向けた視線をまた軍曹に戻した。

「よかろう」そう言って、浮かべた冷笑をしばらく軍曹に向けたままにした。軍曹はおれの視線を避けて地面に眼を向けた。「所長と話をしてくる、シュナイダー伍長、きみはここに残れ。長くはかからないだろう」

所長のオフィスは、収容所のほかの建物からいくらか離れたところに建っている二階建てバブルファブの中にあり、そのまわりにはより威圧的なパワー・フェンスがめぐらされていた。コンデンサー・ポストのてっぺんに、千年紀初頭のガーゴイルのように、小さなロボット歩哨ユニットが設置され、ゲートにはまだ二十《はたち》にもなっていないように見える軍服姿の新兵が数名、大型のプラズマ・ライフルを構えて立っていた。小機器を取り付けた戦闘ヘルメットの下、彼らの顔がいかにも幼く見えた。彼らがどうしてそこにいるのか、おれには理解できなかった。ロボット歩哨ユニットは見せかけだけなのか、それとも収容所はひどい余剰人員に悩まされているのか。おれたちは新兵たちのまえを無言で通り過ぎ、誰かがうっかりバブルファブの側面に取り付けてしまった光合金の階段をあがった。軍曹がドアのブザーを鳴らした。ドアの上に設置されたセキュリカムが眼をみはり、ドアが開いた。おれは中にはいり、ほっとして、空調設備で冷やされた空気を吸った。

部屋の中の光の大半は奥の壁に取り付けられたセキュリティ・モニターからのものだった。そのセキュリティ・モニターのすぐ横にプラスティックの机が置かれ、その上に、安っぽいデータスタックのホログラフ・ディスプレーとキーボードが並べられ、そのほか丸まったハードコピーやマーカーペンやその他の事務用品が散らばっていた。飲んだまま放置されたコーヒーカップがいくつか産業廃棄物処理場の冷却塔のように立ち並び、どこかから出ている軽量ケーブルが机の上を這い、斜めに傾いて見える机の向こうの人影の腕まで延びていた。

「所長?」

いくつかのセキュリティ・モニターの画像が変わり、その光を受け、腕に沿って接続スティールがきらめいた。

「なんだ、軍曹?」

間延びした、退屈しきった声だった。ひんやりとした暗がりの中、おれはまえに進み出た。机の向こうの人影の頭が少しだけもたげられた。片眼がブルーの光受容体で、顔の片側からがっしりとした左肩まで合金製人工装具がパッチワークのように取り付けられ、まるで戦闘用宇宙服のように見えた。が、そうではなかった。左半身がほとんど欠落していて、腋の下から腰まで関節式サーヴォ・ユニットに置き換えられているのだ。左腕は細いスティールの油圧式システムで、その先端には鉤爪のような黒い爪が取り付けられていた。手首と前腕部には半ダースほどの銀色のソケットがつけられ、そのひとつに、机から延びているケーブルが差し込まれていた。そのソケットの横に小さな赤いランプがついていて、それがゆっくりと点滅して、電流が流れていることを気だるく示していた。絵に描いたような電流中毒者だった。

おれは机のまえに立って敬礼をし、今度はおだやかに言った。

「タケシ・コヴァッチ中尉、カレラ機甲部隊所属」

「ああ」所長は椅子に坐ったまま大儀そうに上体を起こした。「きみにしてみりゃ、もう少し明るいほうがいいのかもしれんが、中尉、私は暗いのが好きでね」彼は口を閉じたままさも可笑しそうに笑った。「闇に適した眼があるんでね。でも、きみはたぶん持ってない」

所長はキーボードを何度か試した。最後に適切なボタンを叩いたようで、部屋の隅々に設置された主照明が点灯した。光受容体の眼の色が薄くなったように見えた。もう一方のとろんとした自前の眼がおれに向けられた。顔の残った部分はとても整っており、もともとはさぞハンサムだったのだろう。が、電流に長く浸りすぎたせいで、顔の小さな筋肉が整合性のある動きを忘れてしまっていた。そのため弛緩してどこか間の抜けた表情しかつくれなくなっていた。

「これでよくなったかな?」笑みというより流し目を送って媚びを売るような顔になった。「よくなったはずだ。なんといっても、きみはアウトサイド・ワールドから来たんだからな」〝アウトサイド・ワールド〟ということばには皮肉っぽい響きが込められていた。彼は手振りでモニター・スクリーンを示した。「これらの小さな眼に見えるより、これらの卑小な心が思い描くより、はるか彼方から来たんだから。中尉、ひとつ教えてくれ。われわれはまだ戦争してるんだろうか。このレイプされた、いや、ちがった、均《レイク》された、考古学的に豊かなわれらが惑星のために」

おれは彼の手に取り付けられたジャックと赤く点滅しているランプに眼をやり、また彼に視線を戻して言った。

「所長、眼のまえの案件にもっと注意を払ってもらえないかな」

彼はいっときおれをまじまじと見た。それから接続されたケーブルに、完璧に機械的な動きで眼を落とすと、囁くように言った。

「ああ、これか」

いきなり首をめぐらし、軍曹を探した。軍曹はふたりの市民兵と一緒にドアのすぐそばにいた。

「退出してよし」

軍曹はそそくさと出ていった。今の所長のことばをずっと待っていたようだった。あとのふたりも軍曹に従い、そのうちのひとりがドアを閉めた。ドアに鍵がかかると、所長はくずおれるように椅子に坐り、右手をケーブル・インターフェースにやった。ため息とも咳とも、もしかしたら笑い声とも取れる音がその口から洩れた。おれはまた所長が顔を上げるのを待った。

「だいぶゆっくりになったんじゃないかと思うが」彼は身振りでまだ点滅しているランプを示して言った。「一瞬でも接続がとぎれると生きていけないんだ。横になったら、たぶんもう起き上がれないだろう。だからずっとこうしてるんだよ。椅子にこうして。で、何か不快さを覚えて眼を覚ます。周期的に」明らかに無理をしてしゃべっていた。「で、どういうことなのかな。カレラの機甲部隊が私にどんな用があるんだね？　ここにはいくらかでも値打ちのあるようなものは何もないが。医療品など何ヵ月もまえに底をついたよ。食糧でさえ満足に送られてこない。ここの所員の分も含めて。私がここで指揮している精鋭部隊の食糧さえ不足してるのさ。収容者については言うまでもない」彼はまた手振りで示した。今度はモニターのほうを示した。「機械は食わなくてもすむ。こいつらは無口で従順で、自分たちが管理してる者に対して不適切な同情心を持ったりもしない。どれもこれもがすぐれた兵士だ。わかってもらえると思うが、私はこれでもどうにかベストを尽くしてるんだよ。しかし、こういうことはなかなか――」

「ここにある物資の徴用に来たんじゃないよ、所長」

「だったら警告かね？　私がカルテルの計画とずれるようなことをしてしまったとか。あるいは戦争努力に欠けるとか」彼にはその思いつきが可笑しかったようだった。「きみは暗殺者か？　機甲部隊の用心棒か？」

おれは首を振って言った。

「ここの収容者を引き取りにきた。ターニャ・ワルダーニを」

「ああ、考古学者の」

何か鋭利な感覚が全身に走った。が、何も言わず、書類を所長のまえに置いて待った。所長は不器用に書類を取り上げると、芝居がかって見えるほど首を一方に傾げ、書類を高く掲げた。下から見る必要のあるホロ玩具か何かのように。小声で何かぶつぶつつぶやいているように見えた。

「何か問題でも？」とおれはおだやかに尋ねた。

所長は腕をおろすと肘をつき、書類をおれに向けてひらひらと振ってみせた。振られた書類の向こうに、それまでとろんとしていた彼の自前の眼が急に澄んで見えた。

「なんのために彼女が要る？」と彼もまたおれと同じおだやかな声音で言った。「スクラッチャーのリトル・ターニャ。機甲部隊がどうして彼女なんかに用があるんだね？」

ひんやりとした感覚とともにおれは思った、結局、この男を殺すことになるのか。殺すこと自体はむずかしいことでもなんでもなかった。ワイヤをちょこっといじってやれば、それだけで寿命が数ヵ月ちぢむような男だ。しかし、ドアの外には軍曹と市民兵がいる。素手で戦うのは無理だ。それにロボット歩哨システムの有効範囲もわかっていない。おれは声音の温度を一気に下げて言った。

「所長、そんなことはおれに関係ないのと同じくらいあんたにも関係のないことだ。おれはただ命令に従ってるだけのことだ。だからあんたも従えばいい。ワルダーニはここにいるのか、いないのか」

しかし、所長は軍曹が避けたようにはおれの眼を避けなかった。それはそれだけ彼の病が重いということなのか。自分自身の核のまわりの軌道が朽ちていくことを知って味わった、歯を食いしばるような人生のほろ苦さのせいか。それとも、もともとの彼の頑固さがまだ部分的には残っているからか。なんであれ、彼はそこで引き下がろうとはしなかった。

おれは右腕を背後にやり、まず右手の力を抜いて準備した。

ダイナマイトで爆破された塔のように所長の前腕がまえに倒され、彼の指から書類が離れた。おれはとっさに手を差し出して、書類が机から落ちる寸前で止めた。所長の咽喉から乾いた音が洩れた。

書類をつかんだおれの手をふたりでただじっと見るいっときが過ぎた。そのあと所長は椅子の背にぐったりともたれ、しゃがれ声で呼ばわった。

「軍曹！」

ドアが開いた。

「軍曹、ワルダーニをユニット18から出して、中尉のシャトルに乗せろ」

軍曹は敬礼をして出ていった。自ら決断する必要のなくなったことにほっとしたような顔をしていた。麻薬の効果が顔に表われるときのような。

「ありがとう、所長」おれも敬礼をし、机の上の書類をまとめ、ドアに向かった。ドアのまえまで来たところで、彼が言った。

「人気《にんき》があるんだね」

おれは振り向いた。「ええ？」

「ワルダーニのことだ」おれを見つめる所長の眼が光った。「きみが初めてじゃない」

「何が？」

「三ヵ月近くまえ」話しながら、所長は左腕の電流の量を上げた。顔の筋肉がチック症のようにぴくぴく動きだした。「ケンプ主義者の襲撃を受けた。警備マシンを突破して、中まで侵入してきた。彼らが置かれてる状況を考えると、かなりのハイテクを駆使した奪回作戦だった」所長は椅子の背にもたれながら頭をうしろにやり、長いため息をついた。「かなりの、ハイテク、状況を考えると。目当ては彼女だった」

おれは所長がさきを続けるのを待った。が、所長は頭を横に少し傾げただけだった。おれは迷った。階段の下では怪訝な顔をしてふたりの市民兵がおれを見上げていた。おれは所長の机まで戻り、両手で彼の顔をつかんで揺すった。負傷を免れたもとの眼の黒眼が上瞼の中まで浮かび上がった。パーティがとっくに終わった部屋の天井に浮かぶ風船のように。

「中尉？」

外階段から声がした。おれは溺れた顔をさらにいっとき長く見つめた。彼は口を半開きにしてしまりのない息をしていた。唇の端に笑みとも取れなくもない皺ができていた。視野の隅で赤いランプが点滅していた。

「中尉？」

「今行く」おれは所長の頭を手から放して、熱気の中に出て、ドアをそっと閉めた。

戻ると、シュナイダーは宇宙船の着陸装置に腰かけ、ぼろをまとった子供たちに手品をやってみせていた。軍服を着た男がふたりほど遠くのバブルファブの陰から彼を見ていた。おれが近づくと、シュナイダーは顔を上げて言った。

「何か問題でも?」

「いや。子供たちを追い払え」

シュナイダーは怪訝そうに眉をもたげると、さほど急いだふうもなく、最後の手品を終わらせた。そして最後に、ひとりひとりの子供の耳のうしろから小さな形状記憶プラスティックのおもちゃを取り出した。子供たちはみな信じられないといった面持ちでシュナイダーの指の動きを無言でじっと見つめていた。彼に叩かれてぺしゃんこになったおもちゃが甲高い口笛でアメーバのようにまたもとどおりになるのを。企業の研究室もこういう兵士をつくるといいのだ。子供たちはぽかんと口を開けて見ていた。その形状記憶のおもちゃ自体が手品になっていた。子供の頃におれもこのような破壊不能の物体を見ていたら、夢でうなされそうな気がした。愉しい子供の頃の思い出など耳かきですくうほどもないが、それでもここの子供に比べたら三日間ゲームセンターに入り浸っていたような子供時代といえるだろう。

「軍服の男は全部が全部悪玉というわけじゃないなんて、こいつらに思わせても何もいいことはない」

とおれはぼそっと言った。

シュナイダーはおれに鋭い視線を向けると、大きな音をたてて手を叩いた。「これでおしまいだ、みんな。さあ、行ってくれ。さあさあ、ショーは終わりだ」

子供たちは愉しみとただのプレゼントのオアシスを渋々引き上げていった。シュナイダーは腕を組んで子供たちのうしろ姿を見送った。読み取りにくい表情をしていた。

「あんなものをどこで見つけた?」

「病院内の避難所にあったんだ。避難民のための救援パッケージの中に。おれたちがシャトルを失敬したあの病院には要りそうもないものだったんでね」

「ああ、あそこのやつらは避難民をすでに全員撃ち殺してたからな」おれは、もらったばかりのプレゼントを興奮して見せびらかし合って、バブルファブに戻っていく子供たちを顎で示した。「おれたちがここを出たとたん、市民兵に没収されるだけだろう」

シュナイダーは肩をすくめて言った。「わかってる。だけど、もう持ってたチョコレートも鎮痛剤もやっちまったんでね。あんたならどうしてた？」

もっともな質問だった。もっともでない答が山ほどあるもっともな質問だった。一番近くにいる収容所の市民兵をじっと見ていると、そんな答の中でもろくでもないものばかり思いついた。

「彼女が来た」とシュナイダーが指差して言った。指差すほうに見ると、軍曹とふたりの兵士の姿がまず眼にはいった。ふたりの兵士のあいだにほっそりとした女がひとりはさまれて歩いていた。手をまえにして手錠をかけられていた。おれは強い陽射しに眼を細め、ニューラケムに補強された視力をレヴェルアップした。

ターニャ・ワルダーニも考古学者だった頃はもっと見映えのする女だったのだろう。手足の長いその体にはもっと肉がついていて、黒い髪にも何か手入れをしていたことだろう。洗うなり、アップにするなり。今は消えかけているものの、昔から眼の下に隈ばかりつくっていたとも思えない。おれたちを見て、微笑んでいたかもしれない。長めの唇をゆがめる程度の笑みではあっても。

体が左右に揺れており、兵士のひとりに支えられていないと歩くことさえ覚束なさそうに見えた。シュナイダーはすばやく立ち上がると、まえに行きかけた。が、そこで思いとどまった。

「ターニャ・ワルダーニ」軍曹は堅苦しい声でそう言うと、バーコードが端から端まで印刷された白いビニールテープとスキャナーを取り出した。「この女をここから出すのにはあなたのＩＤが要ります」

おれは指を曲げて自分のこめかみを示し、スキャナーの赤い光線がおれのコードを読み取るあいだ無表情に突っ立って待った。軍曹はワルダーニを示すテープの特定の部分を見つけると、そこにもスキャナーをかけた。シュナイダーがまえに出てきて、ワルダーニの腕を取った。そして、見るかぎりぶっきらぼうに、愛想のかけらもなくワルダーニをシャトルに乗せた。ワルダーニはワルダーニでその青白い顔にはどんな表情も浮かんでいなかった。おれもふたりに続いてシャトルに乗り込もうとすると、軍曹に呼び止められた。声音がそれまでの堅苦しさからもろさに変わっていた。

「中尉」

「なんだ?」

「彼女は戻ってくるんですか?」

おれはハッチのほうに体の向きを変えて、ついさっきシュナイダーがやったみたいに眉を大げさにもたげた。その表情はシュナイダーにも見えなかっただろうが、気配で気づいたかもしれない。

「いや、軍曹」とおれは幼い子供に言って聞かせるように言った。「彼女はもうここへは帰ってこない。尋問を受けることになってる。彼女のことは忘れるんだな」

おれはハッチを閉めた。

シュナイダーがシャトルを離陸させたところで窓から下を見た。軍曹は離陸風に逆らいながらまだじっと同じところに立っていた。

土埃から顔をよけようともしていなかった。

第四章

　おれたちは、灌木だけの砂漠と浅い帯水層になんとか根を張った植物相の黒っぽい集合体の上空を重力効果で西に飛んだ。約二十分後、海岸に出て今度は海上を飛んだ。機甲部隊の軍情報部がケンプ主義者たちのスマート機雷に汚染されていると言っている一帯で、楽にジグザグに進めるように、シュナイダーは亜音速にスピードを落とした。

　おれは最初のうちはずっとメイン・キャビンにいた。シュナイダーには、カレラの指令衛星から取り出した最新情報のデータスタックを調べると言いはしたが、ほんとうの目的は訓練されたエンヴォイの眼でターニャ・ワルダーニを観察することだった。彼女はハッチから一番遠いシート——右側の窓に一番近いシート——にぐったりとして坐っていた。額をガラスに押しつけて、眼は開けていた。が、どこを見ているのかはよくわからなかった。おれのほうから話しかけようとはまったく思わなかった。彼女がつけているのと同じ仮面は今年だけでも何千と見ており、そのときが来てその気にならないかぎり、その仮面の向こうから素顔が現われることなど決してないことがよくわかっていたからだ。そのときはもしかしたら永遠に訪れないかもしれない。真空スーツの感情版。彼女がまとっているのはまさにそれだ。外界のモラルのパラメーターがとてつもなく変動したときに、心を剝き出しにしていてはとても生きられなくなった人間が示す唯一の反応だ。近頃はそれを戦争ショック症候群などと呼ぶ。なんとも包括的な病名だ。その治療をしたがっている者たち自身のための寒々として巧妙な、災厄の予兆のような命名にしろ。治療法はある。多少なりとも効果のあるものなら腐るほどある。しかし、医学倫理の究極の目的は治療ではなく予防だ。その意味ではこの病の治療に関するかぎり、人智はいまだ遠く及ばない。

しかし、火星人の古代文明さえ理解できないまま、火星文明の優雅な残骸の中で、われわれがネアンデルタールのスパナをいまだに振りまわしていること自体は、おれにとって驚きでもなんでもない。畢《ひっ》竟《きょう》、毎日魚の腹を割いている魚市場の兄《あん》ちゃんに神経外科手術は頼めないのだから。われわれは、われわれにも発見できるよう、火星人が迂闊にも遺していった知識と技術にすでにどれほど取り返しのつかないダメージを与えてしまっているのか。それは誰にもわからない。つまるところ、われわれは破壊された人体や墜落した飛行機の残骸に首を突っ込んでいるジャッカルと、なんら選ぶところはないということだ。

「岸が見えてきた」とシュナイダーの声がインターコム越しに聞こえた。「ここで上陸する？」

おれはホログラフ・データ・ディスプレーから顔を起こし、データを消してワルダーニを見やった。彼女はシュナイダーの声にほんの少し首を傾げたが、天井に設《しつら》えられたスピーカーを見上げたその眼はまだ感情遮断盾に被われ、とろんとしていた。シュナイダーとこの女とのこれまでの関係について、シュナイダー本人から訊き出すのには、さほど時間はかからなかった。が、気になるのはそれが今度のことに及ぼしている影響だ。シュナイダー自身は、そもそもふたりの関係はかぎられたものであり、二年近くまえに内戦が勃発したときにはもう断たれていたから、なんの問題もないとは言っているが、おれの最悪のシナリオはこの宇宙船の話自体、ただワルダーニを収容所から救い出し、ふたりでどこかオフワールドに逃げるためのものではないか、というものだ。収容所の所長の話を信じれば、ワルダーニ救出作戦はすでに一度おこなわれている。不自然によく装備された謎の奇襲部隊というのは、ワルダーニを取り戻すためのシュナイダーの最後の賭けだったのではないか。もしそういうことなら、シュナイダーをこのままにはしておけなくなる。

もちろん、おれも確固たる心の底の部分ではシュナイダーの話を百パーセント信じているわけではなかった。退院したあと調べた結果、整合性のあるディテールが逆にあまりに多すぎたのだ。データも名前も正しかった。ソーバーヴィルの北西では確かに考古学のための発掘作業がおこなわれており、その管理者にはターニャ・ワルダーニの名前がちゃんと記載されていた。運送業者はギルド・パイロットの〝イアン・メンデル〟という名になっていたが、ホロデータに現われた顔はシュナイダーの顔だった。運行記録には、扱いにくい〈モワイ10シリーズ〉のサブオービタル船の航行記録が書かれており、ワルダーニをさきに救出しようとしたのがシュナイダーだったとしても、彼がただ感情だけでそんなことをしたとは思えない。もっと物質的な理由があるはずだった。

一方、さきの救出作戦とシュナイダーは無関係ということになると、このゲームにはほかにも参加者がいることになる。

いずれにしろ、シュナイダーには気を許すわけにはいかない。

おれはデータ・ディスプレーをたたんで立ち上がった。ちょうどそのときシャトルが海に突っ込んだ。天井から吊るしたロッカーをつかんで体を支え、ワルダーニを見て言った。

「おれがあんたならシートベルトを締めるが。このあと数分は揺れそうだ」

彼女は何も答えなかった。それでも手を膝の上にやった。おれはコックピットに向かった。

コックピットにはいると、シュナイダーは顔を上げた。マニュアル・フライト・チェアの肘掛けに気楽に両手を置いていた。計器プロジェクションを最大化したデジタル・ディスプレーを顎で示して彼は言った。

「深度カウンターはまだ五メートル以下を指してる。この深度があと何キロも続いてそのあと深くなる。スマート機雷はこんな近くにはないよな？」

「この近くにあるようなら、海面から突き出して見えるはずだ」とおれは副操縦席に坐って言った。

「スマート機雷は襲撃爆弾よりいくらか小さいといった程度のものだから。だいたい自動ミニ・サブマリンと同じくらいの大きさだ。セットはオンラインになってるな？」

「もちろん。準備はできてる。火器システムは右ウィングにある」

おれは砲手用の伸縮性アイマスクをつけ、こめかみのあたりにある作動パッドに触れた。視野が淡いブルーに海底の深いグレーが混じった海の明るい原色に包まれた。そんな視野の中、ハードウェアは赤味がかって見える。赤味の度合いはおれがまえもってプログラムしたパラメーターにどれほど反応するかで決まる。頻繁に見えるのは明るいピンクで、電子作動はしておらず、動いてもいない合金の何かの残骸だ。おれは自分から探そうとするのをやめ、シャトルのセンサーが見ているヴァーチャル表示に心を合わせた。心を隅々までリラックスさせ、禅の悟りの境地に近いところまで持っていった。

エンヴォイでは掃海作業を掃海作業としては学ばない。が、逆説的ながら、予測しようとする気持ちを心から完璧になくすというのがエンヴォイにおける訓練のキモのひとつだ。そして、それが掃海作業にもあてはまる。超空間ニードルキャストでデジタル人間移送されるエンヴォイは、実質的にどんなことにも対応できる状態で眼を覚まさなければならない。きわめてひかえめに言って、なじみのない体でなじみのない世界で――誰もが銃を向けてくるようなところで――眼を覚ますのが普通なのだから。そういうことに対処するのがエンヴォイの仕事とはいえ、生死に関わる危険な環境というのは不変的に変動的なもので、そのような環境の変化に対応するには、どれほどブリーフィングを受けようと無意味だ。

入隊初日、エンヴォイの指導教官、ヴァージニア・ヴィダウラはオーヴァーオールのポケットに手を突っ込み、おれたちをおだやかな眼で見まわして、抑揚のない声音で言ったものだ。

〝あらゆることを予測するなど、論理的に不可能なことよ。だから、わたしたちがあなたたちに教えるのは、何も予測しないってこと。それができれば、もうどんなことにも心の準備ができるようになる〟。

最初のスマート機雷は意識的に見えたわけではなかった。片眼の視野の隅に赤く揺らめくものが見えたときにはもうすでに手が反応していた。ハンターキラー・マイクロ弾を発射していた。その小さなミサイルは画面上の海の緑の線上を走り、海面の下までのぼると、鋭いナイフが肉を刺すように機雷に突き刺さった。機雷には動くこともなんらかの反応を示すこともいっさいさせずに。爆音が轟き、尋問台にのせられた人体のように海面が盛り上がった。

その昔、人間は自分たちの火器システムを全部自分で操らなければならなかった。装備も大きさもバスタブ並みの飛行体に乗って宙に浮かび、狭いコックピットに持ち込んだ扱いにくい火器を自分で撃たなければならなかった。のちに人間は人より正確によりすばやく同じ仕事をする機械をつくり、しばらく機械が支配する時代が続いた。が、さらに時代がくだると、生物科学の急速な進歩で、また改めて人間という選択肢が可能になった。以来、アップグレードされた速さの技術を競う世界では、外付けの機械か、あるいは人間的要因のどちらが早いか、そのレースが今でも続いている。そのレースでもエンヴォイの精神力学は驚くほどのスプリントでインサイドレーンを走っている。

確かにおれより速い戦争マシンもある。が、そういうマシンは残念ながらおれたちが調達したシャトルには搭載されていなかった。そもそも野戦病院にあったシャトルだ。装備は厳密に防御用のものにかぎられた。鼻づらに取り付けられているマイクロ旋回砲塔も、囮《おとり》攪乱キットも。そんなものでは屁さえ上げられない。で、自分たちでなんとかすることにしたのだ。

「ワン・ダウン。残りもそれほど離れてはいないはずだ。スピードを落としてくれ。海底につけて、囮のティンセル弾を発射する」

やつらは西からやってきた。肥った円筒形のクモのように海底を這ってやってきた。自分たちの兄弟の無残な最期に引き寄せられて。シュナイダーが十メートルたらずシャトルを下降させ、シャトルがほんの少しまえに傾いた。ティンセル弾のランチャーが音をたて、準備が整ったのがわかった。おれは機雷を数えた。七体の機雷がおれたちのほうに近づいてきていた。機雷はたいてい五個でひとつのグループをつくる。ということは、これはふたつのグループの生き残りということになる。誰が機雷の数を少なくしてくれたのかまではわからなかったが。レポートを読んだかぎり、このあたりは戦争が始まって以来、漁船以外は何も航行していない海域で、それを裏づけるように海底には漁船の残骸が散らばっていた。

おれは先導機雷を捕捉して苦もなく破壊した。見ると、ほかの六個の機雷から最初の魚雷が発射され、水中をおれたちのほうに向かってきていた。

「魚雷だ」

「ああ、見えてる」とシュナイダーは簡潔に答えた。シャトルがそっと回避的なカーヴを描いた。おれは自動追尾マイクロ弾を何発か放った。

〝スマート〟という名前こそついているが、実際のところ、こいつらはかなり頭が悪い。しかし、それは当然の話だ。そもそも狭い範囲の使用を考えてつくられたものだからだ。そういうものに頭をよくするプログラムを組み込むというのは、それこそあまり〝スマート〟なこととは言えない。魚雷の命中度を高めるためにやつらは海底にへばりついて、頭上を通過するものを待つ。中には海底にもぐり込んでスペクトル・スキャナーから身を隠す術《すべ》を心得ているものもあれば、海底に沈んだ何かの残骸のように自らをカムフラージュするものもある。が、本質的にやつらは固定兵器だ。動きながら戦うこともできなくはないが、その場合、命中精度はかなり落ちる。

それでも、やつらの心は二者択一標的捕捉システムに従っており、相手から撃たれるまえにあらゆる浮遊体、飛行体を認識し、飛行体に対しては地対空マイクロ弾、船には魚雷を発射する。魚雷はいざとなればミサイル・モードにもなり、海面で推進システムを切り替え、反動推進エンジンで空中に飛び出すこともできる。が、いかんせんのろい。

シュナイダーは海面近くで減速し、ほとんどホヴァリング状態にしてシャトルを船のように装った。シャトルの船影をめがけて、魚雷が浮き上がってきた。が、そこでこっちの自動追尾マイクロ弾が魚雷に命中した。やつらが水中ドライヴを切り替えているあいだに。そのあいだにもおれがさきに放ったマイクロ弾の何発かが二個の機雷、いや、三個の機雷を粉砕した。この分でいけば――

誤作動。

誤作動。

誤作動。

おれの視野の左上で誤作動ランプが点滅し、その詳細がスクロールされた。それを読んでいる暇はなかった。砲撃管制システムがおれの手の中でまったく作動しなくなった。びくとも動かなくなった。次の二発のマイクロ弾がランチャーの中で不発状態になったのだ。くそ国連のくそ店晒《たなざら》し品。そんなことばが頭を流星のようによぎった。おれは緊急自動修理オプション・ボタンを叩いた。シャトルの未発育な修理係の頭脳が動かなくなった回路の中に飛び込んだ。時間がない。修理できるまで一分はかかるかもしれない。残りの三個の機雷が地対空魚雷をおれたちに向けて発射した。

「シュ――」

どんな欠点があるにしろ、シュナイダーは優秀なパイロットだった。おれが名前を呼ぶより早くシャトルの船体を直立させた。頭ががくんとうしろにやられた、シートの背もたれから放り出されそうになるほど。シャトルは空中に飛び出していた。地対空ミサイルをうしろに引き連れて。

「旋回砲塔がバグった」

「わかってる」と彼はまた簡潔に答えた。

「ティンセルだ！」とおれは耳をつんざく近接警報音に逆らって怒鳴った。高度計の数字は一キロを過ぎたことを示していた。

「今だ！」

ティンセル弾を発射したランチャーの音が響き、二秒後にシャトルの航跡上でティンセル弾が炸裂し、空中に電子の食欲増進剤をばら撒いた爆音が聞こえた。地対空ミサイルは囮弾を追いかけはじめた。おれの右の視野に見える攻撃ボード上で明るいグリーンのランプが点灯し、そのランプの信憑性を保証するかのようにランチャーが弾づまりしていた二発のマイクロ弾を標的のない前方の空中に発射した。シュナイダーがおれの脇で大きな声を上げてシャトルを急旋回させた。その高度な飛行テクニックの代償として、おれは胃にむかつきを覚えた。ターニャ・ワルダーニのことを思った。シャトルに乗るまえに何も食べていなければいいのだが。

おれたちはいっときシャトルを反重力場に置いてから揚力を切り、のぼった針路を今度は逆に海面に向けて急降下した。海面からはちょうどミサイルの第二弾が空中に飛び出してくるところだった。

「ティンセル！」

ティンセル弾のラックがまた開いたのを確認すると、おれは眼下の無傷の三個の機雷に照準を合わせ、息を止めてシャトルのマガジンを空《から》にした。マイクロ弾はきれいにシャトルを離れた。それと同時にシユナイダーはシャトルを重力場に戻した。小型のシャトルは自らの全船体を震わせた。ティンセル弾は反衝突モードで降下しているシャトルより速く落下し、われわれの下のあちこちで炸裂していた。おれが見ているヴァーチャルの視野が囮弾の炸裂で赤く染まったかと思うと、その赤いみぞれの中で地対空ミサイルが爆発した。マイクロ弾はティンセルが炸裂するまえに幸運の小さな窓をすり抜け、海底のどこかで機雷を過たずとらえていた。

ティンセル弾の残骸を追いかけるようにシャトルはスパイラル降下した。海面に着水する直前、シュナイダーは微調整をしたティンセル弾のペアをもう一度放った。その二発の弾丸《たま》はおれたちが海面下にはいると同時に炸裂した。

「また海にはいった」とシュナイダーは言った。

頭を下にしてシャトルがより深く潜行するにつれ、ヴァーチャルの視野が徐々に淡いブルーから濃いブルーに変わった。おれは機雷を探してまわりを見まわした。その残骸しかなかった。大いに満足し、ミサイルに追われたあとどこかの時点から止めていた息をようやく吐いて、シートの背もたれに頭をあずけると、誰に言うともなく言った。

「まったくもって……危なかった」

海底まで降りたのがわかった。そこにしばらくとどまってから、また少しずつ浮上した。あたりにはティンセル弾の破片が浮遊し、ゆっくりと海底に落ちていっていた。おれはそのピンクの破片をとくと眺めて、笑みを浮かべた。最後の二発はおれ自身が仕込んだものだ。ワルダーニを引き取りにいく前日の夜にやったのだが、一時間たらずの仕事だった。が、誰もいない戦闘ゾーンと爆破された離着陸フィールドを偵察して、必要なだけの弾薬筒を集めるのには三日かかった。

おれは砲手マスクを取りはずして、眼をこすった。

「ここからあとどれくらいだ？」

シュナイダーは何やらディスプレーを操作してから言った。「このまま海流に乗って移動すればだいたい六時間。重力動力も使えばその半分で行ける」

「ああ、それでおれたちは誰かに探知されて粉微塵になる。さっきの戦闘はお遊びでやってたわけじゃない。重力動力はずっとオフのままにしておいて、これからの六時間はこのシャトルの痕跡を消すのに専念してくれ」

シュナイダーは反抗的な眼つきでおれを見た。

「あんたは六時間、何をやるんだ？」

「修理だ」おれは説明抜きにそう言って、ワルダーニのところに戻った。

第五章

焚き火の炎が投げかける影が躍り、彼女の顔を光と闇の仮面に変えていた。強制収容所に呑み込まれるまえは整ったいい顔をしていたのかもしれない。が、政治犯として過ごす強制収容所の過酷さは、彼女を骨と皮だけの不気味なカタログに変えてしまっていた。眼は常に半ば閉じられ、頬はこけ……凝り固まった瞳孔の奥深くで炎がきらきらと光っていた。ほつれ毛が麦わらのように額にかかっていた。おれの煙草をななめに口にくわえていた、火もつけず。

「吸いたくないのか？」とおれはやや間を置いてから尋ねた。

まるで接続の悪い衛星通信だった。おれが尋ねて二秒ほど経ってから、彼女は眼を上げておれを見た。そして、長いこと使っていない錆びついた幽霊のような声で言った。

「ええ？」

「煙草だ。サイト・セヴンズ。ランドフォール以外で手にはいる一番いい煙草だ」おれは煙草のパックを彼女に手渡した。彼女は何度かパックを逆さにして不器用に点火パッチを見つけ、口にくわえた煙草の先をパッチにつけた。煙は大半がそよ風に流された。それでもいくらか吸い込んだらしく、煙の刺激に彼女の顔がゆがんだ。

「ありがとう」彼女は手のひらをお椀の形にして、その上にパックをのせると、溺れているところを見かけて救ってやった小動物か何かのようにじっとパックを見つめながら、おれに返した。おれは煙草を吸いながら、浜辺から少し離れた丘に生えている木々を時折見やった。エンヴォイなら誰しも持っているプログラムされた警戒心。といって、危険を感じているからではない。くつろいで音楽を聞いている者が指を鳴らして拍子を取るのと似ている。エンヴォイを体験すると、どんな環境にも秘められている潜在的な危険というものをどうしても意識するようになる。手を放せば、つかんでいるものは落ちる。そのことをたいていの人が意識するように。つまるところ、エンヴォイの訓練プログラムは本能レヴェルにまで及んでいるということだ。普通の人間が飲みものを注いだグラスを持ち、なんの理由もなくうっかりその手を放すことなどないのと同様、おれたちはガードをおろすということを決してしない。

「わたしに何かしたのね」

さきほどおれに礼を言ったのと同じ声だった。が、木々から彼女に眼を戻すと、何かが彼女の眼の中で燃えていた。彼女が発したのは質問ではなかった。「自分でもわかる」と彼女は言って、指を広げて側頭部を押さえた。「ここ。なんとなく……ここが開いているような感じがする」

おれはうなずき、適切なことばを探した。頼まれもしないのに他人の頭の中にはいり込むというのは、基本的に政府の特別機関だけに許される重大な倫理犯罪だ。おれがこれまでに行ったたいていの惑星でそうだった。ラティマーとサンクション第四惑星はその例外などと考えなければならない理由はどこにもない。ターニャ・ワルダーニについては言うに及ばず。これまたエンヴォイの特殊技能のひとつだ。うまく利用できれば、そうした井戸から汲み上げた動物的な力が心理療法にめざましい効果をあげる。具体的には、まず相手を軽い催眠状態に導いて、手っ取り早く精神的に束縛する。そのあと厳密な意味において人間を遺伝子レヴェルで動かしている性心理エネルギーの深い井戸を容赦なく利用するのだ。

セックスの前戯にはならない形で親密なボディ・コンタクトを取る。おだやかな催眠状態におけるオーガズムは互いの結合を強化するからだ。が、ワルダーニの場合、何かが最後の段階でおれを引き下がらせた。なぜか自分のしていることが性的暴力のように思えてきて、こっちの居心地が悪くなったのだ。

それでも、ワルダーニの精神状態を強制収容所にいたときのままにしておくわけにはいかなかった。彼女の場合、もとの精神状態に戻すのには通常なら数ヵ月、下手をすれば何年もかかっていたかもしれない。おれたちにそんな余裕はなかった。

「一種のテクニックだ」とおれは試しに言ってみた。「ヒーリング・システムの。おれは以前エンヴォイにいたんだよ」

彼女は煙草を吸った。「エンヴォイというのは殺人マシンだと思ってたけど」

「保護国はみんなにそう思わせたがってる。自分たちをとことん恐れさせておくために。しかし、実際のところ、そんな単純なものじゃない。ほんとうはもっと恐ろしい話になる、よくよく考えれば」おれは肩をすくめた。「だけど、たいていの人間は深く考えない。深く考えるのには努力が要るから。露骨に編集されたハイライトというのがたいていの人間の好みだ」

「そうなの？　だったらその露骨に編集されたハイライト版というのはどんなものなの？」

おれは会話が発展しそうな気がして、焚き火のほうに身を乗り出して言った。

「シャーヤ。アドラシオン。どっちの世界にも最新のバイオテク・スリーヴをまとってハイパーキャスト光線に乗ったエンヴォイの悪玉ハイテク部隊が乗り込んだ。そして、どっちの住民も皆殺しにした。おれもそういうことをやったことがある、もちろん。だけど、たいていの人が知らないのが、おれたちの輝かしい五つの成功例だ。ほとんど流血を見ることなく、密かな外交戦術で紛争を解決することができた。きわめて巧妙な策略だった。おれたちはそこへ行き、そして去った。誰にも気づかれることなく」

「なんだかあなたはエンヴォイであったことを誇りに思ってるみたいね」

「いや、それはちがう」

彼女はおれをまじまじと見た。「だから、元エンヴォイなの？」

「まあ、そういうことだな」

「エンヴォイの隊員って、みんなどうやってエンヴォイを辞めていくの？」おれは判断をまちがっていた。これは会話ではなかった。ターニャ・ワルダーニはおれという人間を探っているのだ。「自分から辞めたの？　それとも放り出されたの？」

おれは薄い笑みを浮かべて言った。「そのことはあまりしゃべりたくないな。そもそもきみにはどうでもいいことだ」

「そのことはあまりしゃべりたくない？」彼女は声を荒らげたりはしなかった。それでも怒りの歯擦音が声をひび割れさせていた。「ふざけたことを言わないでよ、コヴァッチ。自分を何様だと思ってるの？　あなたはプロの暴力集団のひとりとして大量破壊兵器を抱えてこの惑星にやってきた。そして、わたしを相手に〝傷ついた子供〟プレーをやろうとしてる。あなたがどんな痛みを抱えていようと、そんなものはくそくらえよ。わたしは強制収容所でほとんど死にかけた女なのよ。女も子供も何人も死んでいくのを見てきた女なのよ。あなたがどんな体験をしていようが、そんなことはわたしの知ったことじゃない。答えなさいよ。どうしてエンヴォイを辞めたの？」

炎がぱちぱちという音をたてた。おれは焚き火の底に熾《お》き火を見つけ、それをしばらく見つめた。その中に、汚泥と化した地面と砕かれたジミー・デ・ソトの顔をレーザー光線が舐めるところが見えた。これまで心の中で何度も見てきた光景だ。何度見ても痛みが和らぐことはない。時はどんな傷も癒す、などということをどこかの馬鹿がどこかに書いていたが、それはエンヴォイがまだ存在していなかった頃の話だ。エンヴォイの特殊技能には完全記憶力《トータル・リコール》があり、退役してもその能力を返還したことにはならないからだ。

「イネニンのことは聞いたことがあるか？」とおれは彼女に尋ねた。

「もちろん」聞いていないほうが不思議だろう。保護国が自らの鼻づらを血に赤く染めるというのはそうしょっちゅうあることではない。だから、そういうことが起こるとそのニュースは一気に広まる。星間という距離さえ経て。「イネニンにいたの？」

おれは黙ってうなずいた。

「ウィルス攻撃でエンヴォイは全滅したって聞いてたけど」

「全滅はしなかった。第二波の連中は全員死んだが。敵のウィルス攻撃も第一海岸堡を奪うのには遅すぎた。それでもその一部がコミュニケーション・ネットに洩れて、それでおれたちの大半がやられた。おれは運がよかった。すでにコミュニケーション・リンクがダウンしてたんだ」

「戦友を亡くしたのね」

「ああ」

「それで辞めたの？」

おれは首を振った。「廃疾者としてお払い箱になったのさ。精神プロファイリングで、エンヴォイとしての責務を果たすには不適と判断されたんだ」

「コミュニケーション・リンクがダウンしてたのなら、別に――」

「確かにウィルスには汚染されなかった。が、そのあとがこたえた」おれは記憶から甦る苦々しさを封じ込めながらおもむろに話した。「軍法会議があった。そのことはきみも聞いたことがあると思うが」

「ええ、最高司令部の人間がそこで裁かれた、でしょ？」

「ああ、十分ばかり時間をかけて。で、起訴は取り下げられた。おれがエンヴォイとして不適格な人間になったのがだいたいその頃だ。まあ、忠誠心の問題と思ってくれてもいい」

「なんとも胸を打たれる話じゃないの」彼女は急にくたびれたような声音で言った。さきほどの怒りをいつまでも持続させるのは、今の彼女にはまだ荷が重すぎるのだろう。「でも、あなたの場合、その忠誠心の問題は長く続かなかった。残念ながら」

「おれはもう保護国のためには仕事をしてない」

ワルダーニはおれのほうを身振りで示して言った。「あなたが着てる軍服は今のあなたのことばと正反対のことを言ってるけど」

「この軍服は」とおれは嫌悪を込めて黒い軍服を指差して言った。「これはあくまで仮の衣装だ」

「わたしにはそうは思えないけど、コヴァッチ」

「シュナイダーも同じものを着てる」とおれは言った。

「シュナイダー……」彼女の声にはいかにも疑わしげな響きがあった。彼女が彼のことをまだイアン・メンデルと思っているのは明らかだった。「シュナイダーはくそったれよ」

おれはシャトルを停めた浜辺のほうを見た。シャトルの中ではシュナイダーが異様に大きな音をたてて何かを叩いていた。ワルダーニの沈んだ心を浮かび上がらせるのにおれが使ったテクニックは、シュナイダーには通用しなかった。おれがしばらくワルダーニとふたりだけにしてくれと言うと、彼はいかにも不服そうな顔をした。

「ほんとうに？　おれはてっきりきみたちは……」

「だったら」と彼女は炎をしばらく見つめてから言った。「魅力的なくそったれと言い直せばいいかしら」

「発掘をやるまえから知ってたのか？」

彼女は首を振った。「発掘チームにお互い知り合いという人間はひとりもいなかった。みんなその仕事をたまたま割り振られた人たちだった。みんなでただ仲よく仕事ができればいい。そういう感じだった」

「で、きみが割り振られたのがダングレク海岸だった？」とおれはさりげなく尋ねた。

「いいえ」彼女はまるで急に寒さを覚えたかのように肩をすぼめた。「わたしはギルド・マスターよ。望めばプレーンズの発掘だってできた。わたしが自分からダングレクを選んだのよ。チームのほかのメンバーはみんな仕事を割り振られたスクラッチャーだった。誰もわたしの仮説を買ってなかったけど、みんな若くて熱意があった。だから、とっぴな考えをしたマスターのもとで働くのも悪くないと思ったんでしょう。仕事がないよりはいいと」

「きみの仮説というのは？」

長い間《ま》ができた。おれは不用意に尋ねてしまった自分にひそかに悪態をついた。その質問はあまりに正直すぎた。考古学ギルドに関するおれの知識の大半は、彼らの歴史やたまさかの成功例を載せた一般誌から仕入れたものだ。ギルド・マスターの実物に会うのはこれが初めてだった。しかし、発掘に関するシュナイダーの話の出典がワルダーニの寝物語であるのは明らかだった。だから、おれとしては本人から直接話が聞きたかったのだが、収容期間中、ターニャ・ワルダーニが人よりひとつよけいに体験していることがあるとすれば、それは尋問だっただろう。今、質問したとき、おれの声音はそれまでよりいくらか鋭くなっていたはずで、彼女にはそれが襲撃爆弾みたいに感じられたにちがいない。

空隙を埋めることばを探していると、彼女のほうから沈黙を破ってくれた。それまでよりほんの少し落ち着きをなくした声で。

「宇宙船を探してるのよね？　メンデルから――」彼女は言い直した。「シュナイダーから宇宙船の話はもう聞いてるんでしょ？」

「ああ。だけど、あいつの話にはいささかあいまいなところがある。宇宙船がそこにあることがきみには初めからわかってたのか？」

「確信してたわけじゃない。でも、そこにあってもおかしくないとは思ってた。遅かれ早かれ、発見されるだろうとは思ってた。ワイチンスキを読んだことは？」

「名前を聞いたことはある。ハブ理論だっけ？」

彼女は薄い笑みを浮かべた。「ハブ理論はワイチンスキの理論じゃない。そのすべてを彼に負っているにしても。ワイチンスキにはいろいろな業績があるけれど、中でも特にすぐれているのは、これまでにわれわれが発見したことのすべてが火星人の文化はわれわれのそれよりはるかに原子論的な文化だったことを示している、と指摘した点ね。周知のとおり、火星人は飛行する捕食動物から進化した生物で、翼があり、肉食性だった。そのことから言えるのは、彼らの文化は群行動を基盤とする文化ではなかったということよ」堰を切ったようにことばがほとばしり、会話モードからレクチャー・モードに一気に切り替わった。彼女自身はそのことに気づいていないようだったが。「彼らは人類よりはるかに広い個の縄張りを必要としており、社交性が欠如していた。まあ、猛禽類を想像すればいい。孤独で攻撃的。それが特徴でしょ？　でも、そんな彼らが都市を建設したということは、少なくとも自分たちの遺伝子的な性向を克服した証拠のひとつになる。わたしたち人類が長い群行動の歴史の中で身につけてしまった〝外国人嫌い《ゼノフォービア》〟を半ば封鎖したのと同じように。でも、ワイチンスキがほかの多くの専門家と一番ちがっているのは、火星人の遺伝子的性向は群行動が不可欠になったときにだけ抑制されるのであって、テクノロジーの発達が彼らにその可逆的変化をもたらした、と信じた点ね。わたしの話、ちゃんと伝わってる？」

「ああ。ただ、これ以上スピードアップしないでくれ」

そうは言ったが、実のところ、おれにとってはさほどむずかしい話ではなかった。基本的に同じような話はこれまでになんらかの形で何度か聞いていたから。ただ、ワルダーニは話せば話すほどリラックスしていくようで、リラックスしてくれればしてくれただけ彼女の心はより長く落ち着いた状態になる。実際、レクチャーを始めて数分と経っていないのに、彼女の動きが急に活発になっていた。身振りを交え、心ここにあらずといった表情がいかにも集中したそれに変わっていた。少しずつながら、彼女は自分を取り戻していた。

「あなたはさっきハブ理論って言ったわね。あんなのはろくでもない副産物よ。カーターとボグダノヴィッチがワイチンスキの火星の地図作成研究から盗んだものよ。いい？　火星の地図の一番の難点、それは共通の中心部がないことよ。地図をもとに考古学チームが火星のどこを掘っても中心部を掘ることになる。どんな集落もその地図のど真ん中にある。それも常に最も大きく描かれている。実際の規模にも眼に見える都市機能にも関係なく。ワイチンスキはこのことをなんら驚くに値しないことだと説いた。なぜなら、このことはわれわれがすでに推測していた火星人の心のありように直結しているからだと言って。火星人の地図作成者にとって何より重要なのは、その地図を作成した時点で作成者が地図上のどこにいるかということだった。カーターとボグダノヴィッチがやったのは、ワイチンスキのこの原理的な解釈を宇宙航行チャートに応用しただけのことよ。火星のどの都市も自分たちのことを火星の中心と考えていたとしたら、火星人のどんな植民星も自分たちのことを火星連合世界の中心と考えたのではないか。だから、それらすべてのチャートに火星が大きな中心として描かれていても、それはチャートが火星で描かれた結果であって、実質的にはそのことになんの意味もない。火星自体が後発で辺鄙な植民星だった可能性も充分あるわけよ。つまり、火星文化のほんとうの中心《ハブ》は、事実上チャートのほかのどの一点であってもおかしくない」彼女はいかにも馬鹿にしたような顔をしてみせた。「それがハブ理論」

「あんまり信用していないみたいな口ぶりだな」

ワルダーニは夜の闇に向けて煙草の煙を吐き出して言った。「ええ、信用してない。当時、ワイチンスキも言ったことだけど、〝だからなんなの？〟。カーターもボグダノヴィッチも重要な一点を完璧に見逃してる。ワイチンスキが火星人の宇宙感覚について言ったことを認めるなら、彼らは火星人の辞書には支配や覇権といったことばがないことにも気づくべきだった」

「ほう」

「ええ」彼女はまた薄い笑みを浮かべた。今度のはいくらか芝居がかっていた。「でも、そこから話はどうしても政治的になる。ワイチンスキはこう言っている、火星人の起源がどこであれ、その母なる世界のことを〝事実から得られた情報の本質〟より重要視しなければならない理由はどこにもない、とね」

「ママ、ぼくたちはどこから生まれたの？　その類いのことだな」

「そのとおり。まさにその類いのことよ。地図を指差して、われわれはみんなここからやってきたって言うのも別に悪くはないわ。でも、そんなことより日々の暮らしではるかに重要なのは、今われわれがいるところよ。そうである以上、母なる世界が得られる栄誉なんて、〝われわれはみんなここからやってきた〟――ただそれだけのことよ」

「ワイチンスキは、そういう非中心性こそ人類と根源的に相容れない火星人の考え方だという自説を一度も曲げなかった。ちがったっけ？」

ワルダーニの鋭い視線が返ってきた。「コヴァッチ、あなたは考古学ギルドのことをどれくらい知ってるの?」

おれは人差し指と親指でひかえめな幅を示して見せた。「すまん。ちょっと知ったかぶりをしただけだ。おれはハーランズ・ワールドの出身でね。ミノルとグレッツキーが裁判にかけられたとき、おれはティーンエイジャーだった。ギャングの一員だった。で、当時、自分がどれだけ反社会的かということを示す手っ取り早い方法が、公の場所にその裁判に関する空気落書きを書くことだったんだ。おれたちはみんな裁判記録を暗記してた。〝人類と根源的に相容れない〟というフレーズは、グレツキーの転向表明書にやたらと出てきたことばだ。おれにはそのフレーズを巧みに利用するのがギルドの標準的な手口に思えた。自分たちの研究費を守るための」

彼女は眼を伏せて言った。「ええ、そんなこともあったわね。いずれにしろ、さっきあなたが言ったことはまちがってない。ワイチンスキはそういう流れに与《くみ》しなかった。彼は何より火星人を愛していた。高く評価していた。そう公言してはばからなかった。だから、あなたもろくでもないハブ理論と彼との関係に関する話しか聞いてなかったのよ。ギルドはワイチンスキの研究資金をむしり取って、彼の発見したものの大半を公表しないで、何もかもカーターとボグダノヴィッチのいいように使わせた。そのお返しにふたりの淫売野郎はギルドに有利に働くような報告ばかりした。その結果、国連の委員会はその年の保護領戦略予算を七パーセント増やした。火星人の覇権的な文化がどこかでわれわれに襲いかかろうとしている、などというパラノイアの妄想を根拠にして」

「すばらしい」

「ええ。でも、その反証を挙げるのは無理なのよ。実際、われわれが復元したすべての宇宙航行チャートはワイチンスキの発見を裏づけてる——どの世界でもその中心は火星人が記したとおりのところにあるんだから。その事実だけでも国連をビビらせて、天井知らずの戦略予算を組ませて、保護領全土に軍隊を密に展開させるのに充分というわけ。誰もワイチンスキの研究のほんとうの意味を知ろうとしない。むしろそのことを声高に叫んだりしたら、一夜にして研究資金を引き上げられてしまうか、馬鹿にされるか。どっちにしろ、結果は変わらない」

　彼女は煙草の吸い殻を焚き火の中に放り、それが燃え上がるのを眺めた。

「それがきみに起きたことか?」とおれは尋ねた。

「必ずしもそうでもない《ノット・クワイット》」

〝クワイット〟というところに明らかに力が込められ、カチッと鍵がまわったような音に聞こえた。シュナイダーがやってきた足音が背後から聞こえた。シャトルのチェックリストか忍耐心か、そのどちらかが底をついたのだろう。おれは肩をすくめてワルダーニに言った。

「その話はまたあとで聞こう。よかったら」

「そうね。それじゃ、このあとはこのろくでもないマッチョ作戦についてあなたが話すというのは?」

　おれは焚き火のそばに加わったシュナイダーを見上げて言った。「聞いたか、今の? おまえの飛行エンターテインメントはお気に召さなかったらしい」

「文句の多いくそ乗客」シュナイダーは道化てみせろというおれのキューを過たずとらえ、地面に坐ると鼻を鳴らして言った。「全然変わってないな」

「彼女にはおまえから話すか、それともおれから話すか?」

「自分で話そうと思ってたんだろ? サイト・セヴンあるかい?」

　ワルダーニがパックを掲げ、シュナイダーに放った。シュナイダーはそれを片手で受け取った。ワルダーニはおれのほうを向いて言った。「それで?」

「ダングレク海岸」とおれはおもむろに言った。「考古学的にどれほど魅力があったのかどうか知らないが、いずれにしろ、ダングレクはノーザン・リムの一部だ。で、ノーザン・リムはカレラの機甲部隊が戦争に勝つために指定した九つの拠点のひとつだ。そこの有機体損壊の数を見るかぎり、ケンプ主義者たちも同じ結論に達したことは明らかだ」

「だから？」

「だから、ケンプ軍と機甲部隊が地域支配のために戦ってるところで考古学の探検をするというのは、おれとしちゃあまり賢いこととは思えない。戦場をどこか別のところへ移す必要がある」

「戦場を移す？」信じられないといった彼女の声音におれは嬉しくなった。どんどんまともになっている。おれは肩をすくめて続けた。

「どこかに移すか、中止させるか。どっちでもいいが、いずれにしろ、問題はおれたちには助けが要るということだ。そういう命令を司令部から引き出せるのは企業しかない。だから助けを求めるとすれば、おれたちも企業に行くしかない。ランドフォールに行こうと思ってる。しかし、おれはすぐにも任務に戻らなきゃならない将校で、シュナイダーはケンプ軍の脱走兵で、きみは戦争捕虜で、あのシャトルは盗んだものだ。探検するにも何にもまずはおれたち自身を清算する必要があった。スマート機雷とのドンパチ。あれはそのためのものだ。当然、あのドンパチも衛星監視されてたはずで、政府軍としてはおれたちはスマート機雷にやられたと思ってるはずだ。海底探査をすれば残骸の破片が見つかってそれを裏づける。誰かが証拠を精査しないかぎり、おれたちは気化して消滅した失踪人としてファイルされる。それが狙いだった」

「そんなに簡単にいく？」

「それが戦争さ。人が死んだり行方不明になったりしても人はあんまりびっくりしない」おれは焚き火の中から手頃な木を拾って、砂の上に大陸の地図を描いた。「ノーザン・リムで任務に就いてなきゃならないのに、いったいこいつはこんなところで何をしてたのか、といった程度の疑問は呈されるかもしれない。しかし、そういうことは全部戦争が終わってからのことだ。今のところ、カレラの機甲部隊は北部に薄く広く展開していて、ケンプ軍はカレラの機甲部隊を山のほうに押しやってる。護衛隊まで駆り出して側面攻撃を加えてる」おれは間に合わせの指示棒で砂地を指して言った。「ケンプ軍は海対空砲を備えた氷山艦隊もこのあたりに展開している。つまり、カレラにはおれがいなくなったことよりもっと心配しなきゃならないことがほかにいっぱいあるということだ」

「戦場を軍に移し替えさせる。あなたのためにカルテルがそんなことをするなんてほんとうに思ってるの？」ターニャ・ワルダーニは熱を帯びた視線をおれからシュナイダーに向けた。「まさかあなたまでこんなたわごとを信じてるわけじゃないでしょうね、ヤン？」

シュナイダーは片手を動かしながら答えた。「まあ、彼の言うことを聞けよ、ターニャ。彼はこういうことのプロだ。自分の言ってることは彼にはちゃんとわかってる」

「ええ、そうでしょうとも」鋭く忙《せわ》しい視線がまたおれに向けられた。「強制収容所から出してくれたことをわたしがあなたに感謝してないなんて思わないで。実際、感謝してるんだから。でも、出られたからには生きたい。死にたくない。あなたの計画は、そう、たわごとよ。あなたはわたしたちみんなを死なせようとしてるだけよ。ランドフォールの企業のサムライに殺されるか、ダングレクで両軍に撃たれるか、いずれにしろ。彼らは容赦なんか――」

「きみの言うとおりだ」とおれは寛容に言った。彼女は驚いたような顔をして黙った。「きみの言いたいことはある程度あたってる。カルテルに属してるような大企業はおれたちの計画に見向きもしないだろう。それにやつらにはおれたちを殺すことなど屁でもない。やつらにはおれたちをヴァーチャル尋問にかけて、自分たちの知りたいことを聞き出し、戦争が終わって自分たちが勝つまで、すべてにラップをかけておくような真似もできる」

「彼らが勝つようなら」

「彼らは勝つさ」とおれは言った。「彼らはいつも勝つ。なんらかの形で。だけど、おれたちはメジャーリーグを狙わない。そこのところは頭を使う」

おれはそこでことばを切り、焚き火をつついて待った。シュナイダーが首を突き出し、心配げにワルダーニの反応をうかがっているのが視野の隅にとらえられた。ワルダーニが参加しないかぎり計画は成り立たない。そのことは三人ともよくわかっていた。

海が波打ちぎわで囁いていた。焚き火の中で何かがはぜた乾いた音がした。

「わかった」と彼女は寝たきりの人が体の向きを変えて痛みの和らぐ姿勢を取るかのように、少しだけ体を動かして言った。「とにかく話して。聞くだけは聞くわ」

シュナイダーがほっとして息を吐いたのが聞こえた。おれはうなずいて言った。

「こういうことだ。企業の重役を狙う。あまり大きくない企業で腹をすかせてるやつらの中からひとり。適当なやつを探すにはいくらか時間がかかるかもしれないが、むずかしいことじゃないだろう。で、ターゲットが決まったら、とても断れないようなオファーを出す。取引きは一度きりで、期限付きで、値段は格安で、品物は品質保証付きというオファーだ」

ワルダーニはシュナイダーを見やった。金《かね》の気配に反射的にシュナイダーに眼が行ったのだろう。

「いくら小さくて腹をすかせていようと、コヴァッチ、それでも相手は企業の人間よ」彼女はそう言って、おれの眼をまっすぐに見すえた。「わたしたちはまだ誰も所有権を主張していない大変な価値のあるものの話をしてるのよね。企業にとって殺人もヴァーチャル尋問もコストとしてはそれこそ屁みたいなものよ。どうすればそういう選択肢を企業にあきらめさせられると思う？」

「それは簡単だ。脅すのさ」

「脅す？」彼女はおれをしばらくじっと見つめてから、不意に短い笑い声をあげた。思わず咳をしてしまったような反射的な笑い声だった。「コヴァッチ、あなたってディスク収容されてなきゃいけないタイプよ。どこかで心に負った傷がまだ治ってないのね。言ってみて。企業の低能重役を脅すってことだけど、どうやって脅すの？　ホラー人形でも使って脅すの？」

思わず笑みがこぼれたのが自分でもわかった。「まあ、そんなところだ」

第六章

シャトルのデータコアを消去するのには翌日のほぼ午前いっぱいかかった。シュナイダーがその作業をする間、ワルダーニはぶらぶらと砂浜を歩いたり、ハッチのそばに坐って彼に話しかけたりしていた。おれはふたりをそこに残して、砂浜のへりまで、黒い岩が剝き出しになっている岬まで行った。岩場はのぼりやすく、そのてっぺんからの景色にはわざわざ足を運ぶだけの値打ちがあった。手頃な岩にもたれて水平線を眺めた。ゆうべ見た夢の断片が心に去来した。

おれの故郷、ハーランズ・ワールドは居住惑星としては小さいほうで、潮の流れを予測するのがきわめてむずかしい。三つの月の引力に左右されるからだ。それに引き換え、サンクション第四惑星はラティマー星や地球より大きく、また自然衛星を持たないので、海はいたっておだやかだ。ハーランズ・ワールドにいた頃の記憶があるからだろう。眼のまえのこのおだやかな海は、見るたびどこかおれには疑わしげに見える。海が息をひそめて、何か途方もない変動を待っているかのような気になるのだ。それはなんともいやな感覚で、たいていはエンヴォイの特殊技能が機能して、そんな比較をすることをおれの心にやめさせるのだが、夢を見ているときにはどうしてもその機能が衰え、かすかな不安が頭をもたげる。

ゆうべ見たのはこんな夢だった。おれはサンクション第四惑星のどこかの浜辺でおだやかな海のうねりを見ている。すると、海面が徐々に盛り上がりはじめる。おれはその場に根を生やしたように海の変化を見ている。交錯する黒い筋肉のように波がせめぎ合い、舞台の迫《せり》のように高まっては水ぎわで消滅し、また沖の海に呑み込まれるのを眺めている。そんな海の乱れと歩調を合わせるかのように恐れと痛みをともなう悲しみが心に湧き起こる。おれにははっきりとわかっている。何か恐ろしいことが起こることが。

そこで眼が覚めた。

脚の筋肉が引き攣り、苛立ちを覚えながら上体を起こした。夢の残滓が心の底に漂い、何か意味のあるものとの接点を求めていた。

スマート機雷との一戦がもたらした副産物だろう。こっちのミサイルが海中で炸裂したときに海面が持ち上がったのを見たせいだろう。

そう、いかにもトラウマ的な夢だ。

最近ほかにも似たような戦闘はなかったかどうかおれは記憶を探った。が、すぐにやめた。卑劣な実戦をカレラの機甲部隊で一年半体験したおれの頭には、精神外科医一小隊分の仕事に相当するトラウマが残っているはずだ。悪夢のひとつやふたつ見るだけの資格はおれにはありすぎるくらいある。エンヴォイの特殊技能が備わっていなかったら、もう何ヵ月もまえにメンタル・パンクしていただろう。それに、そもそも戦闘の記憶など今呼び戻したいことでもなんでもない。

仰向けに寝そべり、陽光を浴び、全身を弛緩させた。朝の陽もすでに亜熱帯の日中の熱を帯びて、岩に触れると温かかった。眼を半開きにしていると、光が勝手に動きだした、湖岸でヴァーチャル・リハビリテーションをしてたときのように。おれは自らをその光の思うがままに任せた。

無為に時間が過ぎた。

電話がくぐもった音をたてた。おれは眼を閉じたまま手を伸ばし、電話をアクティヴにした。体に注がれる熱の量が増えており、脚に噴き出た汗に光がもつれていた。

「準備ができた」シュナイダーの声がした。「まだ岩の上か?」

おれは不承不承上体を起こした。「ああ。おれが言ったことは全部やったんだな?」

「ああ、全部やった。あんたが盗んできたあのスクランブル式の通信機。ありゃすぐれものだよ。雑音がまったくはいらない。向こうはおれたちが行くのをもう待ってるはずだ」

「今すぐそっちへ行く」

おれの頭の中にはまだ残滓が残っていた。夢がまだすっかり消えていなかった。何かが起こる。

おれはそんな思いを電話と一緒に胸にしまって砂浜に戻った。

考古学というのは厄介な科学だ。

何世紀にも及ぶ先端技術の発達で、墓泥棒から洗練された技術を要する作業までなんでもできるようになり、近頃は火星文化の名残に関する情報は星間で拾うこともできるようになった。衛星偵察とリモート・センサーの発達で、厚さ何メートルもの固い岩盤や水深何百メートルもの海底に埋もれた都市を見つけることも可能になった。また、謎めいた遺物に関する推測を人間にかわってやってくれる機械も発明された。まあ、火星文明が発見されて以来、人類は五百年近くも同じ作業をしてきたわけで、それぐらい発達してもおかしくはないが。

しかし、検出科学というものがどれほど繊細なものであれ、何かを見つけたら、それを掘り出さずにはいられなくなるという事実は変わらず、そういった作業は、マダム・ミーの波止場の娼館の従業員が持ち合わせているのと同程度の秘めやかさでもって、実行に移される。企業がこれまでに〝火星文明発掘競争〟に投資してきた資本は半端ではない。発見されなければならないもののあるところには支払われなければならない分け前もある、というわけだ。そういう状況に対して、環境破壊だと文句を言う火星人はもはや——見るかぎり——この世に存在しないという事実もそうした風潮を助長する。企業は明け渡された世界の鍵を取りはずすと、あとはうしろにさがって、考古学ギルドの連中がその未知の世界の付属品に群がるのを見守る。そして、もう何も掘り出すものがなくなったら、即、引き上げる。跡地をもとに戻そうとは誰も思わない。

かくして〈発掘地27〉のような場所が次々に生まれることになる。

〈発掘地27〉は、町の名としてきわめて想像力に富む命名とは言いがたいが、まあ、正確な名であるのは事実で、同じような命名の発掘地帯に現われた町のひとつだ。発掘に従事する者たちのための住宅、食堂、レジャー施設を提供する場所として五十年ほど機能してきたのだが、今は異種文化の宝庫から掃き溜めへと没落の一途をたどっていた。シャトルで東から接近すると、もともとの発掘現場がスカイライン上に見えてきて、それが停止したままの回収ベルトや奇妙な恰好に変形した支柱の上にまたがるムカデの節足のように見えた。町そのものはそのムカデのしっぽの下から始まっており、不確実に点在する建物が冷たいコンクリートのきのこのように見えた。建物は五階以上のものはなく、五階まであるものの大半はすでに遺棄されている建物で、そこまで高く伸びるだけで内なる生命力をあたかも使い果たしてしまったかのようだった。

シュナイダーはムカデの頭のほうにシャトルをバンクさせてから、もともとは〈発掘地27〉の離着陸エリアを示していたと思われる三本の目標塔に囲まれた荒地に向けて降下し、その上空でいったんホヴァリングした。整備されていない鉄筋コンクリートから埃が舞い上がり、地面を走るひび割れが現われた。コミュニケーション・セット越しに、老朽化したナヴィゲーション・ビームが誰何してきた。シュナイダーはそれを無視して、主翼をたたむと、操縦席から立ち上がって伸びをし、わざと慇懃に言った。

「さて、着きました。全員下船してください」

おれとワルダーニはシュナイダーについてメイン・キャビンに向かい、彼がこれみよがしに銃身を短くした分子ビーム銃を身につけるのを見守った。シャトルと一緒に野戦病院から調達したものだ。彼は顔を起こし、おれが見ているのに気づくと、片眼をつぶってみせた。

「ここの連中はおまえの味方だと思ってたが」とおれは言った。ターニャ・ワルダーニもシュナイダーを見ていた。その表情を見るかぎり、彼女もまた意外な気がしたのだろう。

シュナイダーは肩をすくめて言った。「まえはそうだった。でも、用心して悪いことはない」

「すばらしい」そう言って彼女はおれを見た。「もうちょっとかさばらないもので、わたしが借りられそうな武器はないの？　わたしでも持てそうなものは？」

おれはジャケットの襟を開いて、胸ホルダーに収めた二挺の機甲部隊特注のカラシニコフ製インターフェース銃を見せて言った。

「これを貸してやってもいいんだが、パーソナル・コード化されてるんで、きみには使えない」

「ブラスターにしておけよ、ターニャ」とシュナイダーが自分のしていることから顔も上げずに言った。

「そのほうがあたる確率が高いし。おれのやコヴァッチのみたいな弾丸《たま》が出るやつは新しがり屋向けのものだ」

ワルダーニは怪訝な顔で眉をもたげた。おれは思わず笑いながら言った。「彼の言うとおりだ。ブラスターなら腰につけることもない。ストラップが体にくっつくから。肩から掛ければいい」

おれは彼女がブラスターを身につけるのを手伝ってやった。彼女が振り向き、そのときおれたちの体のあいだの狭い空間で名状しがたい何かが起きた。彼女の左の胸のカーヴに沿って銃を差し込むと、彼女は眼を上げておれの眼を見た。彼女の眼が早瀬の底に沈んでいる翡翠のような色をしているのにおれはそのとき初めて気づいた。

「これでどうだ?」

「あまりしっくりこない」

おれはホルスターの位置を変えようとした。彼女は手を上げてそれを制した。彼女の指は埃をかぶった黒檀のようなおれの腕とはいかにも対照的だった。剝き出しの骨のように白く、見るからにもろそうだった。

「大丈夫。そのうち慣れる」

「わかった。ただ引っぱれば銃はホルスターから離れる。戻すときはただ押しつければいい。それだけだ」

「わかった」

おれたちのそのやりとりにはシュナイダーも何かを感じたようで、わざとらしい咳払いをしてからハッチを開けにいった。そして、ドアが外に開くと、いかにも熟練パイロットらしい慣れた手つきで、ドアの先端に取り付けられているハンドグリップをつかんだ。が、シャトルを降りると、いきなり咳き込んでしまい、そこでは熟練パイロットらしさがいささか損なわれた。着陸ブレーキが立てた土埃がまだ外では景気よく舞っていたのだ。おれは笑みをこらえた。

シュナイダーのあとにワルダーニが続いた。開いたハッチのへりにぎこちなく手のひらをついて体をすべり落とした。おれは外の土埃のことを考えてしばらくハッチにとどまり、歓迎委員会がやってきていないかどうか、土埃に眼を細めてあたりをうかがった。

やってきていた。

ワルダーニのような考古学者が遺跡の壁をサンドブラストすると、そこから像が現われるように、彼らは徐々にその姿をあらわにした。全部で七体。武装してあちこちがとがって見えるごついシルエットが七体。近づくにつれ、彼らが身につけている砂漠用マントがこすれる音が大きくなった。真ん中のシルエットだけ不恰好で、ほかより五十センチは背が高く、胸から上がやけにふくらんでいた。全員無言だった。

おれは腕組みをした。指がちょうどカラシニコフの引き金に触れるように。

「ジョコ?」とシュナイダーが声をかけ、また咳き込んだ。「おまえなのか、ジョコ?」

返事はなし。土埃が徐々に収まるにつれ、彼らが持っている銃と全員がつけている視覚強化マスクが鈍くきらめきだした。彼らの砂漠用マントはゆったりとしたもので、どうやらその下に防弾チョッキをつけているようだった。

「ジョコ、いったいなんの真似だ、ええ?」

突然、真ん中の不恰好な背の高い人影が甲高い笑い声をあげた。おれは眼をぱちくりさせた。

「ヤン、ヤン、ぼくのトモダチ」子供の声だった。「びっくりした?」

「いったい何を考えてるんだ、この馬鹿たれ」シュナイダーがそう言ってまえに出ると、大きな人影が痙攣し、一見ばらばらになったように見えた。おれは驚いてニューラケムに補強された視力を上げた。八歳ぐらいの男の子だった。それまで自分を抱いていた男の腕から離れて地面に降り立つと、シュナイダーのほうに駆け寄ってきた。男の子を抱いていた男は姿勢を正すと、そのまま完全に静止した。何かがおれの腕の腱を走った。おれは視力をさらに高め、今なお正体のつかめない人影の爪先から頭までとくと眺めた。そいつだけ視覚強化マスクをつけていなかった……

自分が何を見ているのかわかると、反射的に唇に力がはいった。

シュナイダーと男の子は複雑な握手を交わし、おれにはわけのわからない話をしていた。そのやりとりの途中で、男の子がいきなりワルダーニのほうを向いて、彼女の手を取り、畏まってお辞儀をし、おれには聞き取れなかったが、なにやら仰々しいお世辞を言った。どこまでも道化を演じようと固く心に決めているかのようだった。さかんにしゃべっていたが、ハーランズ・デイに打ち上げられるティンセル噴水花火ほどにも人畜無害に見えた。土埃が完全に収まると、それまで不気味に感じられたほかの歓迎委員会のシルエットから脅威が雲散霧消した。はっきりと見えた彼らはむしろ大半がおどおどした若い人間の寄せ集めだった。左側にいるまばらなひげを生やした白人が下唇を嚙んでいるのが視覚強化マスク越しにもわかった。片足からもう一方の足へ交互に体重を移動させて、体を揺らしている者もいた。武器は全員肩から掛けるか、ホルスターにしまっており、おれがハッチから飛び降りると、全員が驚いてあとずさった。

おれは手のひらを相手に向けて、肩の高さに上げると、安心させるつもりで謝った。

「すまん」

「こんな低能に謝ることはないよ」とシュナイダーが言い、男の子の頭をはたこうとした。彼の平手が男の子の頭をどうにかとらえた。「ジョコ、まえに来て、ほんもののエンヴォイに挨拶するんだ。こちらはタケシ・コヴァッチ。彼はイネニンにもいたんだぜ」

「ほんとうに?」男の子はおれのところまでやってきて、手を差し出した。繊細な骨格に黒い肌。八歳にしてすでに充分ハンサムなスリーヴだった。大人になっても両性具有的な美しさを保っていそうな少年だった。見事に誂えられたサロンを腰に巻き、それにマッチしたキルトのジャケットを羽織っていた。

「ジョコ・ロエスピノエジです。変なことをしてすみません。でも、こういうご時勢ですからね。用心して用心しすぎることはないですから。あなた方のコールサインがカレラの機甲部隊以外にはアクセスできない衛星周波数だったもので。ヤン・シュナイダーはぼくが兄のように慕ってる人ですけど、そんな上層部の人たちと接点があるなんてね。誰も思いませんよ。だから、罠かもしれないって思ったんです」

「ナフタリン型盗聴防止付き送信機」とシュナイダーが重々しく横から言った。「機甲部隊から盗んだのさ。おれもやるときはやるってことだ」

「誰がきみたちを罠にかけるんだ？」とおれはジョコに尋ねた。

「そう」少年は見かけとは何十歳もかけ離れた厭世的なため息をついた。「それはわかりません。政府の情報機関、カルテル、企業の買収アナリスト。ケンプ軍のスパイ。彼らのうちジョコ・ロエスピノエジに好意を持ってくれそうな人はひとりもいませんからね。戦時中に中立を守っても、それは敵がいなくなることを意味するわけじゃない。むしろ、得られるかもしれない味方を失い、まわりからは疑惑と蔑みの眼を向けられる」

「戦争はこんな南にまでは及んでないはずだけど」とワルダーニが言った。

ジョコ・ロエスピノエジは恭しく胸に手を置いて言った。「その点についてはみんなほんとうに心から運がよかったと思っています。でも、今は戦線上にないからといって占領を免れられるとはかぎらない。ここはランドフォールから東へたったの八百キロしか離れていません。防衛境界線の警戒区域です。だから、市民兵もいれば、カルテルの政治査定官が定期的にやってもくる」彼はまたため息をついた。

「これがなんとも高くつきましてね」

おれは怪訝な顔で彼を見た。「ここは市民兵によって守られてるのか？　どこにいるんだ？」

「そこに」ジョコ・ロエスピノエジは親指を立てて不ぞろいな恰好をしたほかの連中を示した。「送信用掩蔽壕《えんぺいごう》にもあとちょっといます。そういう規則だから。いずれにしろ、ここにいるのは基本的に市民兵です」

「あれが市民兵?」とワルダーニが横から言った。

「ええ」ロエスピノエジはいっときほかの連中を淋しそうな眼で見てから、おれたちのほうにまた向き直って言った。「でも、高くつくと言ったのは政治査定官のほうです。彼らにここで気持ちよく過ごしてもらうためのコストのことを言ったんです。気持ちよくというのは相手にとってもこっちにとってもということだけど、もちろん。ここに来る査定官はきわめてソフィスティケートされた人物というわけでもないんだけれど。それでも、なかなかの……そう、大食漢でね。こちら側の査定官にしておくにはかなりの出費を考えておかなくちゃならない。彼らには定期的な異動があるというのも厄介なことでね」

「そいつは今ここにいるのか?」

「彼が今ここにいたら、あなた方の申し出に応じたりしてなかったですよ。先週帰っていったところです」ロエスピノエジは横目でおれを睨んだ。その眼がいかにも狡猾で、幼い顔とはあまりに不釣合いで、おれとしてもいささかぎょっとした。「まあ、満足してくれたけど。ここで見つけたものに」

気づくと、おれは思わず知らず笑みを浮かべていた。抑えられなかった。

「おれたちはいいところに来たと思ってる」

「それはあなたたちの目的次第でしょう」とロエスピノエジは言ってシュナイダーを見やった。「ヤンの説明では何もわからなかったんでね。でも、来てください。ビジネスの話をするのにここよりましなところは〈発掘地27〉にもありますから」

彼はそばで待っていた数名の市民兵のところまでわれわれを連れていくと、舌で鋭い音を立てた。彼を抱えて現われた男がぎこちなく身を屈め、彼をまた抱え上げた。おれの背後でワルダーニがはっと息を呑んだのがわかった。その男がこれまでにどういうことをされてきたのか、彼女にもすぐにわかったのだろう。

しかし、それはこれまでに人間になされた中で最悪のことというわけでもない。実際のところ、おれが最近見たことにかぎっても最悪とはいえない。それでも、その男が頭に受けた損傷と、その治療に使われた銀色の合金セメントは見て愉しいものではなかった。一見したところ、爆弾の破片を食らったように思われた。意図的で直接的な武器では普通こんな傷にはならない。そう、どこかの誰かがわざわざ死人の頭蓋を修理したのだ。頭にできた穴を樹脂で埋め、眼球を光受容体にして。（抉られた眼窩に収められたその光受容体は、それ自体が獲物を狙うカタメギンイログモのように見えた）。そのあとで、体の自律神経系と基本的なモーター機能を連動させ、プログラムされたいくつかのコマンドに反応できるだけの命を脳幹に吹き込んだのだろう。

ノーザン・リムで負傷するまえのことだ。おれの部下に自前のアフロ・カリビアン系のスリーヴをまとった下士官がいた。寺院の廃墟で敵の衛星砲撃を待ちかまえていたある夜、そいつがまず地球では海を越え、のちにラティマーにまで伝わることになる自分の部族に代々伝わる神話を話してくれた。魔術師が死人を甦らせてつくった奴隷の話で、そういう奴隷をそいつがなんと呼んだかはもう忘れてしまったが、いずれにしろ、その下士官が今ロエスピノエジを抱いている男を見たら、きっとこういうやつだと言ったことだろう。

「気に入りました？」とロエスピノエジがおれの視線をとらえ、男の損壊された頭に猥褻なほど顔を近づけて言った。

「そうでもない。いや、気に入らない」

「まあ、審美的にはもちろん……」とロエスピノエジは微妙に語尾を引き伸ばして言った。「でも、彼にうまく包帯を巻いて、ぼくも手頃なぼろをまとったら、ふたりは完璧に哀れを誘うコンビになります。生活を破壊され、廃墟から這い出てきた傷病者と無垢な子供にね。つまり、事態が深刻になったら、それが理想的なカムフラージュになる」

「変わってないな、ジョコ」とシュナイダーがうしろから追いついてきておれを肘でつついて言った。「言っただろ？　こいつは常に一歩先を行ってるのさ」

おれは肩をすくめて言った。「難民が射撃訓練の恰好の標的になるのをおれはこれまで何度も見てきたが」

「もちろんぼくだってそれぐらい知ってます。このぼくの相棒はこういう不幸な結果になるまで戦略海兵隊にいたんです。だから、こいつの大脳皮質には反射機能が完璧に浸透してます、海兵隊ではどういうソフトをインストールするにしろ」ジョコは片眼をつぶってみせた。「ぼくはビジネスマンで技術屋じゃないんで、そういうことはよく知らないけど。いずれにしろ、ランドフォールのソフトウェア会社に頼んで、残っていたものを組み合わせてまた使えるようにしてもらったんです。見てください」

ロエスピノエジは手をジャケットの中に入れた。すると、死んだ男は背中から銃身の長いブラスターを取り出した。とてもすばやかった。光受容体が音を立て、左右に動いた。ロエスピノエジは大きな笑みを浮かべて、ジャケットから手を出した。その手にはリモートコントローラーが握られていた。親指の動きだけでブラスターはまたホルスターに収められた。その間、ロエスピノエジを抱えている腕は微動だにしなかった。

「わかったでしょ」とロエスピノエジはさも嬉しそうに言った。「同情が得られないときにはもっと露骨な選択肢もあるということです。でも、基本的にはぼくは楽観してます。この困難な時代にあっても子供を撃つことをためらう兵士がどれほど大勢いるか。その数はきっとあなたもびっくりするほどだと思うけど。さて。おしゃべりはもういいですね。何か食べません？」

発掘現場のへりからさほど離れていないところに倉庫群があり、ジョコ・ロエスピノエジはその中のひとつの最上階にペントハウスを持っていた。通りに市民兵をふたり残して中にはいり、建物の一隅に設えられた工業用エレヴェーターのところまで歩いた。ロエスピノエジを抱えたまま〝死んだ〟男が片手で金網のドアを開けた。メタリックな乾いた音ががらんとした頭上の空間に響いた。

「思い出しますねえ」上に向かうエレヴェーターの中でロエスピノエジが言った。「第一級の人工遺物でこの倉庫が埋まっていた頃もあったわけです。みんな梱包されて、タグが付けられて、ランドフォールに空輸されるのを待ってた。作業員は交替制で二十四時間働いてました。発掘作業は休むことなく続けられ、その音が昼夜を問わず聞こえていたものです、まるで心臓の鼓動のように」

「これがあなたのしていた仕事なの？」とワルダーニが尋ねた。「人工遺物の保管というのが」

暗がりの中、シュナイダーがこっそり笑みを洩らしたのがわかった。

「まだ若かった頃にね」とロエスピノエジは自嘲的に言った。「でも、やってたのはそれだけじゃありません。ほかにもあれこれ手広くやってました」

エレヴェーターが倉庫エリアの天井を突き抜けて止まると、とたんに明るくなった。陽の光がファブリック・カーテン・ウィンドウから、琥珀色のパーティションに仕切られた受付ラウンジに射し込んでいた。エレヴェーターの金網越しに、万華鏡模様の絨毯、黒っぽい木のフロアリングが見えた。それに、内部照明付きの小さなプールのように思われるもののまわりに並べられた背の低いソファ。しかし、エレヴェーターを降りると、プールと思われた床の窪みは水平スクリーンだったことがわかった。スクリーンの上では女が歌を歌っていた。少なくともそのように見えた。ラウンジのふたつの隅にもっとまともな大きさの垂直スクリーンがあり、同じ画像をもっと見やすく映し出していた。奥の壁には細長い固定テーブルが設えられていて、その上に一小隊ぐらい充分にまかなえそうな食べものと飲みものが用意されていた。

「くつろいでください」とロエスピノエジは言った。そこまでついてきた市民兵の護衛はアーチ型のドアを抜けてどこかに姿を消した。「ちょっと失礼します。食べものと飲みものはあそこにあります。そうそう、音が聞きたければどうぞ」

スクリーンからいきなり歌が聞こえはじめた。ラピニーのナンバーであることはすぐにわかった。去年ヒットして物議をかもした彼女の『オープン・グラウンド』ではなかったが。オーガズムの前兆のようなうめき声が印象的なもっとスローな曲だった。スクリーンではラピニーが逆さになってスパイダー・タンク・ガンを股にはさみ、カメラに向かって囁くように歌っていた。新兵を募るためのプロパガンダ曲だ。

シュナイダーはテーブルのところまで行くと、そこに並べられた食べものを全部皿に盛りはじめた。おれはふたりの市民兵がエレヴェーターの脇に立つのを見届け、肩をすくめ、シュナイダーに加わった。ワルダーニもおれたちに倣いかけ、そこで気が変わったらしく、カーテン・ウィンドウのほうに向かった。そして、骨ばった小さな手で模様をなぞるようにファブリックを撫でた。

「言っただろ?」とシュナイダーが言った。「惑星のこっち側で知るべき相手をちゃんと知ってて、おれたちの話に乗ってくるやつが誰かいるとしたら、それはジョコだって。やつはランドフォールのプレーヤー全員とインターフェースしてるのさ」

「してた、戦争前までは。そういう意味だな？」

シュナイダーは首を振った。「戦争前も戦争中もだ。あいつが言ってた査定官の話はあんたも聞いただろ？　あいつが言ってたような真似は今も知るべき相手を知ってなきゃできない相談だ」

「知るべき相手をちゃんと知ってるのなら」とおれは眼をワルダーニに向けたまま言った。「なんで彼は今でもこんなくそつぼみたいなところにいるんだ？」

「それはたぶんここが気に入ってるからだろうよ。やつはここで生まれて育ったんだ。それよりあんたもランドフォールには行ったことがあるだろ？　あそここそくそつぼじゃないか」

ラピニーがいきなり画面から消え、考古学の何かの資料が現われた。おれたちは皿を持って、ひとつのソファのところへ行った。シュナイダーはさっそく料理を食べかけた。が、おれが食べようとしないのを見て言った。

「もうちょっと待とう」とおれは言った。「それが礼儀というもんだ」

彼は鼻を鳴らして言った。「何を考えてる？　やつがおれたちに毒を盛るとでも？　なんのために？理由がない」

そう言いながらも、結局、彼も料理に手をつけなかった。

画面が変わり、今度は戦闘場面が現われた。愉しげなレーザーの閃光が真っ暗などこかの平原に光り、ミサイル弾の謝肉祭のような華やかな炸裂が映し出された。ただ、サウンドトラックは〝消毒〟されていたが。距離があるために炸裂音はくぐもり、それに無味乾燥な声のナレーションが加わり、いかにも人畜無害な音響効果になっていた。二次的被害も敵の反撃もカットされていた。

部屋の反対側の戸口からロエスピノエジが戻ってきた。ジャケットを脱いで、ヴァーチャル娼館向けのソフトウェアから抜け出してきたような女をふたり連れていた。モスリンをまとい、欠点はすべてエアブラシで消されたふたりの体の曲線はどこまでも重力に逆らっていて、ふたりとも表情がまったく欠落していた。そうした見るからにつくりものの女にはさまれた八歳の少年。見るからに滑稽だった。

「イヴァンナとキャス」とロエスピノエジは手でふたりをそれぞれ示して紹介した。「ぼくのいつものコンパニオンです。男の子には母親が必要でしょ？　ひとりやふたりは。さあ」彼は指を鳴らした。驚くほど大きな音がして、ふたりの女はビュッフェ・テーブルのほうへ漂っていった。ロエスピノエジ自身はそばのソファに腰をおろした。「では、さっそくビジネスといきましょう。正確なところ、ヤン、ぼくはきみときみの友達に何をしてさしあげればいいのかな？」

「きみは食べないのか？」とおれは言った。

「ああ」彼は微笑み、ふたりのコンパニオンのほうを手で示した。「彼女たちが食べていて、ぼくはふたりともすごく気に入ってる」

シュナイダーが決まり悪そうにしているのが見なくてもおれにはわかった。

「それじゃ駄目なのかな」ロエスピノエジはため息をつくと、おれの皿からペストリーを適当につまんで口に入れた。「さて。これでいいかな。これでやっとビジネスの話ができるだろうか、ヤン？　言ってくれ」

「シャトルを売りたいんだ、ジョコ」とシュナイダーはチキンのドラムスティックに目一杯かぶりつくと、それを嚙みながら続けた。「それも格安値段で」

「ほう」

「ああ、軍仕様だ。〈ウー・モリスンＩＳＮ－７０〉。実際ほとんど使われてなくて、これまでの所有者の記録もない」

ロエスピノエジは笑って言った。「そこまで言われると、逆にちょっと信じられなくなる」

「だったら、自分で調べればいい」シュナイダーは口いっぱいのものをいっぺんに嚥下して言った。「データコアなんかおまえの納税記録以上にきれいに消されてる。航続距離は六十万キロ、深宇宙サブオービタル・サブマリンだ。操作はこういう倉庫のフォークリフトを動かすのと変わらない」

「ああ。思い出した。70番台の型はすぐれものだったね。いや、これはそもそもあんたが教えてくれたことだったっけ、ヤン?」ロエスピノエジはそう言ってひげのない顎を撫でた。まえのスリーヴの癖だろう。「いや、それはどうでもいい。いずれにしろ、格安値段の中にはもちろん火器装備も含まれてるんだよね?」

シュナイダーは口を動かしながら答えた。「マイクロ・ミサイル旋回砲塔が鼻づらについてる。それに回避システム。きわめて優秀な全自動防御ソフトウェアだ」

おれはペストリーを咽喉《のど》につまらせて咳き込んだ。

ふたりの女がソファのほうに漂うようにやってきて、装飾的なシンメトリーを描くようにロエスピノエジの両脇に坐った。おれが感知したかぎり、ふたりは部屋にやってきてから声も音もまだ一度も発していなかった。ロエスピノエジの左側に坐った女が持ってきた皿の料理をロエスピノエジに食べさせはじめた。ロエスピノエジはその女のほうに身を寄せ、与えられたものを食べるあいだも考える顔つきで、おれから眼を離さなかった。

「わかった」最後に彼は言った。「六百万」

「国連ドルで?」とシュナイダーが思わず訊き返した。ロエスピノエジは大きな声で笑って言った。

「もちろんサフトだ。六百万サフト」

考古学的発見物標準代用貨幣《スタンダード・アーキオロジカル・ファインド・トークン》——サフト《SAFT》。サンクション第四惑星の政府がまだ地球の執政官庁と大して変わりなかった頃につくられた人気のない通貨。それまではラティマー・フランだったのだが、サフトとラティマー・フランでは勝負にならない。ドックの斜面を空しく這いのぼろうとする沼豹を思わせる。現在のレートは二百サフトから三百サフトで一保護国（国連）ドルだった。

シュナイダーは一瞬呆気に取られたような顔をしたものの、交渉慣れしているところを示して言った。

「今のはもちろん冗談だよな、ジョコ。六百万国連ドルでもこのシャトルの値打ちの半分だ。ウー・モリスン製なんだぜ」

「冷凍保存カプセルは付いてる？」

「それは……ないけど」

「だったら、それがぼくのどんな役に立つっていうんだい、ヤン？」とロエスピノエジは抑揚のない声音で言い、右側に坐っている女のほうを向いた。女は黙ってロエスピノエジにワイングラスを手渡した。

「いいかい、ここを脱出して、封鎖を突破して、ラティマーに戻ることができる乗りもの。現時点で軍関係者以外の人間にとってシャトルになんらかの意味があるとすればそれだけさ。六十万キロの航続距離は延ばすことができるし、ウー・モリスンのシャトルのガイダンス・システムがすぐれものだということもぼくは知ってるよ。それでも、〈ISN－70〉で出せるスピードだと――特に規格外のやつだと――ラティマーに戻るのに三十年近くかかる。だから、どうしても冷凍保存カプセルが必要になる」

彼は片手を上げてシュナイダーの反論を制した。「でも、ぼくは冷凍保存カプセルを用意してくれる人間をひとりも知らない。ひとりもだ。それはどうやっても手にはいらない。ランドフォールのカルテルはそのあたりのことをよく心得ていて、やつらは冷凍保存カプセルを全部隠匿してしまった。つまり、ここからは誰も生きては出られないということさ。戦争が終わるまでは誰も。そういうことになってるんだよ」

「だったら、ケンプ軍に転売すればいい」とおれは言った。「やつらはハードウェアに飢えてる。いくらでも出すんじゃないか?」

ロエスピノエジはうなずいて言った。「ええ、ミスター・コヴァッチ。彼らはいくらでも出すでしょう、サフトをね。なぜなら彼らはサフトしか持ってないから。そんなこと、機甲部隊のあなたには言うまでもないと思うけど」

「おれはもう機甲部隊の人間じゃない。この軍服はただ着てるだけだ」

「まあ、それでも」

おれは肩をすくめた。

「一千万じゃどうだ」とシュナイダーが期待を込めて言った。「ケンプ軍はサブオービタル船でもその五倍は出すはずだ」

ロエスピノエジはため息をついて言った。「確かにね。でも、ぼくとしてはシャトルをどこかに隠さなくちゃならない。そのための金がまた入り用になる。マウンテン・スクーターとはちがうんだから。それにケンプ軍と接触を取らなければならない。近頃はそれは強制消去刑さえ受ける罪になる、知ってると思うけど。いずれにしろ、彼らと秘密の会合を持って……そうそう、そのときには武装した護衛を連れていかなければならないし。金なんか払うのはやめてシャトルは徴用することにしようなんて、あのおもちゃの革命軍の場合、そんなことを思わないともかぎらない、でしょ? 実際、それはよくあることだ、こっちが準備を怠ると。でも、もうわかってもらえたよね、そういうことにいくらかかるか、ヤン。だから、ぼくはこれでもむしろ好意を示してるつもりなんだけど。何も言わず、きみたちの手からそっくりそのままシャトルをもらうというのは。うちが駄目なら、ほかにどこへ持っていくつもりなんだい?」

「八百万――」

「六百万でけっこうだ」とおれは横から割り込んで言った。「きみの好意に感謝するよ。で、もう少し好意に甘えたいんだが、ランドフォールまでおれたちを送ってくれないか？　それとただの情報が欲しい。お互いトモダチ同士ということの証しに」

　彼の視線が鋭くなった。ワルダーニを一瞥して彼は言った。

「ただの情報？」彼は眉をもたげた。二度すばやく、道化のように。「そんなものはこの世にはないと思うけど、でも、お互いトモダチ同士であることの証しということなら。何を知りたいんです？」

「ランドフォールのことだ」とおれは言った。「カルテルに属していない企業で貪欲《レーザーフィッシュ》なところはどこだ？　二流でも、いや、三流企業でもいい。現時点で明日の夢を一番よく見てるところは？」

　ロエスピノエジは考える顔つきでワインをちびちび飲みながら言った。「ううん。レーザーフィッシュですか。サンクション第四惑星にはないような気がしますが。そういうことをいえば、ラティマーにも」

「おれはハーランズ・ワールドの出《で》でね」

「ほんとうに？　でも、まさかクウェル主義者《クウェリスト》じゃないですよね」彼はおれが着ている機甲部隊の軍服を示した。「あなたの現在の政治的な立場を考えると」

「クウェル主義はあまり単純化して考えないほうがいい。ケンプもよくクウェルクリストを引用するが、ほかのたいていの連中同様、ただ自分に都合のいいところを利用してるだけだ」

「ほう、そうなんですか」ロエスピノエジは片手を上げて愛人が差し出した食べものをさえぎって言った。「レーザーフィッシュですが、まあ、あったとしてせいぜい五、六社といったところでしょうか。後発の企業で、だいたいがラティマーに本社のある企業です。地元の企業は星間大企業に封じ込められた恰好で、二十年前まではほとんど育ちませんでした。で、今は大企業がカルテルも地元政府も自分たちのポケットに入れてますからね。それ以外の企業にはもうスクラップ以外何もなくなり、三流企業の大半もラティマーに戻る準備をしています。戦争にはとても耐えられないわけですよ」彼はまたありもしないひげを撫でた。「つまるところ、二流企業ということになるかな……たとえば、〈サザカーン・ユー・アソシエイツ〉とか、〈PKN〉とか、〈マンドレーク・コーポレーション〉とか。今挙げたところはきわめて貪欲な肉食獣のような企業です。ほかにも二、三挙げられなくもないですが。そういう企業に何かを持ち込もうというのですね？」

おれはうなずいて言った。「間接的にね」

「なるほど。では、ただの情報にただのアドヴァイスをつけさせてください。彼らに餌を与えるときには長い棒の先につけることです」彼はおれに向かってグラスを掲げ、ワインを飲み干した。そして、いかにも愛想よく笑って言った。「そうしないと、腕を食いちぎられないともかぎらない」

第七章

　宇宙港に頼っている多くの都市同様、ランドフォールにも中心地と呼べるところがない。ランドフォールは、一世紀ほどまえに最初の入植船が着陸した南半球の半砂漠平原にでたらめに広がる集落だ。投機のための資金を持つ企業はどこも自前の離着陸エリアを平原のどこかに持ち、そのまわりに付属の建物を建てめぐらしている。その付属建造物が外に延びていた時代、それぞれの建造物が最後には接触し合い、その結果、全体像などというものをそもそも誰も描かなかった連携都市が形成され、さらに後発企業が先発企業から土地を借りたり買ったりして、市場的にも空間的にもその隙間にはいり込み、かくして急速に成長する一大メトロポリスができあがったのだ。その間、都市はほかの土地でももちろん建設されたが、サンクション第四惑星から産出した資源は必ずどこかの時点でランドフォールを通過させなければならないという国連憲章の輸出検疫規定ができ、その結果、もとの宇宙港は人工遺物の輸出、土地の配分、発掘免許の交付といった業務で、怪物のような大きさにふくれあがった。今はその大きさは平原の三分の二を占め、人口は千二百万にも及び、それは残されたサンクション第四惑星総人口の三十パーセントにあたる。

　ひとつところにそれだけの人間が住んでいる。

そんな都市の赤茶けた砂漠の砂とゴミに覆われた手入れの悪い道を歩いた。空気は乾燥しており、暑かった。道の両側の建物の影が高く昇った太陽の陽射しを時々さえぎってはくれたが、汗が顔に噴き出し、えりあしの髪が汗で濡れた。建物の窓やミラー・シールドに、おれとシュナイダーの黒い軍服が映っていた。連れがいることがありがたく思われさえした。昼日中――この暑さの中、通りを歩いている者はほかに誰もおらず、陽炎の立つあまりに静かな通りは、薄気味悪くさえあった。砂が靴の下で軋る音だけが通りに響いていた。

探しているところは簡単に見つかった。その一帯のへりにあった。まわりの建物より二倍は高く、よく磨かれたブロンズの司令塔のように突き出ていた。それ以外、外見は特に特徴のある建物ではなかった。ランドフォールのたいていの建造物同様、ミラー仕上げなので陽射しを反射し、まともにはなかなか見られなかったが。ランドフォールで一番高い建物というわけでもない。それでも、剝き出しのパワーのようなものが感じられた。あたり一帯に脈動のようなものを放ち、設計者の思いを声高に訴えていた。

〝壊れるまで人体をテストするのは――〟。

そんなフレーズがクロゼットの中から死体が飛び出してきたかのように、いきなり記憶から甦った。

「どれくらい近づく?」とシュナイダーが訊いてきた。かなり神経質になっているのがその声からわかった。

「もう少し」とおれは答えた。

カレラの機甲部隊の特注品はみなそうだが、クマロ製のスリーヴにも、とりあえず使いやすいということになっている衛星データ位置ディスプレーがついている。今のサンクション第四惑星では妨害工作および反妨害工作電波が飛び交っており、あくまでそれらに邪魔されなければの話だが。おれは、視野の左側全体を占めている網目のような通りと市《まち》のブロックに、そのディスプレーの焦点を合わせた。一本の通りにタグ付きのふたつの点が見えた。

〝壊れるまで――〟。

建物の屋上から地上の人の頭のてっぺんを見ているぐらいになるよう、視野をズームアップした。

「くそ」

「どうした?」おれの横でシュナイダーが緊張した声を上げて身構えた。どうやらそれがニンジャ・コンバット・スタンスだと本人が思っている恰好のようだった。滑稽なほど不安そうにしている彼の眼がサンレンズ越しにも見透かせた。

〝壊れるまで――〟。

「いや、なんでもない」おれは目当てのタワーがディスプレーの隅にまた現われるまでズーム比率を戻した。ディスプレーには可能で最も近いルート――ふたつの交差点を渡り、タワーまでたどり着くルートが黄色の線で示されていた。「こっちだ」

〝壊れるまで人体をテストする。それはマンドレーク社のいくつものすぐれたリサーチ・プログラムの――〟。

黄色い線に沿って数分歩くと、水のない運河に架けられた細い吊り橋が見えてきた。橋の長さは二十メートルほどで、いくらか上り勾配になって反対側のコンクリートのでっぱりまで延びていた。橋は左右に百メートルほど離れて二本あり、その橋もまたいくらか上り勾配になっていた。運河の川底にはどんな都市も吐き出すゴミ――ひび割れたケースから電子回路が洩れている日用品、食べもののパッケージ、マシンガンで蜂の巣にされた人体を思い出させる、陽に焼けた布きれの塊。それらすべての投棄物の向こうでタワーが待っていた。

〝壊れるまで――〟。

シュナイダーは橋のまえまで来ると、立ち止まって言った。

「あんた、渡るのか？」

「おまえもな。おれたちはパートナーだ、忘れたのか？」おれはそう言って、シュナイダーの背中を軽く押し、彼のうしろについた。彼としても歩かないわけにはいかなくなるほどぴったりくっついた。スリーヴが感じ取った戦闘準備ホルモンをエンヴォイの特殊技能が撥ねつけようとするときには、どうしても悪意のないヒステリカルなユーモアが要るものだ。

「これはあんまりいい考えじゃ――」

「何かまずいことが起きたら、おまえはおれのせいにすればいい」おれはまた彼の背中を押した。「さあ、行こう」

「何かまずいことが起きたら、そのときはふたりとも死んでるよ」とシュナイダーは恨みがましくぼそっと言った。

「ああ、少なくともな」

おれたちは橋を渡った。シュナイダーはまるで強風に橋が揺れてでもいるかのようにずっと手すりをつかんでいた。

コンクリートのでっぱりに見えたのは、なんの変哲もない五十メートルほどの長さがあるアクセス・プラザだったことがわかった。おれたちはそこに二メートルばかり足を踏み入れ、タワーの威容を見上げた。意図的だったのかどうかは別にして、タワーの基部のまわりに設えられたコンクリートのエプロンは恰好の大殺戮場になりそうだった。どの方向にも遮蔽物がなく、逃げるとすればまわりにさらされた細い橋を渡るか、骨折を覚悟して水のない運河に飛び込むしかなかった。

「〝ここはどこまでも開かれた地《オープン・ランド》〟」とシュナイダーがケンプ主義者の同名の革命歌の一節を口ずさんだ。無理もない。妨害工作電波のないこの街の空域に来てからというもの、このおれも気づくと二度ほどそのろくでもない曲の旋律をハミングしていた。ここランドフォールではラピニーがその歌をいたるところで歌っているのだ。聞くたびに去年の記憶をまざまざと呼び起こされそうになるほど。去年は、政府の通信妨害システムが破壊されたところではどこでも、原曲のほうを反体制プロパガンダ・チャンネルで聞くことができた。原曲の歌詞は、恐ろしく不利な状況にもかかわらず、ジョシュア・ケンプと革命に対する愛を捨てなかった不運な志願兵小隊をテーマにしたもので、ご多分に洩れず、いかにも啓蒙的な歌だ。リズムはキャッチーなジャンク・サルサ。これが耳にこびりつきやすい。ノーザン・リムでは攻撃部隊の兵士の大半がそらで歌うことができ、実際よく歌い、そのたびにカルテルの政治査定官の不興を買っていた。もっとも、カルテルの政治査定官はだいたいが機甲部隊の軍服を恐れていたから、そのことで兵士が咎められるようなことはなかったが。

いずれにしろ、このメロディには有毒なほどの伝染性があり、そのうち企業に勤める堅物市民まで無意識にハミングするようになった。これに加えて歩合だけで働いているカルテルの情報提供者のネットワークでも広がり、このままではサンクション第四惑星の強制収容所はどこも音楽的傾向に問題のある政治犯であふれ返る、などということが真面目に危惧され、治安維持の観点から、安くはないコンサルタントたちが招集された。そうしてもとのメロディにのせて消毒された歌詞が即席につくられたのだ。その改訂版をコンストラクトのヴォーカリスト、ラピニーが歌い、それはあちこちの前線に送られた。こちらのほうの歌詞は、ケンプ主義者の奇襲で両親を殺された子供が親切な企業連合に救われ、育てられ、最後は惑星でもトップレヴェルの会社の重役にまで出世するというものだ。

バラードとしては、どう見てもこっちはオリジナルのロマンチシズムと華々しさに欠けた。が、そもそもケンプ主義者の原曲の歌詞は悪意を込めて変えられるのが常で、人はそのうちどの歌詞がどっちの曲のものだったかわからなくなり、サルサのリズムはそのままに、歌詞を混ぜこぜにして歌うようになった。その過程で革命的な要素は完全に欠落し、ラピニーの忠誠心も手伝って、コンサルタントたちにはボーナスが払われ、ラピニーはといえば、近頃は政府系のあらゆるチャンネルに顔を出している。近々アルバムもリリースされるということだ。

シュナイダーが口ずさむのをやめて言った。「ここはもうやつらの警戒区域だと思うか？」

「だろうな」そう言って、おれはタワーの基部を顎で示した。高さが優に五メートルはあるよく磨かれたドアがあり、それが入口のようだった。その両側に台座があり、その上に『対称的な卵の衝突』か『展開中の大量殺戮ハードウェア』とでも名づければよさそうな抽象彫刻が置かれていた。

おれの視線を追ってシュナイダーが言った。「歩哨システム？」

おれはうなずいて言った。「自動砲がふたつ、セパレート・ビーム砲が四つ。ここから見えるのはそれだけだが、うまくカムフラージュしてある。あの彫刻にまぎれてほとんど見分けがつかない」

ある意味でそれはいい徴候だった。

おれたちはすでにランドフォールで二週間過ごしていたが、いくらか高い階級の軍服を着た男が夜中に通りを歩いていたり、高層建築に緊急対応旋回砲塔が取り付けられているのを見かけたりする以外、戦争を感じさせるものはほとんどなかった。戦争はどこか別の惑星で起きているのでは、と思ってしまうほどだった。しかし、ジョシュア・ケンプは最後の力を振り絞って首都までの道を切り拓こうとするかもしれない。マンドレーク社はそのための準備を怠っていなかった。

〝壊れるまで人体をテストする。それはマンドレーク社のいくつものすぐれたリサーチ・プログラムのひとつにすぎません。すべての人のための最大有効利用、それが私どもの最終ゴールなのです。〟――

それがマンドレーク社の宣伝文句だ。

マンドレーク社がこのタワーを建てたのはつい十年前のことだが、そもそも武力をともなう反乱を想定して建てたということは、ほかのどの企業より先を見越した戦略を持っていたことを示している。彼らのロゴは回路を背景にしたＤＮＡの螺旋構造で、その過激なアプローチ自体はまちがってはいないのだろう。後発の企業が人に投資を呼びかける方法としては。

悪くない。

「今もやつらはおれたちを見てると思うか？」

おれは肩をすくめた。「常に誰かが見てる。そりゃもう人生の真実みたいなもんだ。問題はおれたちに気づいているかどうかだ」

シュナイダーは苛立ったような顔をして言い直した。「だったら、やつらはおれたちに気づいていると思うのかい？」

「それはどうかな。自動システムがそんなふうに動いてないところを見ると。自動警戒システムを緊急レヴェルにするには戦争はここから遠すぎるんだろう。それにおれたちの軍服は友軍のものだからな。夜間外出禁止になる十時にもまだ間《ま》がある。まあ、やつらにとっておれたちは取り立てて注意を要する存在じゃない」

「まだ」

「ああ、まだ」とおれは同意して振り向いた。「それじゃ、そろそろ気づかせるとするか」

おれたちは橋を戻った。

「あんたらはあんまりアーティストって感じじゃないけど」とプロモーターは言って、おれたちの最後のコード・ナンバーを打ち込んだ。おれもシュナイダーも軍服を脱いで、その朝買ったためだたない市民服を着ていた。部屋にはいるなり値踏みをされてしまったようで、この男の対応を見るかぎり、おれたちには何かが欠けているようだった。

「おれたちはボディガードだ」とおれは陽気に言った。「アーティストは彼女だ」

男はテーブル越しにターニャ・ワルダーニに眼をやった。彼女は羽根付きサンレンズをかけて、口を真一文字に結んでしかめっつらをしていた。この数週間でいくらか肉付きがよくなっていたが、黒いロングコートの上からではそれはわからず、顔は相変わらず骨そのものだった。プロモーターは鼻を鳴らした。自分が見たものにどうやら満足したようだった。

「それじゃ」男はトラフィック・ディスプレーを最大にしてしばらくそれを見てから言った。「これだけは言っておかなきゃならない。あんたらの売りものがなんであれ、あんたらは何人もの政府のお墨付きアーティストを相手にしなきゃならない」

「ラピニーみたいな？」

シュナイダーのその口調に秘められた嘲りは何光年も離れたところでも感じ取れただろう。プロモーターはイミテーションの軍人風顎ひげを撫でると、椅子の背にもたれて、これまたイミテーションのコンバット・ブーツを履いた足を机の端にのせた。頭はスキンヘッドで、うなじから三つか四つ、戦場ソフトウェアのタグがソケットから出ているのが見えた。本物にしてはぴかぴか光りすぎていた。デザイナー・コピーではあったが。

「メジャーを馬鹿にするもんじゃない」とプロモーターは抑揚のない声で言った。「ラピニーと契約できて、利益の二パーセントでもはいってきたら、おれは今頃はラティマー・シティに住んでるよ。教えといてあげよう、戦時アートが生き残る最善策は独占だ。企業はそのことをよく知っている。だから、大量販売のための機械を持ってるだけじゃなくて、競争相手を検閲にかけて抹殺する政治力も持ってる。さて」彼はディスプレーを指で叩いた。おれたちがアップロードしたものが待機していた。発射されるのを待つ紫色の小さな魚雷に姿を変えて。「何を持ってきたにしろ、今言ったような流れに逆らって泳ぐことになるわけだからね。ホットなものであることを祈るね」

「あんたは顧客に対していつもこんなに前向きなのか？」とおれは尋ねた。

彼は寒々とした暗い笑みを浮かべた。「おれはリアリストでね。金を払ってくれりゃ、払ってくれただけのことはする。流したいものを五体満足で流せる。ランドフォールで一番の対スクリーニング割込みソフトウェアを持ってるんでね。看板にあるとおり、〝あなたをみんなに気づかせます〟だ。だけど、エゴ・マッサージまでしてもらえるなんて期待しないでくれ。それはうちがやってるサーヴィスにははいってないから。要するに、自分の運を信じられるほど楽観的になるには、乗り越えなきゃならないハードルが腐るほどあるってことさ」

背後に窓があり、開けられていて四階下の通りのざわめきが聞こえていた。夕暮れとともに気温は下がっていたが、プロモーターのオフィス内の空気はどこか饐《す》えたようなにおいを含んでいた。ワルダーニが苛立ったように体を揺らして言った。

「いずれにしろ、隙間にはいり込める作品よ。そろそろ流してくれない？」

「いいとも」プロモーターはクレジット・スクリーンをまた見やった。その画面には料金がグリーンの数字で流れていた。「乗客のみなさん、シートベルトをお締めください。すごいスピードで料金がかかりますからご注意ください」

プロモーターはスウィッチ・ボタンを叩いた。ディスプレーにさざ波が起き、紫の魚雷が消えた。かと思うと、螺旋を描く送信ヴァーチャル上にまた現われ、そのあと徐々に企業のデータ・セキュリティ・システムに呑み込まれるようにして姿を消した。プロモーターの自慢したソフトウェアの追跡範囲外に出たのだろう。グリーンのデジタル・カウンターが狂ったようにまわりはじめ、ぼやけた8の字になった。

「言っただろ？」とプロモーターは分別くさく首を振りながら言った。「企業はこういう遮断システムをインストールするだけのことに一年分の利益ぐらい惜しみなく注ぎ込む。だから、それを突破するのにも金がかかるんだよね」

「そのようだな」おれはおれたちのクレジット許容額が保護されていない反物質核みたいに減っていくのを見ながら、衝動を抑えた。突然プロモーターの首を素手でもぎ取りたくなったのだ。金の問題ではない。金ならたっぷりあった。六百万サフトというのは、ウー・モリスン製のシャトルの値段にしたらお寒いかぎりだが、ランドフォールでしばらく王様みたいに暮らすことぐらい余裕でできる額だった。

金ではない。

デザイナー・ブランドの戦争グッズと、戦時アートに関する間延びしたご高説のせいだ。ランドフォールの住民を食わせるために赤道の反対側では男も女も互いの体をばらばらにし合っているさなか、訳知りの厭世論を聞かされたせいだ。

「やった」とプロモーターは言って、短いドラムロールみたいに両手でコンソールを叩いた。「見るかぎり、はいり込めた。このあとはあんたたちの時代が来るのを待つばかり」

「〝見るかぎり〟」とシュナイダーが言った。「それはどういうことだ？」

プロモーターはまた寒々とした笑みを浮かべた。「なあ、契約書をちゃんと読んでくれよ。うちは持てる能力を最大限利用して届ける。で、その能力はサンクション第四惑星じゃナンバーワンだ。だから、あんたらは最新技術を買ったのさ。保証じゃなくて」

プロモーターは中身を吸い出されたおれたちのクレジット・チップをマシンから取り出し、ワルダーニのまえのテーブルの上に放った。ワルダーニは無表情のままそれをポケットに入れ、あくび交じりに尋ねた。

「で、わたしたちはどれぐらい待たされるわけ？」

「おれはなんなんだ、千里眼か？」プロモーターはため息をついた。「早ければ二、三日。遅ければひと月以上かかることもある。すべてはあんたらのデモ次第だ。でも、おれはそれを見てないんでね。おれはあくまで配達屋《メールマン》だ。千里眼じゃなくて。さて、お引き取り願えるかな。何かあったらメールするよ」

おれたちは、一貫して露骨におれたちに無関心を示しつづけたプロモーターにドアまで送られてオフィスを出た。さらに建物を出て左に歩き、通りを渡り、プロモーターのけばけばしいディスプレー・ホログラム・オフィスから二十メートルほど離れたところにカフェテラスを見つけた。夜間外出禁止令の時刻が迫っており、通りは閑散としていた。おれたちはそれぞれバッグをテーブルの下に置いてショート・コーヒーを注文した。

「どれぐらいかかると思う？」とワルダーニがまた尋ねた。

「三十分」と言っておれは肩をすくめた。「やつらの人工知能次第だが、長くて四十五分」

やつらがやってきたとき、おれはまだコーヒーを飲み干してさえいなかった。

やつらが乗っていたクルーザーは、めだたない茶色のずんぐりとした実用車で、一見あまりパワーはなさそうに見えたが、武装しているのは明らかだった。見るべきところを知っている者の眼には。百メートルほど離れた交差点を地上で曲がると、ゆっくりとプロモーターのオフィスのある建物に向かった。

「行ってくる」とおれはつぶやき、クマロ製のニューラケムのレヴェルを全身に高めた。「ふたりはここにいてくれ」

おもむろに立ち上がり、ポケットに手を突っ込んで通りを渡った。観光客らしくあたりをきょろきょろ見まわしながら。さきほどのクルーザーは、ちょうどプロモーターのオフィスのある建物のまえの歩道に寄せて停まったところだった。サイドドアが開き、オーヴァーオールを着た五人の人間が歩道に降り立ち、只者ではないことが容易に知れる機敏な動きで、建物の中に姿を消した。クルーザーのサイドドアが閉まった。

おれは、左手でポケットの中のものをしっかりと握ったまま、慌しくその日最後の買物をする人々の中にまぎれ、いくらか歩《ほ》を速めた。

クルーザーのフロントガラスはいかにも硬そうで、ほとんど不透明だった。それでも、ニューラケムの助けを借りると、フロントガラス越しにふたりの人影を座席に認めることができた。さらにもうひとりずんぐりとした人影がふたりの背後に見えた。背すじをまっすぐにして外を見ていた。おれは横目で建物の玄関のドアが閉まるのを見た。

今だ。

左手をポケットから出した。ほんの五十センチたらず。シロアリ手榴弾のフラット・ディスクをフロントガラスに強く打ちあてると、すばやくサイドステップしてそのままクルーザーの脇を通り過ぎた。

ブン！

シロアリ手榴弾は信管を作動させたら、すばやくその場から離れなければいけない。新製品は炸裂した破片の九十五パーセントが接触方向に飛ぶよう設計されているが、それでも残りの五パーセントは自分のほうに飛んでくる。だから、運が悪いとなんともぶざまで悲惨な結果を招く。

クルーザーは頭からしっぽまで車体をぶるっと震わせた。実質的には装甲車両なので、爆発音はむしろくぐもった音になった。おれはプロモーターのオフィスのある建物に飛び込むと、階段を駆け上がった（二階に上がったところで、インターフェース銃に手を伸ばした。すでに形を変え、早く仕事がしたくてうずうずしているのが手のひらを通して伝わってきた）。

四階には見張りがひとり配置されていたが、背後からの攻撃を考えていなかった。階段をのぼりきると、すぐにそいつの後頭部を撃った。そいつのまえの壁一面に血と血より色の薄い筋肉組織の破片がぶちまけられた。そいつが床に倒れるより早く、プロモーターのオフィスがあるドアのまえまで走った。

銃声の残響がまだこだましていた。ウィスキーの最初のひとくちのように熱く……

映像の断片が脳裏に現われた……

プロモーターはふたりの男に押さえつけられ、椅子に坐らされ、頭をのけぞらせている。それでも、立ち上がろうとし、自由の利く片手を上げ、おれのほうを指し示す。

「あいつだ――」

ドアのそばに立っていた別の阿呆がおれのほうを向く……

そいつをまずバラす。左手で三発撃ち込む。

血しぶきが宙に噴き飛ぶ。すばやく動いてそれをよける。ニューラケムのおかげだ。

一味のリーダー――そいつがリーダーだとなぜかおれにはわかる。背が高くて存在感か何かがあったからだろう――が叫ぶ。「いったいぜんたい――」

ボディ・ショット。胸と腕を撃つ。それで武器インターフェースの腕を使えなくする。

右手に持ったカラシニコフが火を噴き、ソフトコア対人弾が飛び出す。

残りのふたりはプロモーターを押さえつけていた手を放し、その手を銃に……

そいつらの手と頭と腹に向かって……

カラシニコフが興奮した犬のように吠える。

そいつらの体が痙攣する……

それで終わる。

小さなオフィスを絞めつけるような静寂が降りる。プロモーターは息絶えた捕縛者の下でちぢこまっている。コンソールのどこかで何かがスパークしていた——おれが撃った弾丸《たま》の一発があたったのだろう。オフィスの外から人の声が聞こえた。

おれはリーダーの無残な死体の脇に膝をついて、スマート・ガンをしまった。そして、うしろに手をまわして腰の窪みに取り付けたケースから振動ナイフを取り出すと、モーターのスウィッチを入れ、もう一方の手で死んだ男の背骨を押さえつけ、うなじを切り裂いた。

「うへっ」プロモーターが咽喉《のど》をつまらせたような声を上げ、コンソールの上に吐いた。「うへ、うへ」

おれは彼を見て言った。

「静かにしてろ。これはそう簡単にはいかなくてな」

プロモーターはまた首を引っ込め、身をちぢこまらせた。

何度かミスったあと、おれは頭蓋骨から椎骨をいくつか下におりたところまで切り裂いた。そして、片膝を使って頭を床に押しつけ、さらに切開した。が、そこでナイフの刃が骨のカーヴに沿ってすべった。

「くそ」

戸口から聞こえてくる人の声が徐々に増し、さらに徐々に近づいてきているように思えた。おれは作業の手を止めて、カラシニコフを左手に持つと、戸口ではなく壁に向けて続けざまに何発か撃った。どたばたという足音とともに声が遠のいた。

ナイフの作業に戻り、どうにかスタックが埋められているところまで切っ先で探り、骨を切り、刃をてこのように使って、脂肪と筋肉のあいだから脊椎を取り出した。汚らしいかぎりだが、時間がなかった。取り出した脊椎をいくつかポケットに入れ、死んだ男が着ているチュニックの汚れていない部分で手を拭いてナイフをケースに収めた。それからスマート・ガンを取り上げ、外に注意を向けながら戸口に向かった。

静かなものだった。

ドアを出るとき、プロモーターを振り返った。プロモーターはおれをじっと見ていた。おれの口から悪魔の牙でも剝き出しになったのを見てしまったような顔をしていた。

「すぐに家に帰るんだな」とおれは言ってやった。「見るかぎり、やつらはきっとまたやってくるだろうから」

四階分階段を降りた。誰にも会わなかった、ドアの隙間からこっちを見ている視線はいくつも感じたが。外に出ると、通りの両方向をざっと見渡し、カラシニコフをしまい、さきほど手榴弾で爆破したクルーザーの横を通り過ぎた。まだ煙が立ち昇っており、そばを通ると熱気も感じられた。左右五十メートルに人影はなく、店はどこもセキュリティ・ブラインドをおろしていた。野次馬が集まりかけてはいたが、誰ひとりどうすればいいのかわかっていないようだった。通りを歩きはじめると、すれちがう歩行者はみな慌てておれから遠ざかった。

その逃げ方たるや、それはもう絵に描いたほどにもきれいなものだった。

第八章

ホテルまでの道すがら、三人ともあまり口を利かなかった。

マンドレーク社がアクセスしているかもしれないどんな衛星の眼もごまかせるよう、屋根のある道とモールを選んで、道のりの大半を走った。大きなバッグを担いでのことで、息が切れた。二十分ほど走って、冷凍倉庫の庇《ひさし》の下から乗りもの呼び出し器を取り出し、空に向けて振った。しばらく振って運よくタクシーを捕まえられた。庇から外に出ないように気をつけて、タクシーに乗り込んだ。誰もひとことも発さなかった。

「職務として申し上げます」とタクシーの機械が小うるさい声で言った。「あと十七分で外出禁止になります」

「だったら、早いところ家に帰らせてくれ」とおれは言って、行き先を告げた。

「想定所要時間は九分です。料金を入れてください」

おれはシュナイダーを見やった。シュナイダーは未使用のクレジット・チップを取り出すと、スロットに入れた。タクシーは鳥のさえずりのような音を立ててほとんど何も飛んでいない夜の空に浮かんでから西をめざした。おれは座席の背にあずけた頭を横に向けて、しばらく眼下を過ぎる市《まち》の灯を眺めた。

どれぐらいおれたちは自分たちを隠せたか、自分たちの行動を思い起こしながら。

頭を戻すと、ターニャ・ワルダーニがおれをまっすぐに見つめていて、眼が合っても顔をそらそうとしなかった。

おれのほうが顔をそむけ、タクシーが下降を始めるまでまた市《まち》の灯を眺めた。

おれたちが選んだホテルは貨物輸送用高架道の下にあり、娼婦か電流中毒者しか利用しそうにない安宿で、おれたちの目的にぴたりと適っていた。フロント係は安物の人造スリーヴをまとった男で、手の指の関節のところがすり切れ、右腕だけ交換して挿《す》げ替えた跡がありありと見て取れた。カウンターもあちこちが汚れていて、防護盾発生器が取り付けられていた部分が外側のへりにそって十センチ間隔で出っ張っていた。

薄暗いロビーの隅では、表情のない女と男の子たちが今にも消え入りそうな炎のようにちろちろと揺れ動いていた。

まるでぼろ布でも見るように、フロント係がロゴ入りの眼をおれたちに向けて言った。

「一時間十サフト。保証金五十サフト。シャワーとスクリーン・アクセスが必要ならさらに五十」

「一晩泊めてくれ」とシュナイダーが言った。「もう外出禁止の時間になるんでね。気がついてないといけないんで言っとくと」

フロント係は少しも顔色を変えなかった。が、それはただスリーヴのせいかもしれない。たいていの人造スリーヴは顔面神経インターフェースが粗雑にできている。

「それじゃ八十サフトに保証金五十。シャワーとスクリーンが要るならさらに五十」

「長期滞在割引きはないのか？」

そいつはおれに眼を向け、片手をカウンターの下にやった。ニューラケムのレヴェルが一気に上がった。さっきのドンパチのあとでいくらか神経過敏になっていたのだろう。

「部屋が要るのか要らないのか？」

「泊めてくれ」とシュナイダーが答え、咎めるような眼をおれに向けた。「チップ・リーダーはどこだ？」

「クレジット・チップで払いたいなら、宿泊料が一割増しになる」そこでそいつは人が何かを思い出そうとするときの顔をした。「手数料だ」

「それでいい」

フロント係はどことなくがっかりしたような顔をして立ち上がると、奥の部屋にチップ・リーダーを取りにいった。

「ロエスピノエジにはキャッシュで払ってもらうんだったわね」とワルダーニがつぶやいた。「それぐらい考えるべきだった」

シュナイダーが肩をすくめて言った。「きみがクレジット・チップじゃなくてキャッシュで最後に何か買物をしたのはいつだ？」

彼女はただ首を振った。おれは思い出せた。あれから三十年が経っている。場所も何光年も離れたところだ。そこでクレジット・チップのかわりに手で触れることのできる通貨を使った。使ってみると、その意匠を凝らしたデザインとホログラフ・パネルのあるプラスティックの貨幣になじむようにさえなった。地球でのことだ。前植民地時代に製作されたエクスペリアから抜け出してきたような惑星での話だ。そこにいたあいだおれは恋をした、と思った。愛と憎しみとがほぼ相半ばする感情に突き動かされた。で、馬鹿なことをいくつかしでかし、おれの一部が地球で死んだ。

ここはまた別の惑星での別のスリーヴの話だ。

どうにも忘れることのできない顔を心から振り払い、おれはあたりを見まわした。ことさら自分を現在に引き戻すために。けばけばしく塗りたくった顔が物陰からおれを見返し、すぐに消えた。

いかにも淫売ホテル向きの回想だったということか。いやはや。

フロント係が戻ってきて、リーダーでシュナイダーのチップを読み取ると、疵だらけのプラスティックのキーカードを叩きつけるようにカウンターに置いた。

「奥の階段を降りてくれ。レヴェル4だ。シャワーとスクリーンのスウィッチは入れといたけど、外出禁止時間を過ぎると切れる。延長したければ、ここに来て超過料金を払ってくれ」おそらく笑みだったのだろう、シリコンの顔がゆがんだ。そんなことなどしなくてもいいのに。「どの部屋も防音装置付きだから、どうぞお好きに」

明かりはどこかにあるとして、廊下も階段もロビーよりさらに暗かった。天井も壁もイリュミナム・タイルがあちこち剝げかけていて、もうすっかりなくなっているところもあった。手すりには蛍光塗料が塗られていたが、人がつかまるたびにミクロン単位で薄くなり、ほとんど光を発していなかった。

階段には娼婦がそこここにいた。たいてい客を連れていた。まやかしの浮かれ騒ぎの小さな泡が彼らのまわりを漂い、きらめいていた。どうやら商売は繁盛しているようだった。客の中には軍服を着たやつもふたりほどいた。レヴェル2ではカルテルの政治査定官らしいやつが手すりにもたれてもの憂げに煙草を吸っていた。おれたちに注意を払った者はひとりもいなかった。

部屋は細長くて天井が低く、剝き出しのコンクリートに、速乾性樹脂でつくった天井蛇腹やら柱飾りやらが貼りつけられ、全体が暴力的なまでの原色の赤だった。はいって半分ほど行ったところの壁からベッド棚がふたつ飛び出しており、そのふたつのあいだは五十センチほどで、一方のベッド棚の四隅にプラスティック製の鎖が取り付けられていた。部屋の奥に造り付けのシャワーブース。必要とあらば、三人一緒に使えるほどの広さがあった。ベッドの反対側にはひとつずつスクリーン・システムが備えられ、画面では淡いピンクを背景にメニューが表示されていた。

おれは部屋を見まわし、血のように温かい室内の空気に向けてひとつ息を吐いてから、足元に置いたバッグの上に屈み込んだ。

「ドアがちゃんとロックされてるか見てくれ」

探知ユニットをバッグから取り出して、部屋全体に向けた。天井に三つ――それぞれのベッドの上にひとつずつとシャワーブースにひとつ――盗聴盗視器が見つかった。なんとも想像力豊かな配置だ。シュナイダーが機甲部隊の吸着式の中和器を取り出して、それぞれの盗聴盗視器の横にくっつけた。その中和器は、盗聴盗視器の二、三時間前までのメモリーを取り出し、それを繰り返しエンドレスで流しつづけるタイプだが、より性能のいいものだと、盗聴盗視器に記録されているコンテンツそのものを取り出し、それをもっともらしく編集して新たなシーンをつくりだすことができるものもある。が、そこまでしなくてもよさそうな気がした。フロント係を見るかぎり、このホテルがそこまで高度なセキュリティを考えているとは思えなかった。

「これはどこに置けばいい？」とシュナイダーがほかのバッグをベッド棚に置き、荷解きを始めながらワルダーニに尋ねた。

「とりあえずそこに置いといて」と彼女は言った。「わたしがやるから。その、なんというか、それはちょっと複雑だから」

シュナイダーは片方の眉をもたげて言った。「わかった。だったら、おれは見てるだけにするよ」

複雑にしろ何にしろ、彼女がその機材を組み立てるのには十分ほどかかった。その作業が終わると、彼女は視覚強化マスクを弛緩性バッグから取り出して顔につけ、おれのほうを向いて言った。

「取ってきたものを出してくれる?」

おれはジャケットの中に手を入れ、背骨の一部を取り出した。骨の出っぱったところや裂け目にまだ赤い血のりがこびりついていた。が、彼女は顔色ひとつ変えることなく、それを受け取り、今組み立てたばかりの人工遺物クリーナーにかけた。淡い紫の光が現われたのがガラス・カヴァー越しに見えた。おれとシュナイダーは魅入られたように、彼女がマスクとクリーナーを接続させ、ハンドセットを取り上げ、あぐらをかいて仕事にかかるのを見守った。クリーナーの中からひび割れたような音がかすかに聞こえてきた。

「うまくいきそうか?」とおれは尋ねた。

彼女はただうめき声をあげた、黙っていろと言わんばかりに。

「どれぐらいかかる?」

「よけいに長くかかる、あなたがわたしに馬鹿な質問をしつづければ」彼女はしていることから眼をそらすことなく言った。「あなたにはほかに何かすることはないの?」

シュナイダーがにやにや笑っているのが眼の隅に見えた。

おれたちがもうひとつのマシンを組み立ておえたときには、ワルダーニの作業もほぼ終わっていた。おれは彼女の肩越しに紫の輝きをのぞき込み、背骨のかけらがどうなったかを見た。ほとんどなくなっており、最後の椎骨の最後の部分が大脳皮質スタックの小さな金属のシリンダーから取り除かれていた。おれはまた魅入られたようになって作業を見守った。背骨からスタックを取り出すのを見るのはこれが初めてではなかったが、これまでに見た中で最も手際がよく、優雅なヴァージョンだった。ワルダーニが自分の道具を使うたび、骨のかけらが少しずつ少しずつ取り除かれ、スタック・ケースがそのまわりの組織から少しずつ少しずつ姿を見せた、真新しい錫のようにきらめきながら。

「わたしには自分のやってることがちゃんとわかってるから、コヴァッチ」とワルダーニは集中力をとぎらせることなく、おもむろに言った。「火星人の回路基板を融合させることに比べたら、こんなのはサンドブラストみたいなものよ」

「ああ、わかるよ。きみの手ぎわのよさにはすっかり魅せられた」

今度は彼女も顔を上げ、マスクを額に押し上げ、おれが笑っていないかどうか確かめた。もちろんおれは彼女を笑ってなどいなかった。それがわかると、彼女はまたマスクをつけ、ハンドセットでまた少し作業してから上体をうしろに倒した。紫の光が消えた。

「終わった」彼女はクリーナーの中に手を入れ、親指と人差し指でつまんでスタックを取り出した。

「ついでに言っておくと、このクリーナーはそれほどすぐれものじゃない。実際のところ、スクラッチャーが卒業論文を書くのに揃える機材ね。センサーがかなり雑なのよ。だからノーザン・リムではもっとずっと性能のいいやつが要る」

「そういう心配は無用だ」おれはそう言って、そのスタックを彼女から受け取り、もうひとつのベッドの上のマシンのほうを振り向いた。「これがうまくいけば、企業がきみ用にいくらでも特注品をつくってくれるよ。それじゃ、ふたりともよく聞いてくれ。このスタックにはヴァーチャル状況トレーサーが仕込まれている可能性が高い。たいていの企業サムライのスタックはそういう仕様になってる。もしかしたら、こいつのはそうなってないかもしれないが、まあ、そういう仕様だと仮定すると、トレーサーが始動するまで、安全にアクセスできる時間はほぼ一分。だから、カウンターが五十秒を示したら、全部シャットダウンしてくれ。これはただの死傷者身元確認査定システムだが、リアル・タイムとの時間比率を三十対一にすれば、ヴァーチャル・タイムで三十分近く得られる。それだけあれば充分だろう」

「あなたはこの人にどういうことをするの？」とワルダーニが不安そうな顔で言った。

おれはヴァーチャル・スカルキャップを頭にかぶりながら言った。「何も。時間がない。ヴァーチャルでただ話すだけだ」

「話す？」と彼女は奇妙な色を眼に浮かべて言った。

「ときに」とおれは答えた。「話すだけで事足りることもあるものさ」


ラフな旅になった。

死傷者身元確認査定システムは比較的新しい軍用システムで、おれがイネニンにいた頃にはまだなかった。その原型となるシステムができたのはおれがエンヴォイを辞めてからのことで、保護国のエリート部隊以外のどんな組織も持つようになったのはそれからさらに何十年も経ってからのことだ。その廉価タイプが十五年ほどまえに登場し、どこの軍でも会計係は喜んだが、それはもちろん実際にそのシステムを利用するのが彼らではないからだ。死傷者身元確認査定システムは通常、戦場の衛生兵によって使われる、たいていは砲火のもとで。そうした環境ではスムーズなヴァーチャル転移ができるフォーマットというだけでもう贅沢品になる。おれたちが野戦病院のシャトルからくすねたやつは、廉価版だけのことはあるとしか思えないような代物だった。

コンクリートの壁に囲まれた部屋の中で眼を閉じると、テトラメスが一気に効いたときのように、誘導時の衝撃が後頭部にがつんときた。そのあと数秒間ぼうっとしたまま空電雑音の海を漂った。そして、次に気がついたときには遅い午後の陽射しを受け、麦の穂一本動かないだだっ広い麦畑にいた。いきなり何かに足の裏を強く押されて撥ね上げられた。と思うと、畑を見渡す細長い木のポーチに立っていた。背後に家があった。木造の平屋で、見るかぎり古い家のようだったが、ほんとうに古いものにしては仕上がりがどこもかしこも完璧すぎた。幾何学的な正確さで羽目板が打ち付けられ、ひびも疵もひとつもなかった。まさに人間インターフェース・プロトコルを持たない人工知能がイメージのストックをもとに夢見た家といった感じで、実際これがそうだった。

三十分、とおれは自分に言い聞かせた。

確認して査定するまでの時間は三十分。

近代戦では死んだ兵士の遺骸はあまりあとに残らず、そのことが軍の会計係の仕事を面倒にすることがある。兵士の中には再スリーヴする価値のある者がいるからだ。経験豊富な士官は貴重な情報源だし、戦闘兵の中にも特殊な技術や知識を持った者がいる。ただ、問題はそういう連中をいかに早く特定するかだ。そういうやつらと、新しいスリーヴを与える必要のない兵卒とをいかに速やかに選別するか。阿鼻叫喚の戦場の混乱の中でそれをどうやってやるか。バーコードが埋められた皮膚は焼かれ、認識票も溶けるか、爆弾で粉砕されてしまっていることが多い。ＤＮＡスキャンはひとつの選択肢だが、その複雑な化学分析を戦場でやるのは至難の業だ。それに、悪辣な化学兵器にはＤＮＡを変えてしまうようなものもある。

さらに悪いのは、それらの識別法では殺された兵士が精神的な生存能力を備えているかどうかまではわからないということだ。どのように死んだか——即死だったのか、ゆっくりとした死だったのか、孤独に死んでいったのか、一緒に死んだ者がいたのか、苦しんだのか、どんな感覚もなかったのか——によってトラウマのレヴェルがちがい、トラウマのレヴェルは生き返ったあとの戦闘能力に大いに影響を与える。再スリーヴ体験もまた看過できない。あまりに頻繁に再スリーヴを繰り返すと、いわゆる〝再スリーヴ過多症候群〟を惹き起こす。去年、おれはそういうやつを見た。あまりに戦場から回収されすぎた機甲部隊の爆薬工作軍曹だ。戦争が始まってからすでに九回も再スリーヴしており、おれが会ったときにはクローン・タイプの二十歳の若者のスリーヴをまとっていたのだが、クソを洩らした幼児さながらだった。まるでもう要らなくなったおもちゃか何かのように自分の指を見つめて、不思議な内省のときを過ごす以外は、ただわけもなく叫んだり泣いたりしていた。

　そういうやつはもう使いものにならない。

　つまるところ、衛生兵が通常対面しなければならない粉砕されたり焼かれたりした死体の残骸から、これらの事実をかなりの精度で把握するのはそもそも不可能だということだ。ただ、大脳皮質スタック技術の向上が会計士には朗報をもたらした。犠牲者の身元確認査定だけでなく、回復不能なまでに精神にダメージを受けているかどうかを調べることが可能になったからだ。頭蓋骨のすぐ下、脊椎の中に収められているスタック——人の心のブラックボックス——はきわめて安全に保管されていると言える。骨自体ダメージに強いし、その古きよき工業技術が保護しきれなくても、スタックに使われる物質は人類に知られている人工物質の中で最も丈夫なものだ。疵ひとつつけることなくサンドブラストすることができ、手でヴァーチャル環境発生機につないで、さきにスタックをそのヴァーチャル環境に送り出し、そのあとを追いかけることもできる。必要な道具も大きなバッグにちょうど収まる程度のものだ。

　おれは申し分ない木のドアのところまで行った。ドアの横の羽目板に銅板が掛けられ、そこに八桁の番号と名前が書かれていた。デング・ツァオ・ジュン。ドアのノブをまわした。ドアは音もなく内側に開いた。中にはいった。殺風景なまでに清潔な部屋だった。細長い木のテーブルがでんと中央に居坐り、からし色のクッション付き肘掛け椅子が部屋の一方の隅に二脚、暖炉に向けて置かれていた。暖炉には火がはいっていて、ぱちぱちと薪の燃える音がしていた。奥にドアがふたつ。キッチンと寝室に通じるドアに思われた。

　彼はテーブルについていた。両手で頭を抱えていた。ドアが開いたことにも気づいていないようだった。ヴァーチャル・セットはおれが来る数秒前に彼をここに連れてきているはずで、連れてこられた最初のショックを和らげるのに、ヴァーチャル時間で数分の余裕があったはずだが、それでも新たな環境に対処するのに時間が要ったのだろう。

おれはひかえめな咳払いをして言った。

「やあ、デング」

彼は顔を上げ、手をテーブルに置いておれを見た。堰を切ったようにことばが彼の口からあふれ出た。

「おれたちははめられたんだよ。くそ汚い罠に。誰かがおれたちを待ち伏せてたんだ。ハンドに言ってくれ。セキュリティ・システムがいかれたって。やつらは――」

そこで彼の声が枯渇した。おれが誰なのかわかり、眼が大きく見開かれた。

「ああ、そうだ」とおれは認めて言った。

彼は弾かれたように立ち上がった。「いったいおまえは誰なんだ?」

「そういうことはこの際、大した問題じゃない。それより――」

彼はおれに話をさせてくれなかった。テーブルをまわって向かってきた、怒りに眼を糸のように細くして。おれはあとずさった。

「まあ、聞けよ。そんなことをしても――」

彼はさらに近づいてきて、襲いかかってきた。膝蹴りとボディブローを放ってきた。膝蹴りはブロックしてよけた。同時に、突き出された腕をつかんで床に彼を放り出した。倒れざま彼はさらに蹴りを繰り出そうとした。おれはその蹴りをスウェイバックでかわした。彼は立ち上がると、さらに向かってきた。

今度はおれも逃げずに応じた。ブロックとバタフライ・キックで攻撃をかわし、膝と肘を使って倒した。おれの攻撃をまともに食らって、彼は腹の底から絞り出したようなうめき声をあげ、片手を体の下にしてまた床に倒れた。おれはうつ伏せになった彼の背中を押さえつけ、一方の手を逆手に取ってねじり上げた。関節が妙な音をたてるまで。

「なあ、もうこれでいいだろ？　あんたはヴァーチャルにいるんだから」おれは息を整え、声を落として言った。「また同じことをやりたいのなら、今度はこの腕を折らなきゃならない。わかったか？」

顔を床に強く押しつけられた状態ながら、彼はそれでも精一杯うなずいた。

「よし」おれはねじり上げた腕にかけていた力を少しだけ弱めた。「手を放すから、このあとはもう少し文明人らしく振る舞ってくれ。いくつか訊きたいことがあるんだ、デング。答えたくなきゃ、答えなくてもいい。だけど、これはあんたとしても悪い話じゃない。聞くだけは最後まで聞いてくれ」

おれは立ち上がり、彼から離れた。ややあって、彼も立ち上がると、腕を揉みながらぐったりと椅子に坐った。テーブルをはさんで彼と向かい合い、おれも腰をおろした。

「あんたのスタックはヴァーチャル・トレーサーに接続されてるのか？」

彼は首を振った。

「まあ、接続されてても、そうだとは言わないだろうが。いずれにしろ、それはなんの役にも立たない。おれたちは盗聴盗視防止にミラー・コード・スクランブラーを使ってるから。それじゃ教えてくれ。あんたの上司は誰だ？」

彼はおれをまじまじと見つめた。「なんでそんなことをおまえに言わなきゃならない？」

「言ってくれたら、おれはあんたのスタックをマンドレーク社に送ることができて、マンドレーク社はあんたを再スリーヴすることができるからだよ」おれは椅子に坐ったまま身を乗り出して言った。「これは一回きりのオファーだ、デング。まだオファーが生きてるうちに受けることだ」

「おれを殺したら、マンドレーク社が――」

「それはどうかな」とおれは首を振って言った。「もっと現実的になれよ。あんたはなんなんだ？　保安対策部長？　それとも戦略的人事担当重役？　とてもそうは見えない。マンドレーク社にはあんたみたいな人間のストックはそれこそ売るほどあるんじゃないのか？　たとえば、政府軍の下士官なんか、戦場から逃れられるならどんなやつのフェラチオだってやるだろう。でもって、あんたの仕事はそいつらの誰でもできる仕事だ。さらに、あんたが仕えてるやつらは男も女も、おれが今夜やつらに見せたもののためなら、自分たちの子供さえ淫売宿に売りかねないような連中だ。そのことに比べたら、デング、あんたのような人間は虫けらみたいなものなんだよ。ちがうか？」

答は返ってこなかった。デングは憎しみがたぎる眼でおれをただじっと見ていた。

おれは説得のマニュアルどおりさらにひとつ発展させた。

「もちろんマンドレーク社も原理原則に従って報復を選択するかもしれない。うちの社員に手出しをした者はただではすまない。それを大々的に世間に知らしめるという選択をするかもしれない。強硬路線が身上の企業はそういうスタンスを取りたがるものだ。それはマンドレーク社も変わらないだろう」おれは片手を広げて身振りを交えた。「でも、デング、今ここでおれたちがしてるのは原理原則の話じゃない、だろ？　それはもうあんたにもわかってるよな。会社のセキュリティ・システムを破られてこれほど早い対応を命じられたことがこれまでに一度でもあったか？　こんな完璧な指示を受けたことがこれまでにあったか？　どういう指示だった？　このシグナルの発信者を見つけて、そいつのスタックを無傷で持ち帰れ。いかなる犠牲を払ってでも。そんなところじゃなかったかな？」

おれはその質問をふたりのあいだの宙に浮かせた。さりげなくロープを投げ、彼がそれにつかまるのを待った。

さあ、つかむんだ。イエスと言えばそれですむことだ。

沈黙が続いた。ふたりのあいだに放った誘いのことばがそれ自身の重みで軋る音が聞こえてきそうだった。彼は唇を固く結んでいた。

もう一度試すか。

「なあ、そんな指示じゃなかったのかい？」

「さっさとおれを殺すんだな」と彼は硬い口調で言った。

おれは笑みをおもむろに浮かべた――

「あんたを殺すつもりはないよ、デング」

それだけ言って待った。

ほんとうにミラー・コード・スクランブラーを持っているかのように。おれたちのやりとりは誰にも聞かれていないかのように。時間はいくらでもあるかのように。そう、信じることだ。

自分は宇宙の時間すべてを持っていると。

「おまえには――？」とようやく彼が口を開いた。

「あんたを殺すつもりはない。そう言ったんだ。あんたを、殺す、つもりは、ない」おれは肩をすくめた。「殺すのはいかにも簡単なことだが。あんたというスウィッチをただ切る。それだけのことだ。でも、そんなつもりはない。つまりあんたが企業の英雄として祭り上げられることはないということだ」

彼の顔に怪訝な色が浮かんだ。

「それから拷問をされるなんてことも思わないでくれ。そういうことをするつもりもない。だって、マンドレーク社がどんな抵抗ソフトウェアをあんたにダウンロードしてるかもわからないんだから。拷問というのはどうしても汚らしくなる。それに、答が得られてもそれにどれだけの信憑性があるのか、百パーセント確信を持つこともできない。だいたい時間がかかりすぎる。だから、あんたが駄目ならほかをあたろうと思ってる。最初に言ったとおり、これは一回こっきりのオファーだ。だから、まだチャンスがあるあいだに答えてくれ」

「さもなきゃ、なんだ？」虚勢にしてはしっかりした声だった。が、新たな疑念がその根っこをぐらつかせていた。彼はきたるべきことを予測してすでに二度心の準備をしていた。が、その予測は二度ともはずれた。彼の恐怖はまだ薄い霧のようなものだったが、その霧は明らかに徐々に濃くなっていた。

おれは肩をすくめた。

「あんたをここに残しておれは消える」

「なんだって？」

「あんたをここに残しておれは消える。おれたちはチャリセット荒地のど真ん中にいる。廃墟と化した発掘タウンだ。名前さえあったかどうか疑わしいようなところだ。まわりは東西南北どの方角も千キロばかり続く砂漠。おれはそういうところにあんたを接続したまま、ただ消える」

彼は眼をしばたたき、おれのことばを反芻するような顔をした。おれはまた身を乗り出して言った。

「今あんたは犠牲者の身元確認査定システムのヴァーチャルにいる。それは戦場用パワーバックで動いてるから、このセッティングだと数十年はたぶんもつだろう。ヴァーチャル・タイムだと数百年。このヴァーチャル・フォーマットはあんたにとってすごくリアルなはずだ。ここにただ坐って麦の生長を来る日も来る日も眺める。まあ、麦の生長までこのフォーマットに組み込まれてればの話だが。ここじゃ腹がすくこともない。咽喉《のど》が渇くこともない。だけど、そうだな、最初の百年が過ぎるまえにあんたの頭がおかしくなるほうにおれはいくらでも賭けるね」

また椅子の背にもたれ、おれのことばが彼の脳みそに浸透するのをいっとき待ってから言った。

「それともおれの質問に答えるか。オファーは一回。どうする？」

また沈黙が続いた。が、今回のそれはそれまでのものとはいささか雰囲気がちがっていた。おれはしばらく彼におれを見つめさせつづけてから、肩をすくめて立ち上がった。

「今のがあんたの答ということか」

おれはドアに向かい、ドアノブに手を伸ばした。そこで彼が怒鳴った。

「わかったよ!」ピアノ線が切れた音のような声だった。「わかったよ。あんたの勝ちだ。あんたの」

おれは立ち止まり、ドアノブに手をかけた。彼の声がさらに大きくなった。

「あんたの勝ちだって言っただろうが。ハンドだよ、ハンド。マルシアス・ハンド。ハンドに言われて、あのプロモーターのところへ行ったんだ。ハンドがストップ・マンだ。嘘じゃない」

ハンド。おれが誰かすぐにはわからず、さきほどデングがぽろっと口にした名だ。信じてまずまちがいはないだろう。ドアから彼のほうに戻って言った。

「ハンド?」

彼は何度も小刻みに頭を上下させた。

「マルシアス・ハンド?」

彼は顔を起こした。それまであった何かが今は壊れていた。「あんたの言ったことは信じていいんだろうな?」

「まあな。あんたのスタックは無傷でマンドレーク社に送り返す。そのハンドというのは?」

「マルシアス・ハンド。購入部の重役だ」

「そいつがあんたの上司なのか?」おれは眉をひそめた。「購入部の重役が?」

「直属の上司じゃない。戦略部隊のレポートはすべて保安対策部長のところに届けられる。でも、戦争のせいで、七十五人の補助部員が戦略部隊に雇われ、そのレポートは購入部のハンドのところに届くようになってるんだ」

「どうして？」

「おれみたいな下っ端になんでそんなことがわかる？」

「だったら、あんたの考えでもいい。それはハンドという男が持ってる力のせいか、それともそれが会社のそもそもの方針だからなのか」

彼はいくらかためらってから言った。「あくまで噂だけど、ハンドというのは相当やり手だということだ」

「ハンドがマンドレーク社に来てどれぐらいになる？」

「さあ」彼はおれの顔に浮かんだ表情を見て、慌てて言い添えた。「知らないよ、ほんとに。おれよりまえからいるんだから」

「評判は？」

「タフな男。裏切りを絶対に赦さない男、だな」

「ああ、そいつにかぎらず、部のトップからさらにその上の重役はみんなそうだろう。やつらはみなタフなくそったれだ。なあ、誰でも想像できそうなことは要らない。もっと別なことを言ってくれ」

「だったら、ハンドの場合はそれが噂だけじゃないってことだな。二年前のことだ。研究探査部のプロジェクト・マネージャーが経営戦略会議の席でハンドを槍玉にあげたことがあった、企業倫理に抵触してるということで」

「企業なんだって？」

「ああ、笑いたけりゃ笑えばいい。それでも、マンドレーク社じゃ、それが立証されたら、消去も含む罰則を食らうことになってる」

「でも、立証はされなかった」

デングは首を振った。「ハンドはどうにかほかの重役を言いくるめた。どうしてそんなことができたのかはいまだに謎だが、いずれにしろ、その二週間後、ハンドを糾弾しようとしたやつはタクシーに乗ってるときに死んだ。何かがそいつの内部で爆発したみたいだった。ハンドは実はラティマーじゃカルフール（災いをもたらすヴードゥーの神）協会の呪術師《ホーガン》だったって言われてて、ヴードゥーの魔術を使ったんじゃないかというのがもっぱらの噂だ」

「ヴードゥーの魔術」とおれは驚いたふうをわざと装って言った。宗教は宗教だ、何かにどんなにくるんで見せても。来世に心を奪われるというのは現世との折り合いが不能になったことの何よりの証しだ、とクウェルクリストは言っているが、そんな宗教の中でもカルフール協会は最悪の部類にはいる。おれがこれまでに見てきた悲劇など売るほどあるが、そういう悲劇を人間にもたらす存在として、ハーランズ・ワールドのヤクザ、シャーヤの宗教警察、それにもちろんエンヴォイ・コーズにも引けをとらない〝ワル〟の集団だ。マルシアス・ハンドがほんとうにカルフール教会のホーガンだとすれば、平均的な企業の用心棒より数段どす黒く汚れた男ということになる。「そのヴードゥーの魔術以外にハンドについて言われてることは？」

デングは肩をすくめた。「抜け目がないってことかな。戦争が始まるすぐまえ、購入部は政府との多くの契約に強引に関わった。だいたいはメジャーが見向きもしないような契約だったが、経営戦略会議でハンドがこんな提案をしたと言われてる。これで来年の今頃にはマンドレーク社にカルテルの椅子が用意されるってな。おれの知るかぎり、そのことを笑ったやつは誰もいなかったそうだ」

「ああ。自分の内臓でタクシーの内装を飾る仕事に商売替えするというのは、誰にとっても危険すぎるものな。どうやら時間が――」

来たようだった。

　身元確認査定フォーマットを出るのは、はいるのと同じくらい愉しかった。おれが坐っていた椅子の下の床が落とし戸になっていて、それが開き、惑星を突き抜けていくような感覚があった。空電雑音の海があらゆる方向から押し寄せてきて、貪るように闇を食い、接続されたおれの感覚を激しく叩いた。共感薬のエンパシンの二日酔いになったような気がした。と思うまもなく、海は遠のき、どこかに吸い込まれるようにして消えた。不快感だけが残り、おれは現実に戻った。頭を垂れ、口の端から少しばかりよだれを垂らしていた。

「大丈夫か、コヴァッチ？」

　シュナイダーの声がした。

　おれは眼をしばたたいた。空電雑音を浴びたせいだろう、まわりがかすんで見えた、長いこと太陽を見すぎたときのように。

「コヴァッチ？」今度はターニャ・ワルダーニの声だった。おれは口のまわりを拭い、まわりを見まわした。横で身元確認査定機がブーンという低い音を立て、緑のカウンター・ナンバーが４９のところで止まっていた。ワルダーニとシュナイダーがその身元確認査定機の両脇に立って、おれをのぞき込んでいた。ほとんど滑稽といってもいいような不安顔で。ふたりの背後に樹脂でつくったいかにも淫売宿らしい内装が見え、それがセンスの悪い笑劇の舞台背景を思わせた。スカルキャップをはずそうと手を伸ばしたところで、自然と笑みがこぼれた。

「で？」とワルダーニがいくらか身を引いて言った。「にたにた笑ってないで。収穫は？」

「充分あった」とおれは言った。「これで取引きができそうだ」

第二部

商業的観点

政治的なものであれ、なんであれ、どんな計画にも必ずコストが生じる。
だから、忘れずに訊くことだ、そのコストはどれほどのものなのか、
それは誰が払うのか。黙っていると、
計画をつくった人間はあなたのその沈黙の香水を敏感に感じ取る。
沼豹が血のにおいを嗅ぎつけるように。
そして、次に気づいたときにはもう
あなたがコストの負担を期待される人間になっている。
しかし、あなたにはそのコストがいつも払えるとはかぎらない。

クウェルクリスト・フォークナー
『わたしにも今頃はもうわかってもよさそうなことども』第二巻

第九章

「ご来場のみなさん！　ご静粛に願います！」

その女競売人はマイクを優雅に指でこつこつと叩いた。アーチ型の天井の下、その音がくぐもった雷のようにファブファブと響いた。冠と手袋こそなかったが、伝統に則ってその女競売人は真空スーツで正装していた。が、体の線がくっきりと出るそのデザインは、火星人の遺跡出土品というより、ニュー・ペキンの高級服飾品を思い出させ、その声はアルコール度数の高いラム酒を垂らした甘くて温かいコーヒーのようだった。「ロット番号77。最近の発掘によってダナン平原南部から出土したものです。基部にレーザー彫刻が施された高さ三メートルの支柱。競売開始価格は二十万サフトです」

「そんなにするだろうか」マルシアス・ハンドは緑茶を飲むと、バルコニーの向こうで拡大された出土品のホログラフがゆっくりと回転するのを見やった。「きょうびああいうものがそんなにするかな。あの二番目の縦溝のところにあんなどうしようもないひびがはいってるのに」

「それはなんとも言えないんじゃないか」とおれは悠然と言った。「こういうところには、どういう低能が金を持ちすぎてまぎれ込んでないともかぎらないんだから」

「確かに」彼は椅子の上で体をひねり、バルコニーのまわりにぽつぽつとまばらに集まっているバイヤーの群れを見まわした。「それでも、十二万サフトを下まわるだろうな。私の予想を言えば」

「あんたがそう言うなら」

「言うさ」彫りの深い白人の顔に垢抜けした笑みがうっすらと浮かんで消えた。企業の重役のご多分に洩れず、彼もまた背が高く、すぐに忘れてしまえる整った顔をしていた。「もちろん、この私にしてもこれまでに判断を誤ったことがないとは言えないが。たまにはね。ああ、あれだ。頼んだものが来たようだ」

料理が運ばれてきた。運んできたウェイターも正装していたが、競売人より仕立ての悪い廉価版のお仕着せを着せられていた。なかなか優雅な手つきでおれたちの料理をテーブルに並べた。おれもハンドもそれを黙って見守り、そのあとウェイターの姿が見えなくなるまで互いに同じくらい用心深く見送った。

「今のはあんたのところのスパイか何かか？」とおれは尋ねた。

「まさか」とハンドは言って、疑わしげに箸で弁当トレーの中身をつついた。「もっとほかの料理を頼むべきだったね。今は戦時で、ここは海から千キロ以上も離れてるんだから。そんなところでスシを注文するのは果たして賢い選択だったかどうか」

「おれはハーランズ・ワールドの出《で》だ。あっちじゃスシばっかり食ってる」

おれたちはふたりともスシ・バーがバルコニーのど真ん中に設《しつら》えられていることを――その競売場は風通しも見通しもよく、スシ・バーは狙撃されるには恰好の位置にあることを――無視して話していたが、狙撃するのに絶好の場所のひとつにシュナイダーがいた。銃身を短くしたレーザー・カービンを抱え、スナイパースコープ越しにマルシアス・ハンドの顔を見ているはずだった。ほかに何人の人間がおれに対してシュナイダーと同じことをしているのか、おれには見当もつかなかった。

競売開始価格はどんどん下がり、その様子が温かいオレンジ色の数字で頭上のホロディスプレーに示された。十五万を割り、競売人が懇願するような声を上げても下げ止まらなかった。

「ほらな。まだ下がるよ」彼は食べはじめた。「それじゃビジネスの話といこう」

「ああ、そうしよう」おれはあるものをテーブル越しに彼に放った。「それは思うにあんたのだ」

彼があいているほうの手で止めるまで、それはテーブルの上を転がった。彼はよく手入れされた指先で取り上げると、怪訝な顔でそれを見た。

「デングのスタックか？」

おれは黙ってうなずいた。

「彼からどれだけ情報を引き出した？」

「あまり収穫はなかった。ヴァーチャル・トレーサーが作動してる状態じゃあまり時間もなかったからね。こんなことはあんたには言うまでもないだろうが」おれは肩をすくめた。「あんたの名前をぽろっと口にしたけど、それはおれがマンドレーク社の精神外科医じゃないことに気づくまえのことだ。そのあとはなんとも口が固かった。なかなかタフなやつだよ」

ハンドは疑わしげな顔をしたが、デングのスタックをスーツの胸のポケットに入れ、そのことについては何も言わなかった。ただおもむろにスシを食べてから、最後に言った。

「彼ら全員を撃つ必要がきみにはほんとうにあったのかどうか」

おれは肩をすくめた。「あれが北での最近のやり方だ。あんたはまだ聞いてないかもしれないが。なんといっても今は戦時なんでね」

「ああ、そうだ」彼は今初めておれの軍服に気づいたように言った。「きみは機甲部隊にいるんだね。アイザック・カレラはどう思うだろう、きみがランドフォールで民間人のオフィスを襲撃してるなどという話を聞いたら」

おれはまた肩をすくめた。「機甲部隊の士官にはかなりの裁量権がある。説明するのはそう簡単じゃないかもしれないが、諜報活動の一環だったという説明は常に可能だ。あくまでも戦略的行動だったと主張することは」

「で、実際、そうなのか？」

「いや。これは百パーセント個人的なことだ」

「私がこのやりとりを記録していて、それをカレラに送りつけたら？」

「もしおれが諜報活動をしていて囮《おとり》作戦を実行してるのだとしたら、囮がいかにも言いそうなことしかおれはあんたに言わない、だろ？　となると、どこからどこまでがほんとうのところなのか、それを見きわめるのは実にむずかしい。おれがここでどんなことを話そうと、それは二重のはったりということになる。だろ？」

テーブル越しに互いに無表情な相手を見つめるいっときが過ぎた。やがていかにも重役然とした彼の顔に笑みがまたゆっくりと広がった。自然な笑みとするにはいささか長すぎたが。

「ふん」と彼は低い声で言った。「今のはよかったよ、中尉。すばらしかった。実に理路整然としていて、私としては何を信じればいいのかわからなくなった。つまり、きみは機甲部隊の作戦の一環としてここにいるのかもしれない。そういう可能性もないとはいえない。そういうわけだ」

「可能性としてはね」とおれは笑みを返して言った。「だけど、ひとつ言っておこう。あんたにはそんなことを心配してる暇はないということだ。昨日あんたに送ったデータは、ランドフォールの五十の個所から自動的に送られるようにしてある。期限付きでカルテルに属すべての企業宛てに高衝撃送信ができるようにね。つまり、あんたは時限爆弾を抱えてるようなもので、時間は待ってはくれないということだ。あれこれ全部検証しようとしたら、ひと月はかかるだろうな。それがすんでからだと、あんたが知ってることはもう、ランドフォールじゅうのヘビー級の競争相手がみんな知ってることになる。周知の事実になる。だから、その頃には北の海岸線はかなりの長さに渡って、それこそ大晦日のタッチダウン通りみたいな様相を呈していることだろう」

「静かに」ハンドの声音は相変わらずおだやかだったが、人あたりのいい口調の裏に鋼鉄のスパイクのようなものがほの見えた。「ここは密室でもなんでもないんだから。マンドレーク社と仕事がしたいのなら、慎重さというものをもう少し身につけてほしい。具体的なことは言ってくれなくていい」

「いいとも。お互い理解し合えてるなら」

「私はそのつもりだ」

「だといいが」おれのほうはいくらかとんがった物言いのままにした。「あんたはおれを見くびった。で、ゆうべはまぬけ部隊をおれのところに寄越した。ああいう真似はもうやめたほうがいい」

「そんなことはもう思っては――」

「ならいい。夢にも思ってくれるな、ハンド。なぜなら、ゆうべのデングと彼の友達の身に起きたことは、おれが北でこの一年半のあいだに関わった不快な出来事に比べたら、屁でもないようなことだからだ。戦争は遠く離れたところでの出来事だとあんたは思ってるかもしれないが、マンドレーク社がおれやおれの仲間に危害を加えたら、それで機甲部隊の目覚まし時計が鳴ることになる。でもって、あんたはその目覚まし時計をケツの穴に突っ込まれることになる、とことん深くケツから咽喉元《のどもと》まで。自分のクソを味わうことができるほど。さて。これでおれたちはわかり合えただろうか？」

ハンドは苦々しげな顔をして言った。「ああ、実に図解的にね。きみたちがないがしろにされることはない。それだけは請け合っておくよ。もちろん、それはきみたちの要求がリーズナブルなものであったらの話だが。で、率直なところ、どれぐらいの仲介料を考えてるんだね？」

「二千万国連ドル。そんな顔で見ないでくれ、ハンド。これがうまくいけば、マンドレーク社が儲ける額の十分の一にも満たない額だ」

ホロディスプレーでは提示価格が十万九千サフトで下げ止まり、競売人が声を嗄らして、少しずつそこから逆に価格を上げようとしていた。

「ううん」ハンドは考える顔つきでスシをおもむろに咀嚼し、嚥下した。「金は後払いでいいのか？」

「いや、前金だ。ラティマー都市銀行に振り込んでほしい。一方振替で、取り消し可能時間は標準の七時間。口座番号はあとで知らせる」

「それはこっちとしても冒険すぎるよ、中尉」

「こっちとしては保険のようなものだ。あんたを信用しないわけじゃないが、ハンド、もう支払いはすんでるとなればこっちとしてはそれだけ幸せな気分になれる。それにこうしておけば、マンドレーク社としてもあとくされがないはずだ。おれたちに儲けの何パーセントを払わなきゃならないといった面倒がなくなる。見つけたものからいくらでも好きなだけ儲けてくれ」

ハンドはオオカミのような笑みを浮かべた。「信用というのは双方に働くものだよ、中尉。どうしてこっちだけが計画の段階でリスクを冒さなきゃならない？」

「それはそうしなきゃ、おれは今すぐこのテーブルを立って、あんたは保護国レヴェルでも類を見ない馬鹿でかい探査開発計画をふいにするからさ。それ以外にも理由は必要かな？」おれは今のおれのことばがハンドの脳みそにしみ込むのを充分待ってから、今度は手綱をゆるめた。「まあ、こんなふうに考えてみてくれ。戦争が終わらないかぎり、ここからだとその金はおれの手にはいらない。非常事態対処条例があるからな。つまり、あんたに金を払ってもらっても、それだけじゃおれはその金を手に入れたことにはならないということだ。それに、実際に手にするにはラティマーに行かなきゃならない。あんたにとってはそれが契約の保証になるはずだ」

「きみはラティマーに行くことも望んでるのか？」とハンドは片方の眉をもたげて言った。「つまり、二千万国連ドル・プラス・オフワールドへのチケットがきみの望みなのか？」

「おいおい、トロいことを言わないでくれ、ハンド。ラティマーの銀行に振り込むというのは当然そういうことだろうが、ええ？　ケンプとカルテルが最後にそろそろ潮時だと停戦交渉にはいるのをおれが待つとでも思ったのか、ええ？　おれはそんなに気は長くないよ」

「それじゃ」ハンドは箸を置くと、とんがり屋根のように両手の指先を合わせた。「確認させてくれ。国連ドルで二千万、われわれは今ここできみに払う。それ以外はいかなる交渉の余地もなし。そういうことか」

おれはただ彼を見返して待った。

「そういうことなんだね？」

「あんたも心配性だな。あんたの言うこととこっちが思ってることがずれたら、おれのほうから言うよ」

例の薄い笑みがまた浮かんだかと思ったら消えた。「それはどうも。で、このプロジェクトが成功した暁には、マンドレーク社があんたとあんたの仲間をニードルキャストでラティマーに移送する。そういうことだね？」

「それに再スリーヴ」

ハンドは奇妙な眼つきでおれを見た。この手の交渉には慣れていないようだった。

「デジタル人間移送・プラス・再スリーヴか。再スリーヴについてこっちで理解しておかなければならないことは？」

　おれは肩をすくめた。「そりゃ人造スリーヴなんかじゃ困るが、注文スリーヴじゃなくてもいいよ。高級品でありさえすれば、吊るしでいい。そういうことはあとでまた話し合おう」

「よかろう」

　腹の底をくすぐられたみたいに笑みが自然と湧き上がってきたのがわかった。おれはそれをあえて抑えようとは思わなかった。「なあ、もういいだろうが、ハンド。こんなお買い得品はないぜ。それはあんたにだってわかってるはずだ」

「きみはそう言うが、中尉、そう簡単にはいかないよ。いいかい、登録されたランドフォールの人工遺物ファイルを過去五年にまでさかのぼって調べたが、きみが言うようなものに関しては影も形もなかった」彼は両手を広げた。「その存在をにおわせるようなものさえ。私の立場もわかってもらいたい」

「ああ、わかるとも。今からほぼ二十分であんたは過去五百年の火星考古学の歴史の中で最大級の発見から手を引くことになる。それというのもあんたのファイルにはそんなものは載ってないというだけの理由で。あんたの立場というのがそういうものなら、ハンド、おれはどうやら相手をまちがえたようだ」

「きみはこの発見はまだ登録されてないと言ってるのか？　それは国連憲章違反になるんじゃないのか？」

「おれはそんなことはどうでもいいと言ってるのさ。おれたちがマンドレーク社に送ったのは、あんたが見てもあんたのペットの人工知能が見てもほんものに見えたはずだと言ってるのさ。見えたとたん三十分以内に突撃部隊を出動させて、プロモーターのオフィスを襲わせちまうほどな。もしかしたら、公的な登録ファイルは消去されたのかもしれない。もしかしたら、誰かが買収されたのかもしれない。もしかしたら、ファイルは盗まれたのかもしれない。そんなことをどうしておれが今ここで考えなきゃならない？　おれたちに払うのか、それともおれたちのまえから立ち去るのか」

沈黙ができた。ハンドはなかなか優秀だった。ハンドがどっちに転ぶか、おれにはまだはっきりとした判断がつかなかった。同じテーブルについてから、ハンドはまだ一度も心の内をさらしていなかった。おれは待った。彼は椅子の背にもたれ、おれには見えない何かを膝から払った。

「申しわけないが、私としてもほかの重役と相談しなければならない。これだけ大きなプロジェクトとなると、私の一存では決められない。こんなに少ないサンプルではなおさら。ニードルキャストのデジタル・人間移送の件だけでも私の一存では――」

「だぼらばかり並べ立てられるのにはもううんざりだ、ハンド」とおれはことばを荒らげることなく言った。「でも、よかろう。相談でもなんでもしてくれ。三十分やるよ」

「三十分？」

恐れ――ほんのかすかにしろ、恐れのようなものが彼の眼の隅に現われた。ほんの一瞬のことだった。それでも、おれにはは自分の頰が思わずゆるんだのがわかった。それに続いて深い満足感が腹の底から湧き上がってきた。ほぼ二年間押し殺してきた殺伐たる怒りとともに。

首根っこをつかまえたぜ、このちんこ野郎。

「そうだ。三十分。おれはここにいる。ここの緑茶シャーベットはうまいって評判だし」

「もちろん真面目に言ってるんじゃないだろうね？」

おれは殺伐とした思いに声音がどこまでも腐食されるのに任せて言った。「もちろん大真面目だ。そのことはもう言っただろうが。おれを見くびるなって。三十分以内に結論を出してくれ。出なきゃ、おれはここを出てどこかよそをあたる。ここの勘定はあんたに任せて」

彼は苛立たしげに首を振った。

「よそというのはどこのことだ?」

「〈サザカーン・ユー〉か、〈PKN〉か」おれは箸を振りながら言った。「どこに決まるかなんて誰にわかる? でも、そのことについちゃおれは何も心配してない。まあ、なんとかするさ。あんたのほうは経営戦略会議だかなんだかで、なんでこんなとてつもないプロジェクトを逃しちまったのか、汗かきべそかき弁解すりゃいい」

ハンドは息を押し殺して立ち上がった。そして、例の薄い笑みをとりつくろって、おれに向けた。

「よかろう。すぐに戻る。しかし、きみも少しは交渉のやり方というものを学ぶべきだな、コヴァッチ中尉」

「かもしれない。だけど、言ったと思うが、おれは長いこと北にいたもんでね」

おれは彼がバルコニーにいるバイヤーたちのあいだを縫って歩き去るのを見送った。かすかに震えているのが自分でわかりながら、それを抑えることができなかった。首をレーザーで焼き切られるというのがおれの運命なら、今それが起きても不思議はなかった。

ハンドにはかなりの裁量があり、それは経営戦略会議からも認められているという自分の直感におれは賭けたのだ。マンドレーク社というのはカレラの機甲部隊の財界版みたいな企業だ。上層部に接触するには機甲部隊を相手にするのと同じような方法しかない。この手の組織を動かすやり方はこれしかない。

何も予測しなければ、どんなことにも心の準備ができる。エンヴォイ流儀でおれは表面上ニュートラルを装い、ぼんやりとした表情をつくった。それでも、それはあくまで表面上のことだ。おれの心はネズミのように心配していた、あれやこれや些細なことを。

おれがマンドレーク社に示したプロジェクトに見込める利益を考えると、二千万国連ドルというのは企業にとってびっくりしなければならないような額ではないはずだ。それに、ゆうべのドンパチで利益を独り占めしようなどとするのは危険な賭けであることも、充分相手に伝わっているはずだ。かなり派手なドンパチになったことも結果的にはこっちにとって有利に働いたはずだ。やつらとしてもおれたちと取引きをしたほうが得策だと考えるはずだ。

だろ、タケシ?

顔が反射的に引き攣った。

おれの自慢のエンヴォイ仕込みの直感がまちがっていたら、おれが思っていたよりマンドレーク社の重役が融通の利かない連中だったら、マンドレーク社に青信号を灯らせるだけの力がハンドになかったとしたら、結局のところ、ハンドは力ずくでこのプロジェクトを自分のものにしようとするかもしれない。まずおれを殺して、間に合わせのスリーヴに入れ、尋問コンストラクトにかけるかもしれない。あるいはマンドレーク社の狙撃者が今ここでおれを仕留めたら、シュナイダーにもワルダーニにもできることはもう何もない。ただしっぽを巻いて逃げ出し、隠れる以外。

何も予測しなければ――

しかし、彼らもそう長く隠れてはいられないだろう。相手がハンドのようなやつの場合には。

何も予測――

エンヴォイ仕込みの平常心もサンクション第四惑星のようなところではなかなか得られない。

このろくでもない戦争が――

マルシアス・ハンドがバイヤーたちのあいだを縫って戻ってきた。例の薄い笑みを口元に浮かべていた。結論の出たことが競売に何か出品しているようなその足取りに表われていた。彼の頭上では火星人の造った支柱がホロディスプレーに写し出され、オレンジ色の数字が静止したかと思うと、動脈が破裂したような赤に変わった。停止の色。十二万三千七百サフト。売れたのだ。

第十章

ダングレク。

寒々とした灰色の海から内陸に切れ込んだ海岸線。丈のない植物に薄く覆われ、小さな森がところどころに点在する風雨にさらされた花崗岩の丘。それらはいわば申しわけ程度の衣服で、標高が高くなると、ダングレクはその衣服を脱いで、地衣植物と岩肌を剝き出しにする。海岸から十キロたらずで、乱れ立つ山頂とでたらめな峡谷の中に土地の骨が現われる。ダングレクの山岳地域の背骨だ。夕刻、雲の切れ間から顔をのぞかせた太陽の光がダングレクの岸の鋸《のこぎり》状の突起を照らし、海を薄汚れた水銀に変えていた。

かすかな風が海から吹いていて、それがやさしくおれたちの顔を撫でた。シュナイダーが鳥肌の立っていない自分の腕を見て、怪訝そうな顔をした。彼はその日の朝起きたときに着ていたラピニーのTシャツを着ていた。ジャケットは羽織っていなかった。

「ほんとのダングレクはもっと寒いよ」と彼は言った。

「そういうことをいえば、機甲部隊の奇襲隊の死骸があちこちに転がってないのも事実とちがう」おれはシュナイダーの脇をすり抜け、マルシアス・ハンドのところまで行った。ハンドは重役会議用スーツのポケットに両手を突っ込んで、空を仰いでいた。まるで雨を気にしているかのように。おれは言った。

「これはあんたのところのヴァーチャル・コンストラクトの在庫か？　だけど、アップデートはだいぶ遅れてる、だろ？」

「ああ、しばらくしてない」とハンドはおれのほうを向いて言った。「実際のところ、これは軍事人工知能プロジェクションからつくったもので、気候のプロトコルにもまだ手をつけられてない。未完成といえば未完成だが、ロケーションを確認するだけなら、これでも充分……」

彼はあとを引き取ってくれることを期待するように、ワルダーニのほうを見やった。ワルダーニは海と反対側の草の生えた丘のほうを見ていた。それでもうなずいて言った。おれたちのほうを振り向くことなく、どこか心ここにあらずといった声音だったが。

「ええ、大丈夫でしょう。軍事人工知能でも見落としはあまりないと思う」

「ということは、これでいよいよわれわれの探しものが見られるということだね」長い沈黙ができた。おれはワルダーニに施した集中セラピーの効能が切れてきたのではないかと、いささか不安になった。が、最後に彼女は振り向いて言った。

「ええ」また間《ま》ができた。「もちろん。こっちよ」

彼女はそう言って丘の脇を歩きはじめた。なんだか長すぎる歩幅で、コートの裾が風に翻《ひるがえ》った。おれとハンドは顔を見合わせた。ハンドは寸分の狂いもない仕立てのスーツを着ていたが、肩をすくめ、片手で優雅に先を譲る仕種をした。シュナイダーはもうすでに彼女のあとについて歩き出しており、おれたちはそのあとに続いた。おれはハンドを先に行かせてそのあとにつき、会議用の靴を履いたハンドが丘の勾配に足をすべらせるのを見て、こっそり笑みを浮かべた。

百メートルほど先ではワルダーニが草食動物がつくったと思われる細い獣道を見つけ、今度は下り坂になって岸に向かっているその小径を歩きはじめた。そよ風がたえず吹いていて、丘に生えている丈のある草がそれになびき、スパイダー・ローズの先のとがった花弁が夢見心地で揺れていた。頭上では静かなグレーの背景幕から浮かび上がって見える雲がちぎれて飛んでいた。

おれとしては、最後にノーザン・リムに来たときの記憶とこの眼のまえのヴァーチャルの景色を結びつけることなど、とうていできなかった。もちろん左右千キロに渡って延びる同じ海岸線に変わりはない。が、おれの記憶にあるのは、戦争マシンの油圧システムから洩れた油と兵士の血にぬめる海岸だ。花崗岩が割れて丘にできた生々しい傷、爆弾の破片、焼け焦げた草、空からの分子銃掃射。それに叫び声。

おれたちは何度か丘をのぼったりおりたりして、岬の突端の丘のてっぺんにたどりつき、そこに立って崖から下の海を見下ろした。沈没しかけている空母のように岩がごつごつと海面から突き出ていた。それら陸のねじれた指のあいだに明るい青緑色の砂地が見え、小さくて浅い湾がいくつか連なって光っていた。その先に小さな島、リーフがところどころ顔をのぞかせ、海岸線は弧を描いて東のほうへ——

おれはまた歩きかけたところで足を止め、眼を細めた。長い海岸線が切れたように見える東の突端に——ヴァーチャルの素材がまるですり切れてしまったように見えるあたりに——使い古したスチールウールのようなグレーの塊が見えた。不規則な間隔で赤い鈍光が内側からそのグレーの塊を照射していた。

「ハンド、あれはなんだ?」

「あれ?」彼はおれの指差すほうを見た。「ああ、あれか。あれはグレー・エリアだ」

「グレーなのは見ればわかる」ワルダーニもシュナイダーも立ち止まって、おれが腕を伸ばしたほうを見ていた。「いったいなんなんだ?」

そう尋ねながらも、カレラのホロマップとロケーション・モデルの緑がかった闇を体験しているおれには、答がほぼわかりかけていた。大きな落石の直前に岩屑がぱらぱらと落ちてくるのを見るときのように。

ワルダーニがおれより早く答に行き着いて言った。

「ソーバーヴィルね」と彼女は抑揚のない声で言った。「でしょ?」

ハンドは品よく決まり悪そうな顔をして言った。「そのとおりだ、ミストレス・ワルダーニ。軍事人工知能が五十パーセントの確率で弾き出した結果だ。今から二週間以内にソーバーヴィルの市《まち》が戦略的にどれだけ縮小されるか」

まわりの気温が急に下がったように感じられた。シュナイダーがワルダーニを見、ワルダーニはおれを見た。視線が電流のように流れた。ソーバーヴィルには十二万の市民が住んでいる。

「どうやって縮小するんだ?」とおれは尋ねた。

ハンドは肩をすくめた。「それは誰がそれをやるかによる。カルテルがやれば、たぶんCPオービタル砲を使うだろう。比較的きれいなやり方だ。その場合、機甲部隊のきみの友人がここまでやってきても、なんら問題はないはずだ。ケンプ軍がやれば、それほど繊細なやり方にはならないだろう。それほどきれいなやり方にも」

「戦略核か」とシュナイダーが感情のこもらない声で言った。「核襲撃弾発射システム」

「まあ、それがケンプのやり方だ」ハンドはまた肩をすくめた。「実際、やらなきゃならないとなれば、彼はむしろきれいにやろうなどとは思わないだろう。退却しなければならないとなれば、半島すべてを放射能汚染させてからカルテルに明け渡そうとするだろう」

おれはうなずいて言った。「ああ。だろうな。やつはイーヴンフォールでも同じことをした」

「あのいかれ頭」とシュナイダーが空に向かって言った。

ワルダーニは何も言わなかった。ただ、歯のあいだにつまったものを舌で取ろうとするときのような顔をしていた。

「それより」とハンドが無理にきびきびとした口調に変えて言った。「ミストレス・ワルダーニ、きみがわれわれに何かを見せようとしていたところだったと思うが」

ワルダーニはまた海のほうを向くと言った。「あの岸辺よ」

おれたちが歩いてきた小径は湾に沿って蛇行し、淡いブルーの砂地まで——円錐形の岩の一部が崩れて小さな出っ張りになったところまで——続いていた。ワルダーニはいかにも慣れた身のこなしで砂地に飛び降りると、より大きな岩が人間の背の五倍ほどの高さのあたりで張り出しているところまで、砂を踏みしめながら歩いた。おれもそのあとに続いた。反射的に背後の丘を振り返り、警戒しながら。岩は内側にえぐれ、ピタゴラスのアルコーヴのようになっており、その洞《ほら》はおれがシュナイダーと出会った病院のシャトル・デッキほどの大きさで、足元には落下してきた巨大な岩塊やぎざぎざの岩の破片が散乱していた。

おれたちはじっと佇んで動かないワルダーニのまわりに集まった。彼女は崩れた岩のまえで、敵陣を探る小隊の斥候兵のように体を静止させたまま、眼のまえの岩を顎で示して言った。

「ここよ。ここがわたしたちが埋めた場所」

「埋めた?」とハンドがおれたち三人の顔を見まわして言った。こうした状況の中でその所作は滑稽に見えてもおかしくなかった。「正確なところ、どんなふうに埋めたんだね?」

シュナイダーが小さな岩屑が散乱しているあたりを手で示した。その下から剝き出しの岩肌がのぞいていた。「よく見ることだ、ハンド。どうやったと思う?」

「吹き飛ばしたのか?」

「爆薬を埋めてね」明らかにシュナイダーは愉しんでいた。「爆薬を二メートルばかりの深さに埋めて全部吹き飛ばした。見せたかったたね」

「きみたちは」ハンドはまるでなじみのないことばを口にするような口調で言った。「吹き飛ばした。人工遺物を？」

「わかったようなことを言わないで」とワルダーニが苛立ちもあらわにハンドを睨んで言った。「そもそもわたしたちがこれを見つけたとき、ここはどうなってたと思うの？　この岩全体がそのろくでもないものの上に覆いかぶさってきたのは五万年もまえのことなのよ。なのに、わたしたちが掘り出したときにもそれはまだ作動状態にあった。わたしたちは土器か何かの話をしてるんじゃないの。永久に持つように造られたものの話をしてるのよ」

「きみのその判断が正しいことを祈るよ」ハンドは岩の裂け目をのぞき込み、地面に落ちている大きな岩のまわりを歩きながら言った。「マンドレーク社は欠陥商品に二千万国連ドルも払うつもりはないからね」

「どんなふうにしてこの岩は崩れたんだ？」おれはふと思って尋ねた。

シュナイダーがおれのほうを向いて笑いながら言った。「だから、言っただろ、爆弾を埋めて――」

「そうじゃない」おれはワルダーニを見た。「そもそもなんで崩れたんだ？　ここにあるのはこの惑星でも最も古い部類にはいる岩盤だ。ノーザン・リムじゃ、五万年以上大きな地殻変動は起きていない。海がやったことでもない。海とこの崖のあいだにはこんなに砂浜が広がってるんだから。それにもしそうなら、おれたちが探してるものはそもそも海底に築かれていたことになる。どうしてそんなところに築かなきゃならない？　五万年前にはいったい何があったんだ？」

「そうだ、ターニャ」とシュナイダーもおれに同意し、何度もうなずいて言った。「その点は説明してくれてなかったね。おれたちはこのことを何度も話し合ったけど、でも——」

「いい質問だ」とハンドが探索をやめて言った。「その点に関する考古学者としてのきみの意見は、ミストレス・ワルダーニ？」

ワルダーニは自分を取り巻く男三人を見まわして、いきなり笑いだした。

「言っておくけど、わたしがやったんじゃない」

気づくと、いつのまにか男三人がワルダーニを取り囲むような恰好になっていた。おれはひとつの岩の塊に坐ることで、そんな妙な雰囲気を取り払って言った。「ああ、きみが生まれるよりずっとまえに起きたことだ。その点は同意するよ。だけど、きみはここで何ヵ月も発掘作業をしてたわけだろ？　なんらかの意見はあるはずだ」

「そうだ、エネルギー洩れのことをふたりに話してやれよ、ターニャ」とシュナイダーが横から言った。

「エネルギー洩れ？」とハンドが怪訝な顔をして訊き返した。

ワルダーニはシュナイダーに苛立ったような眼を向けてから、手頃な岩を見つけて坐り、コートのポケットから煙草のパックを取り出した。その朝おれが買ったもののように見えた。ランドフォール・ライト。インディゴ・シティの葉巻が法律で禁止された今、金で買える一番いい煙草だ。彼女はパックを叩いて一本取り出し、指にはさんでくるくるまわし、顔をしかめ、最後に言った。

「聞いて。このゲートはわたしたちの持ってるテクノロジーのはるか先をいってる。わたしたちのテクノロジーがカヌーだとすれば、これは潜水艦みたいなものね。ただ、これが何をしてるか、少なくともそれはわかってる。正確に言えば、これがしているいくつかのことのうちのひとつのことだけは。残念ながら、それがどんなふうにやられてるのかまではわからないけど。そこのところは想像するしかない」

彼女のそのことばに異を唱える者は誰もいなかった。彼女は煙草から眼を上げてため息をついた。

「いいわ。重容量のハイパーキャストは長くてどれぐらいもつ？　わたしはマルチ・デジタル人間移送のことを言ってるのよ。三十秒ぐらい？　最大で一分ってところ？　そのニードルキャスト・ハイパーリンクを維持するには、わたしたち人類が持っている最もすぐれた物質変換装置のパワーをマックスにしなければならない」彼女は煙草を口にくわえ、パックの側面についている点火パッチで火をつけた。煙が解かれたリボンのように宙に立ち昇った。「このままゲートを開けたら、ゲートの向こう側を見ることができた。はるか彼方の星がはっきりと見えた。数メートルの幅の空間が無限に維持されていた。それってゲートが開いてるかぎり、星原に広がる星の光子がリアル・タイムで、秒単位で、ハイパーキャストで、アップデートされているということよ。わたしたちの場合、その時間は二日ほどのことだった。ほぼ四十時間。二千四百分。わたしたち人類に可能な時間の二千四百倍。それもゲートがスタンバイ中のことでの話よ。だんだんわかってきた？」

「ゲートは大変なエネルギーを秘めてる」とハンドがいささか苛立ったように言った。「それよりエネルギー洩れというのは？」

「そういうシステムの不具合とはどんなものなのか。どんな通信でも長時間使用すればなんらかの不具合が生じる。それはカオス的宇宙において避けがたい人生の真実ね。わたしたちはそういう不具合が無線通信において生じることは知ってる。でも、今のところそれがハイパーキャストに生じたところはまだ見ていない」

「それはハイパーキャストは不具合など生じえないシステムだからだ、ミストレス・ワルダーニ、教科書に書いてあるとおり」

「ええ、そうかもしれない」ワルダーニは心のこもらない声音で言い、ハンドのほうに向けて煙草の煙を吐いた。「あるいは、わたしたちはこれまでただ単に運がよかっただけなのかもしれない。統計的にそれは別に驚かなければならないことでもなんでもない。わたしたちがニードルキャストを始めてまだ五世紀たらずで、その所要時間が平均数秒であることを思うと。それってすべて合わせても大した空間移送時間にはならない。でも、火星人がこういったゲートを常時作動させていたとしたら、その露出時間はわれわれのニードルキャストなどとは桁がちがってくる。彼らのハイパーテクノロジーをもってしても、ある程度は事故というものを想定しないわけにはいかなくなる。でも、わたしたちが話してるエネルギー・レヴェルでの事故となると、このゲートの不具合はたぶん地殻に大きな割れ目ができてしまうほどの規模になるんじゃないかしら」

「ほう」とおれは驚いた声をあげた。

ワルダーニは、ハンドがさきほど保護国認可小学校の理科の教科書に載っていそうなことを言ったときに煙草の煙を吹きかけたのとさして変わらない、高慢な眼をおれに向け、棘《とげ》を含んだ口調で言った。

「そう、そのとおりよ。まさに〝ほう〟よ。でも、火星人は馬鹿じゃなかった。そういう危険が少しでもあるとなれば、当然、ゲートに自動安全装置を組み込んだはずよ。たとえばブレーカーのようなものを」

おれはうなずいて言った。「つまり、何かあればゲートは自動的に閉まるという――」

「そして、自分を五十万トンの岩の下に埋めてしまう？」とハンドがおれのことばをさえぎって言った。

「私の意見を言わせてもらえば、安全装置としてはなんとも非生産的なシステムのような気がするが、ミストレス・ワルダーニ」

ワルダーニは苛立ったような身振りを交えて言った。「そんなことが起こるように設計された安全装置だったなんて誰も言ってない。サージ（電圧、電流が短時間に急激に動揺すること）が極端な数値になって、ブレーカーが対応しきれなくなる可能性もないとは言いきれない。ただそう言ってるだけよ」

「あるいは」とシュナイダーがむしろ陽気に言った。「微小隕石がゲートを壊したのか。それがおれの立てた仮説だ。結局のところ、このゲートは深宇宙に向けられてるんだからね。ゲートに何がはいり込んできても不思議はない。とてつもない時間が経ってるわけだし。だろ？」

「そのことはもう話し合ったじゃないの、ヤン」ワルダーニはまだ苛立っていた。しかも、今のことばには、同じ議論に何度もつき合わされてほとほとうんざりしているといった響きがあった。「これはそういうことじゃ――」

「だけど、可能性はなくはない」

「ええ、きわめて薄い可能性だけど」彼女はシュナイダーからおれのほうに向き直った。「確実なことは何も言えない。テクノグリフもわたしとしては初めて見るもので、まるで読めない。でも、これだけは確かよ、動力ブレーキがビルトインされてたことだけは。方向性を持った速度が一定の数値を超えたら、すべてを遮断するようなものが」

「それもはっきりとは言えない」とシュナイダーがすねたように言った。「きみ自身そう言ってたじゃないか――」

「ええ。でも、ヤン、そういうものがあると考えるのが自然でしょ？　何が見つかるかもわからない宇宙に開いたドアを造るのに、あなたは安全装置も何も取り付けないの？」

「ターニャ、何を苛立ってるんだ。おれは何も――」

「コヴァッチ中尉」とハンドが大きな声をあげて言った。「ちょっと海岸まで来てくれないか？　まわりの軍事的な状況を把握しておきたい」

「いいとも」

まだ言い合いを続けているワルダーニとシュナイダーを岩場に残して、おれたちは青い砂浜を歩いた。ハンドの歩調に合わせて歩いた。おれのほうからは特に話すこともなく、ふたりの靴が砂地にめり込むかすかな音と波が岸を舐める音だけが聞こえた。そんな中、ハンドがだしぬけに言った。

「大した女性だ」

おれはただ鼻を鳴らしてそのことばに応じた。

「政府の強制収容所にいながら、心身ともにほとんどその痕跡が残っていないという意味でだが。それだけのことでも大変な意志の力を要することだ。しかし、これでこのあとすぐにテクノグリフの解読をやってもらわなきゃならないとなると……」

「すぐによくなるよ」とおれはただそう答えた。

「ああ、それはわかってるが」彼はそこで繊細な間《ま》を一呼吸置いてから続けた。「シュナイダーが彼女に熱くなるのも無理はない」

「それはもう終わった。そのはずだ」

「それは確かなのかな?」

彼の声音にはどこか面白がっているような響きがあった。おれは横目で彼を盗み見た。が、その表情にはどんな感情も浮かんでいなかった。眼のまえの海をただじっと見ていた。

「軍事的状況について話をしたいということだったが、ハンド」

「ああ、そうだ」ハンドはサンクション第四惑星では波としても通る水のささやかなうねりの手前数メートルのところで足を止めると、振り向いた。そして、陸の襞《ひだ》のような丘を手で示した。「私は軍人じゃない。それでも、上陸するにはここが理想的な戦場でないことぐらい想像はつく」

「そのとおりだ」おれは無駄と思いつつ、何か心を和ませてくれるものはないかと浜辺を端から端まで見渡した。「ここに着くなり、おれたちはただ動きまわるだけの標的になった。高地にいて先のとがった棒より威力のある武器を持つ者にとっては恰好のね。丘のふもとまで遮蔽物は何ひとつないんだから」

「あとは海だけか」

「あとは海だけだ」とおれはむっつりとおうむ返しに言った。「速射砲の扱いをマスターしたやつならいくらでも殺せただろう。発掘にしろ何にしろ、ここで何かをするにはどうしても掩護が要る。小さな軍隊が。掩護がなくてもできるのは偵察ぐらいのものだろう。飛んできて写真を撮ってまた飛び去るといったことぐらいのものだろう」

「ううん」ハンドはしゃがみ込むと、物思わしげに眼のまえの海面をじっと見つめながら言った。

「弁護士たちと相談した」

「そのあと自分を消毒したか？」

「企業憲章によれば、非軌道空間における人工遺物の所有権は、その人工遺物から一キロ以内に所有権主張ブイを設置し、稼働させた時点で有効となるわけだが、われわれが検討したかぎり、この法の抜け穴はない。あのゲートの向こう側に宇宙船があるとして、まずわれわれはあのゲートを抜けて、その宇宙船に所有権主張ブイをつけなければならない。しかし、ミストレス・ワルダーニの話を聞くかぎり、それにはいささか時間を要するという」

おれは肩をすくめて言った。「じゃあ、やはり小さな軍隊の掩護を頼むか」

「小さくても軍隊を使えばあらゆる注意を惹くことになる。衛星追跡されたら、ホロ娼婦の胸みたいに誰の眼にも明らかになってしまう。そういうことはできない、だろ？」

「ホロ娼婦の胸？　それぐらいなら、手術代はそんなにかかるとも思えないが」

ハンドは顔を上げておれを見ると、一呼吸置いて苦笑した。「面白いことを言うじゃないか。とにかく、衛星に監視されるわけにはいかないということだ、ちがうか?」

「ああ、これを独占したけりゃな」

「そんなことは言うまでもないことだろうが、中尉」ハンドは手を伸ばすと、砂地に指で漫然と模様を描いた。「要するに、このプロジェクトは少人数であまり音をたてずに機密にやる必要があるということだ。それは言い換えれば、われわれがここにいるときには部外者にはここから去ってもらわなければならないということだ」

「生きてここから出たければ」

「ああ」そう言うと、ハンドは思いがけず中腰の姿勢からうしろにひっくり返るようにして砂地に尻をついた。そして、膝を抱えて手を組むと、水平線上に何かを見つけようとでもするかのように遠くを見やった。エグゼクティヴ仕様ダークスーツにウィングカラーの白いシャツというなりで。その姿はまさにミルズポートの不条理派の描くスケッチだった。

「聞かせてくれ、中尉、プロとしてのきみの意見を」とハンドはようやく口を開いて言った。「ここから人を追い払うことができたとして、このプロジェクトに最小限必要な人員は何人だ? 最低何人いれば可能だ?」

おれはしばらく考えてから答えた。「集めるのは全員きわめて優秀な人材――プランクトン・レヴェルの消耗品じゃなくて、あくまでスペシャリストであるという前提で言えば、少なくとも六人かな。シユナイダーをパイロットに使うなら、五人か」

「彼はわれわれが探検してるあいだ、うしろに引き下がって黙ってそれを見ているような人間じゃなさそうだが」

「ああ、ちがうな」

「スペシャリストと言ったね。あてはあるのか?」

「特にない。ただ、爆破のスペシャリストは要る。あの岩をどけるのはかなり手間だ。それにシュナイダーに何かあったときの用心にシャトルの操縦ができるやつもいたほうがいい」

ハンドは首をめぐらせておれを見上げた。「そういうことが起こりそうだと思うのか?」

「そんなこと誰にわかる?」おれは肩をすくめた。「リアルな世界のここがどれほど危険なところか考えてもみろよ」

「確かに」ハンドはそう言って、まだ定まりきらないソーバーヴィルの灰色の運命と海が交じり合っているあたりにまた眼をやった。「いずれにしろ、きみとしては探検隊のメンバーは自分で集めたい。そうだね?」

「いや、人集めはあんたがやってくれないか。その中からおれが選ぶ。つまりおれとしては拒否権を持っていたい。あんたのほうにあてはあるか? どこを探せばスペシャリストを五、六人集められる? もちろん本人たちには警報ベルを鳴らさないで」

おれのことばが聞こえなかったのかと思った。ハンドはまるで身も心も水平線に捧げてしまったかのように海の彼方を凝視していた。が、最後に上体を少しねじっておれに顔を向けた。例の笑みが口元にうっすらと浮かんでいた。

「こういうご時世だ」と彼はほとんど自分に言い聞かせるように低くつぶやいた。「いなくなっても誰も淋しがらないような兵隊を見つけるのはむずかしいことでもなんでもない。ちがうかね?」

「これはなんとも頼もしいことばだ」

彼はまたおれを見上げた。口元にはまだ笑みが貼りついていた。

「なんだか気分を害したような口ぶりだが、コヴァッチ」

「そんなに簡単に腹を立てるような男がカレラの機甲部隊の中尉になれるとでも思ってるのか？」

「さあね」ハンドはまた水平線に眼を戻した。「これまでのところきみは驚きの連続のような男を演じてる。ただ、エンヴォイというのは適応能力とカムフラージュにきわめてすぐれた者たちの集団だ。私はそう理解してたもんでね」

だから――

競売場で会ってからまだ二日と経っていなかったが、ハンドはカレラのデータコアに侵入し、カレラがどんな保護システムを利用しているにしろ、それを突き破り、おれのエンヴォイ時代のデータをすでに入手していた。そのことを彼は今おれにはっきりと知らせたのだった。

おれも彼の横に――青い砂浜に坐り込み、自分で決めた水平線の一点を見つめて言った。

「おれはもうエンヴォイじゃない」

「ああ、私もそう理解している」と彼はおれのほうを見ないで言った。「もうエンヴォイでもなければ、カレラの機甲部隊の中尉でもない。集団というものに対するきみの拒否反応はもはや病的なものになろうとしている」

「この手の病気には〝なろうとしている〟などという段階はないんだよ」

「なるほど。しかし、このことはきみがハーランズ・ワールドの出身であることとなんらかの関係がありそうな気がするんだがね。一団となった人間性の根源的悪。確かクウェルクリストはそんなふうに呼んだと思うが」

「おれはクウェル主義者じゃないよ、ハンド」

「もちろんちがう」ハンドはこの会話をどこか愉しんでいるようだった。「もしそうならグループに属することを厭うこともないわけだしね。教えてくれ、コヴァッチ、きみは私が嫌いか？」

「いや。まだ」

「ほんとうに？　それは意外だったな」

「なにしろおれは驚きの連続のような男なんでね」

「私がきみのところにデングと彼の手下を差し向けたことに関して、きみには私に対して含むところがまったくないというのか？」

おれはまた肩をすくめた。「全身穴だらけになったのはやつらのほうだしね」

「しかし、彼らを差し向けたのは私だ」

「そのことはただ単にあんたたちの想像力の欠如を示してるにすぎない」おれはため息をついて言った。「おれにはマンドレーク社の誰かがデングのような連中を差し向けてくることが最初からわかってた。なぜなら、それがマンドレーク社のような会社のやり方だからだ。おれたちがあんたたちに送った申し出にはそれだけの価値があった。おれたちを捕まえて詳細を調べるだけのね。もちろん、こっちとしてももっと慎重に、もっと間接的なアプローチをすることもできなくはなかった。だけど、おれたちにはそれだけの時間的余裕がなかった。だから、地元のガキ大将の鼻づらに餌を差し出して、ああいう派手な立ちまわりをしてみせるしかなかったのさ。そのことのためにあんたを憎むというのは、自分がよけたガキ大将の拳を憎むみたいなものだ。あの一件はあの一件で充分本来の役割を果たしてくれた。だからおれたちはここにこうしているんじゃないのか。おれがあんたを嫌うわけがない。おれに嫌われなきゃならないようなことをあんたはまだ何もしてないんだから」

「しかし、きみはマンドレーク社を嫌ってる」

おれは首を振った。「おれには企業を憎んだり嫌ったりするだけのエネルギーはもうないよ、ハンド。

憎むにしろ嫌うにしろ、どこから始めればいい？　それこそクウェルクリストが言ってるよ、〝病的な企業の心臓を切り裂けば、いったい何が出てくるか〟」

「出てくるのは人間たちだ」

「ああ、そのとおりだ。人間どもだ。すべては人々とその愚かなくそ集団の為せる業だ。誰かひとりがおれに危害を加える決断をしたとする。そいつが誰かわかったら、おれはそいつのスタックを粉々に打ち砕くだろう。おれに危害を加える確固たる目的を持った集団がいたとする。おれはそいつらをとことんやっつけようとするだろう、それが可能なら。だけど、抽象的な憎悪に費やすだけのエネルギーも無駄な時間もおれはもう持ち合わせてはいない」

「きみはなんともよくバランスの取れた考え方をしてる」

「あんたの政府に言わせれば、それは反社会的病理で、おれは強制収容所送りにならなきゃならない不穏分子ということになるんだろうが」

ハンドは皮肉っぽい笑みを浮かべて言った。「私の政府じゃない。われわれはケンプがおとなしくなるまで、あの道化どもの乳母役を買って出てるだけだ」

「どうしてそんなことをしてる？　ケンプと直接取引きをするわけにはいかないのか？」

おれは彼を見てはいなかった。が、おれがそう言ったときに彼が横目でおれをすばやく見やったのがわかった。そのおれの質問に対して、ハンドは自分なりに満足のいく答を見つけたかったらしく、返事はすぐには返ってこなかった。

「ケンプは社会改革の活動家だ」と彼は最後に言った。「彼の取り巻きも彼の同類だ。社会運動家というのは一般にとことん追いつめられないかぎり、分別を持たない。だから、完膚なきまでに叩かれないかぎり、ケンプ主義者たちが交渉のテーブルにつくことはないだろう」

おれは苦笑して言った。「で、あんたらは完膚なきまでに叩こうとしてるわけだ」

「そうは言ってない」

「ああ、確かにあんたはそうは言ってない」おれは砂地から紫色の小石を拾って、眼のまえでおだやかにうねっている波に向けて放った。話題を変える潮時だった。「スペシャリストをどこで探すか、まだ聞いてなかったね」

「きみなら想像がつくと思うが」

「ソウル・マーケット?」

「それに何か問題でも?」

おれは首を振った。が、心のどこかで何かがくすぶった、なかなか消えない熾《お》き火のように。

「それはそうと」ハンドは上体をひねり、落盤のあったほうを振り向いて言った。「あの崩れた岩場については私にもひとつ仮説が立てられるんだが」

「ということは、微小隕石説は買わないということかな?」

「ミストレス・ワルダーニの動力ブレーキ説は買ってるよ。あれはもっともな説明だった。回路のブレーカー説も。あるところまでは」

「というと?」

「火星人のような進んだ文明を持った連中がつくったブレーカーなら、正常に機能して当然のはずだ。エネルギー洩れなど考えられない」

「ああ」

「となると、ひとつ疑問が残る。どうして五万年前にこの崖が崩れたのか。あるいはどうして崩されたのか」

おれは砂地にもうひとつ手頃な石を探しながら言った。「ああ、おれもそのことは思った」

「惑星間、あるいは恒星間の範囲内で考えられる同等のものに対して開かれたドア。これほど危険なものもないよ、概念的にも、実際的にも。何が飛び込んでくるかわからないんだから。幽霊であれ、エイリアンであれ、五十センチの牙を持った怪物であれ」彼は横目でおれを見やった。「クウェル主義者であれ」

おれは背後にさきほどの石より大きな石を見つけて言った。

「それはまずいよな」見つけた石を力いっぱい海に放った。「知るかぎり、それで文明は終わってしまう」

「まさに。火星人も当然そういうことを考えたはずで、その備えをしたはずだ。動力ブレーキや回路のブレーカー同様、まずまちがいなく五十センチの牙のある怪物よけのシステムも造ったはずだ」

ハンドもどこからか石を拾って海に向かって投げた。坐ったままの姿勢で投げたのにしてはなかなかの投擲《とうてき》だったが、おれが二番目に投げた石がつくった波紋の少し手前に落ちた。ハンドはがっかりしたように舌打ちをした。

「だとすれば、それはなんともまた大したシステムということになる」とおれは言った。「そのシステムがゲートを五十万トンの岩の下に埋めてしまったんだとしたら」

「ああ」彼はまだ残念そうに眼を凝らして、今自分が放った石の波紋とおれが投げた石の波紋がぶつかるあたりを見ていた。「そんなことを思うと、火星人はいったい何をシャットアウトしようとしたのか。どうしてもそのことが気になる」

第十一章

「彼のことが気に入ったのね、でしょ？」

それは質問ではなく非難だった。カウンターの抑制されたイリュミナム照明がつんと突き出された彼女の顔をぼんやりと照らしていた。おれたちの頭からさほど高くないところに設《しつら》えられたスピーカーから、苛立たしいほど甘ったるい音楽が流れていた。カウンターについたおれの肘の横では、盗聴防止器が無気力な甲虫のように寝そべって、鮮やかな緑のライトを点灯させていた。必ず携帯するようにとハンドに言われて強制的に持たされているのだが、まわりの騒音を遮断する機能はついていないようだった。残念ながら。

「彼って誰のことだ？」とおれはワルダーニのほうを向いて言った。

「とぼけないで、コヴァッチ。スーツを着た使い古しの冷却液のことよ。なんだかすごく仲がよさそうだけど、あなたたち」

思わず口元に笑みが浮かんだのが自分でもわかった。シュナイダーとワルダーニが以前どんなつきあいをしていたにしろ、ワルダーニがシュナイダーにあれこれ講義したのと同じくらい、シュナイダーのほうもことばづかいというものをワルダーニにあれこれ教え込んだのだろう。

「あいつはスポンサーだ、ワルダーニ。きみはおれにどうしてほしいんだ？　おれたちのほうが倫理的にどれほどすぐれているか忘れさせないよう、十分おきにあいつに唾でもひっかければいいのか、え？」おれは機甲部隊の肩章を引っぱってこれ見よがしに示した。「おれは金をもらって人を殺すプロだ。シュナイダーは転向者だ。きみは——きみが犯した罪がなんであれ——そんなおれたちと一蓮托生の考古学者だ。千年に一度という発見物で、オフワールドへのチケットと、ラティマー・シティの支配階級が歩く通りを大手を振って歩ける生涯パスを手に入れようとしてるおれたちと同じ穴の狢《むじな》だ」

ワルダーニはちょっとひるんだような顔をした。

「でも、あいつはわたしたちを殺そうとしたのよ」

「結果を考えれば、おれはそれぐらいいくらでも赦してやれる。結局、後悔させられたのはデングの低能部隊なんだから」

シュナイダーが脇で笑い声をあげた。が、ワルダーニの氷のような視線にすぐに口を閉じた。

「ええ、それはそのとおりよ。ハンドはそいつらを死なせて、今はそいつらを死なせた相手と手を結ぼうとしてる。それはつまりあの男は正真正銘の下衆《げす》野郎ってことよ」

「八人の人間を死に至らしめたのがハンドのやった最悪のことだとすれば」とおれは言った。思ったより辛辣な言い方になっていた。「ハンドはおれよりはるかにクリーンな人間ということになる。あるいはおれが最近会ったどんなお偉方より」

「ほら、あなたは彼を弁護してる。あなたは自己嫌悪を利用して、彼という人間の本質から眼をそらして、彼に対する倫理的判断を保留してる」

おれは彼女をじっと見すえ、ショットグラスを呷《あお》り、わざと注意深くそのグラスを脇にやって言った。

「きみが強制収容所で大変な思いをしてきたことはよく理解してるつもりだ、ワルダーニ。だから、きみが早くもとに戻れるようあれこれ気も使ってきた。だけど、きみはおれの頭の中身に関するエキスパートじゃない。だから、おれのまえではくそ精神外科医みたいな真似はしてくれなくていいよ。わかったか？」

ワルダーニは唇を一文字に結んでから言いかけた。「事実は事実――」

「まあまあ、ふたりとも」シュナイダーが割ってはいり、ワルダーニ越しにボトルを差し出し、おれのグラスにラム酒を注いだ。「今日はお祝いなんだぜ。争いたけりゃ、北へ行くことだ、あっちじゃそれが流行りだから。おれは今ここでもう戦わなくてもいいことを祝ってるんだ。いいムードを台無しにしないでくれ。ターニャ、きみも飲めよ――」

シュナイダーはワルダーニのグラスにもラム酒を注ごうとした。が、ワルダーニは片手でそれをさえぎり、おれとしても顔をしかめたくなるような恐ろしく侮蔑的な眼でシュナイダーを見た。

「あなたにはそれしかないのね、ヤン」と彼女は低い声で言った。「あなたは重い責任からこそこそと逃れて、間に合わせの解決策ばかり考えて、プール付きの家のある社会の頂点にたどりつく近道ばかり探してる。どうしちゃったの、ヤン、いつからそんな人間になっちゃったの？　確かにあなたは昔から底の浅い男だった。それでも……」

彼女はいかにもお手上げといった仕種をしてみせた。

「これはどうも、ターニャ」シュナイダーはグラスを呷った。見ると、すさんだ笑みを浮かべていた。

「きみの言うとおりだ。人間、あまりに利己的になっちゃいけない。おれももう少しケンプ側についてるべきだったんだろうよ。でも、結局のところ、最悪のことってなんだ？」

「子供みたいなことを言うのはやめて」

「いや、そうでもない。今のおれにはものがよく見えてるだけのことだ。タケシ、これからハンドに気が変わったって言いにいこうぜ。でもって、おれたちは最後までとことん戦うのさ。そのほうがはるかに大切なことなんだから」彼はワルダーニに指を突きつけた。「きみは——きみは強制収容所に帰るんだな。高貴な悩みを無駄にしちゃいけない」

「あなたたちはわたしが必要だったからわたしを強制収容所から連れ出した、ちがうの、ヤン？　なのにほかに理由があったみたいなことは言わないで」

シュナイダーの手が動いた。ワルダーニに平手打ちを食わせようとした動きだったことがおれにわかったときにはもう動いていた。ニューラケムが反応して、すんでのところでそれを阻止することはできたが、そのときおれの肩がワルダーニにぶつかったのだろう。彼女をストゥールから撥ね飛ばしてしまったところを見ると。彼女は悲鳴をあげて床に倒れた。彼女のグラスの中身がカウンターにぶちまけられた。

「やめろ」とおれは声を落としてシュナイダーに言った。片手で彼の前腕をカウンターに押さえつけ、もう一方の手を軽く握って耳のうしろにやりながら。彼の顔がおれのすぐ眼のまえにあった。その眼にうっすらと涙が浮かんでいた。「おまえはもう争いを好まない人間になったんじゃないのか？」

「ああ、そうとも」声がしゃがれていた。咳払いをして彼は繰り返した。「ああ、そうとも」

落ち着いたようだったので、おれは手を放した。振り向くと、ワルダーニは倒れたストゥールにつかまって立ち上がろうとしていた。その背後でテーブルについていた客の何人かが立ち上がり、あいまいな視線をおれたちのほうに向けていた。おれはそいつらを睨《ね》めまわした。彼らは慌ててまた椅子に坐った。ただひとり筋肉移植をした体のでかい戦術海兵隊員がほかのやつより長く立っていたが、機甲部隊の軍服を着たやつを相手に一悶着起こす気はしなかったのだろう、そいつも最後には腰をおろした。おれの背後でバーテンダーがカウンターを拭いたのが見なくてもわかった。おれは拭かれたカウンターの上に肘をついて言った。

「おれたちは三人とも少し気を落ち着けたほうがいい。それでいいか？」

「いいも悪いもないでしょうが」ワルダーニはストゥールを立てながら言った。「わたしをストゥールから突き飛ばしたのはあなたなのよ。あなたとあなたのレスリング・パートナーなのよ」

シュナイダーはラム酒のボトルを取り上げ、自分のグラスに注いでおり、注いだラム酒を飲み干すと、空のグラスをワルダーニのほうに突き出して言った。

「結局、おれはどうなったのか知りたいか、ターニャ？　結局、おれはどう――」

「訊かなくても聞かされそうね」

「――なったのかほんとに知りたいのか？　おれは六歳の女の子が爆弾で死ぬところを見なきゃならなかった。おれが放った爆弾で。なぜなら、その女の子はおれが手榴弾を放り込んだ自動掩蔽壕《えんぺいごう》に隠れてたからだ」彼は眼をしばたたき、ラムを乱暴にグラスに注いだ。「で、おれは心に誓ったんだ、もう二度とあんなものを見るつもりはないぞってな。もう二度と。そのためにどんな犠牲を払おうと。そのためにどれほど自分が薄っぺらな人間になろうと。参考のために言っておくと」

彼は数秒のあいだおれとワルダーニをすばやく交互に見た。まるでどっちがどっちだったかほんとうにわからなくなってしまったかのように。それから立ち上がると、まっすぐに戸口に向かい、店を出てしまった。ラム酒を注いだままのグラスをあとに残して。カウンターの抑制された照明がそれをいたずらに照らしていた。

「まったく」とワルダーニが残されたグラスの脇の小さな空間に向けてことばを吐き出すように言った。そして、まるで脱出口をグラスの底に探すかのように、自分の空《から》のグラスをのぞき込んだ。

「ああ」おれとしてはこのことに関して自分のほうから彼女に救いの手を差し出そうとは思わなかった。

「わたしはあとを追うべき?」

「いや、別に」

彼女はグラスを置いて、煙草を探し、ランドフォール・ライトのパックを取り出すと、口にくわえた。すべてが一連の動作のように見えた。「わたしだって何も彼を非難するつもりは――」

「ああ、そんなつもりはきみにはなかった。それは彼も同じだろうよ。酔いが醒めれば、あいつも同じことを言うだろう。気にすることはない。あいつは封をしたままさっきの記憶をずっと抱え込んでたんだろう。きみはそれを彼に吐き出させるのに充分な触媒を与えた。むしろこれでよかったんじゃないか」

彼女は煙草に火をつけ、煙越しにおれを横目で見やって言った。「あなたはあんなふうにはならないの? あなたみたいになるにはどれぐらいかかるの?」

「こういうことこそエンヴォイの訓練の賜物で、エンヴォイの一番の得意科目なのさ。だからどれくらいかかるか、などというのは無意味な質問だ。これはシステムなんだから。精神機能エンジニアリングなんだから」

そのおれのことばに彼女はおれのほうを向くと、しばらくおれの眼をじっと見てから言った。「あれぐらいのことでは腹は立たないってわけ? 心を弄ばれることはないってわけ?」

おれはラムのボトルに手を伸ばしてお互いのグラスに注ぎ足した。彼女はそれをさえぎろうとはしなかった。「もう少し若かった頃には、気にとめたこともなかった。いや、むしろすばらしいことだと思ってた。男なら誰しも思い描く夢の心理機能だとね。エンヴォイのまえは普通の軍隊にいて、即席移植できるソフトウェアをあれこれ体に埋め込んでたから、この抑制技能もその特注品みたいに思ってた。魂を守るための肉体の鎧だとね。で、歳をとってまた別な見方をするようになっても、まだそれは残りつづけた」

「それに打ち勝つことはできないの？　そのエンヴォイの特殊技能はどうすることもできないものなの？」

おれは肩をすくめた。「だいたい打ち勝とうなどとは思ってないよ、たいていのときは。それが特殊技能の特性でもあるし、そんな中でもこれはぴか一の〝製品〟だからね。実際、こうした特殊技能を利用したほうが仕事もうまくいくし。それに逆らうこと自体骨が折れることで、そのために動きも鈍くなる。その煙草、どこで手に入れた？」

「これ？」彼女はランドフォール・ライトのパックを漫然と見た。「ああ、ヤンよ。だと思うけど。ええ、そう、彼からもらったのよ」

「あいつにもやさしいところがあるんだ」

おれのそのことばに皮肉を感じ取ったとしても、ワルダーニは気づいたそぶりは見せなかった。「吸う？」

「ああ。この情勢だと、このスリーヴもそれほど長持ちさせる必要はなさそうだからな」

「わたしたちは最後にはラティマー・シティまで行き着ける。あなたはほんとうにそう思ってるのね」と彼女はおれがパックから一本取り出して火をつけるのを見ながら言った。「ハンドはわたしたちとの約束を守る。そう思うのね？」

「あいつの立場に立って考えてみることだ。おれたちを裏切ることにどんな意味がある？」おれは吐き出した煙がカウンターの上を漂っていくのを眼で追いながら言った。思いがけず、何かから離脱する感覚――名づけようのない喪失感のようなものに圧倒され、おれは慌ててすべてをまたつなぎ合わせることばを探して言った。「金はもう移送されてるんだから。それを取り戻すことはマンドレーク社にはできない。だから、おれたちを裏切ってハンドに何か得があるとすれば、ハイパーキャストの移送費と吊るしのスリーヴ三体分のコストだけだ。それだけのために、おれが仕掛けた時限爆弾にびくびくするなんて割りに合わない」

ワルダーニはカウンターの上の盗聴防止器を見て言った。「これがクリーンということは確かかしら？」

「いや。それを持ってきたのは独立系のディーラーだが、マンドレーク社御用達の業者だったからね。もしかしたらタグされてるかもしれない。だからといって問題は何もない。時限爆弾をいくつどこに仕掛けたか、それを知ってるのはおれだけで、そのことはきみにも話すつもりはないから」

「それはどうも」例によって皮肉な口調ながら、ほんとうに感謝しているようでもあった。強制収容所というのは無知でいることの値打ちを人に教えるところだ。

「礼には及ばない」

「すべてが終わったら、マンドレーク社はわたしたちをどうやって黙らせようとするかしら？」

おれは両手を広げた。「なんのために？　マンドレーク社自体黙っているわけがないのに。今度の発見は一企業が掘りあてた人工遺物としては過去最大のものになる。マンドレーク社としちゃ当然そのことを世界じゅうに知らせたがるだろう。おれが仕掛けた時限爆弾の期限が切れて、この大発見物があらゆる企業の知るところになったら、それはもう昨日の新聞みたいなものなんだから。この宇宙船をどこか安全な場所に隠したらすぐ、マンドレーク社はその事実をサンクション第四惑星のあらゆる大企業のデータポートに流すだろう。でもって、ハンドはこのことをカルテルのメンバーになるのに最大限利用するだろう。あわよくば保護領通商会議の椅子も、と考えるかもしれない。それで、マンドレーク社は一夜にしてメジャー・プレーヤーの仲間入りというわけだ。そんなことに比べたら、おれたちの存在など無に等しい」

「すべてうまくいったらね」

おれはまた肩をすくめた。「その話はもう終わってるはずだ」

「いいえ」彼女はどこか助けを求めるような奇妙なジェスチャーを交えて言った。「あなたがこれほど企業と仲良しになるなんてわたしは思わなかった」

おれはため息をついた。

「いいか、おれがハンドのことをどう思っていようと、それはこの際どうでもいいことだ。彼はおれたちが彼に望む仕事をやってくれるだろう。肝心なのはそれだ。それだけだ。おれたちはもうすでに金をもらってるんだぜ。今さらつべこべ言っても意味がない。なるほどハンドというのは企業の重役にしては変人の部類かもしれないが、おれに言わせりゃ、だからうまくいったのさ。確かにおれはあの男に好感を持った。しかし、それはあくまで仕事を一緒にやっていく上での話だ。あいつがおれたちを裏切ったら、おれはなんのためらいもなくあいつのスタックにボルトを打ち込むだろう。これでいいだろうか？」

ワルダーニは盗聴防止器の甲羅を指で叩いて言った。「これがタグされてないことを祈るのね。ハンドが今のわたしたちのやりとりを聞いてたら……」

「別に」おれは彼女のまえに手を伸ばし、手をつけられていないシュナイダーのグラスを取り上げた。「聞かれてもかまわないことだ。彼もおれに対して同じような考えを持ってるはずだろうから。ハンド、聞こえるか？　不信と相互抑止に乾杯」

おれは呷ったグラスを逆さにして盗聴防止器の上にかぶせた。ワルダーニはあきれたように眼をぐるっとまわしてみせた。

「すばらしい。絶望の政治学。わたしが今何より必要としてるものよ」

「きみが今何より必要としてるのは」とおれはあくびをしながら言った。「新鮮な空気だ。マンドレーク・タワーまで歩いて戻らないか？　今出れば外出禁止時刻になるまえに着ける」

「その軍服を着てたら、外出禁止なんか気にしなくてもいいんじゃないかと思ってた」

おれは黒い軍服を見下ろし、生地を指で撫でた。「ああ、たぶんそうだろう。だけど、今自分のほうからわざわざめだつような行動を取ることもない。それに、相手がオート・パトロールの場合には、軍服なんてなんの意味もなくなる。危険は冒さないに越したことはない。で、どうなんだ？　歩くか？」

「わたしと手をつなぐつもり？」彼女としてはジョークのつもりで言ったのだろう。が、あまりジョークらしく聞こえなかった。おれたちは立ち上がり、いきなりぎこちなく互いの個人空間にはいった。

不覚にも酔ってしまった者の歩みのように時間がよろめいた。

おれは煙草の火を揉み消し、軽口に聞こえるように努めて明るく言った。

「ああ、そうとも。外は暗いからな」

おれは盗聴防止器を取り上げ、同時に煙草のパックもポケットに入れた。それでも奇妙に張りつめた空気のテンションは下がらなかった。むしろレーザー砲の砲火の残像のようにその場に残った。〝外は暗いからな〟——なんだ、それは？

外に出ると、おれたちはふたりとも両手をポケットに閉じ込めて歩いた。

第十二章

マンドレーク・タワーの最上階三階は重役用に割り当てられていて、階下からのアクセスはブロックされており、マルチレヴェルの屋上のテラスには庭園とカフェが設《しつら》えられていた。屋上の手すりには、さまざまな浸透パワー・スクリーンが支柱に据えられ、日中は陽射しを適度な暖かさに保ち、三つあるカフェのどれかで二十四時間軽食が食べられた。翌日の午後、おれたちがそこで遅い朝食をとり、テーブルの上に並べられた料理を食べおえようとしていると、一分の隙もなく身づくろいをしたハンドがおれたちを探してやってきた。ゆうべのおれとワルダーニとのやりとりを聞いていたとしても、そのことを気にかけている様子はまるでなかった。

「おはよう、ミストレス・ワルダーニ、コヴァッチ、シュナイダー。ゆうべきみたちが街に繰り出したのは、もちろん保安上の危険を冒すだけの意味があったことなんだろうね」

「たまには息抜きをしなきゃな」おれはワルダーニのほうもシュナイダーのほうも見やることなく手を伸ばし、フォークで料理を突き刺した。ワルダーニはサンレンズの奥に隠れていた。シュナイダーはコーヒーカップの底に残った滓《おり》をじっと見つめていた。おれたちの会話はそれまではずんでいたとはおよそ言えなかった。「坐ってくれ」

「ありがとう」ハンドは空いている椅子を引っぱってきて坐った。近くで見ると、眼のまわりにいくらか疲労の色が浮かんでいた。「私はもう昼食はすませた。ミストレス・ワルダーニ、きみがハードウェア・リストに挙げたもののうち主だったものはもう手配した。きみのスイートに届くようにしてある」

ワルダーニは黙ってうなずき、太陽を仰いだ。それが彼女の答のすべてであることがわかると、ハンドはおれのほうを向いて片方の眉をもたげてみせた。おれは軽く首を振った。

おれに訊かないでくれ。

「よかったら、今回の探検の隊員候補を見てもらいたいんだが――」

「いいとも」おれは食べかけた料理を紅茶で胃に流し込み、立ち上がった。テーブルの雰囲気が神経に障りはじめていた。「だったら行こう」

誰も何も言わなかった。シュナイダーは顔すら上げなかった。ワルダーニのほうはサンレンズをかけた眼でテラスを横切るおれの動きを追っていた。哨戒砲センサーのように無表情に。

おれたちはおしゃべりなエレヴェーターに乗ってテラスから階下《した》に降りた。エレヴェーターは階が変わるごとにその旨を告げ、その間にマンドレーク社の最近のプロジェクトの宣伝をした。おれたちはふたりとも無言だった。三十秒後、エレヴェーターのドアが開いた。そこは低い天井に融解ガラスの壁という地階のひとつで、イリュミナム照明がとろけるような青い光を発し、奥の広いスペースに強い陽射しが点々と射していて、そこが出口であることを示していた。不注意なほどエレヴェーター・ドアのすぐそばに、めだたない麦わら色のクルーザーが停まっていた。

「タイサワスディ・フィールド」とハンドが運転席側で少し上体を傾げて言った。「ソウル・マーケットだ」

エンジンの音がアイドリングの音から確かなリズムを刻む音に変わった。おれたちはクルーザーに乗り込み、自動成形シートに身を沈めた。クルーザーが浮き上がり、糸にぶらさがったクモのように機体をスピンさせた。おれは隔壁の非偏光ガラスとドライヴァーのスキンヘッド越しに、出口の近くに点々と射している陽射しを眺めた。何かがいきなり炸裂したように、光が機体を叩き、おれたちは容赦ないほど青いランドフォールの空に螺旋を描いて昇っていった。テラスのカフェで気まずい雰囲気を過ごしたあとだったので、その上昇は手っ取り早い気分転換になった。

ハンドがドアに取り付けられたボタンに触れると、窓ガラスの色がブルーに変わった。

「ゆうべきみたちは監視されていた」とハンドは淡々と事実を述べる口調で言った。

おれは彼を見て言った。「なんのために？　おれたちは同じ側にいるんじゃないのか？」

「われわれにじゃない」とハンドはもどかしげに言った。「ああ、もちろんわれわれもきみたちを衛星監視していた。だから、ほかにもきみたちを監視してる者がいることがわかったわけだ。いずれにしろ、われわれのことじゃない。そいつらのやり方はいかにもローテクだった。きみとワルダーニはシュナイダーと一緒には帰らなかった――あまり賢明なこととは思えないが、それはともかく、そのあときみたちは尾行された。シュナイダーを尾《つ》けていたやつは、ワルダーニが出てこないことを見て取ると、そこでシュナイダーの尾行をやめた。残りのやつはきみたちをファインド小路まで追った。橋からは見えないところまで」

「そいつらは何人いた？」

「三人だ。そのうちふたりは人間で、あとのひとりはその動きから判断すると、戦闘用サイボーグのようだった」

「捕まえたのか？」

「いや」ハンドは手の甲でこつこつと窓ガラスを軽く叩いた。「きみたちを追っていた当直マシンには防御と救出機能しかなくてね。われわれに知らされたときには、そいつらはすでにラティマー運河の近くまで行っていて、われわれがそこに行ったときにはもういなくなっていた。探してはみたが――」

彼は両手を広げた。眼のまわりに浮かんでいる疲労の色のわけがこれでわかった。一晩じゅう起きて、自分の投資が危険にさらされるのを防ごうとしていたのだろう。

「何を笑ってる?」

「すまん。心をいたく打たれたもんでね。おれたちを監視してたマシンには防御と救出機能しかなかったなんてな」

「ははは」彼は嫌味ったらしく笑うと、おれの笑みが消えるまでじっとおれを見つづけた。「きみのほうから私に言うことはないのか?」

おれは強制収容所の所長から聞いた話をちらっと思い出した。チック症のように顔を引き攣らせながら、所長が語ったワルダーニ救出作戦のことだ。が、ただ首を振った。

「何も思いあたらない?」

「ハンド、少し考えればわかることだろうが。誰かに尾《つ》けられてるなんてことがおれにわかってたら、そいつらはどうなってたか。少なくとも、デングとやつの仲間同様、今日という日を幸せに過ごすことにはなってなかっただろう。ちがうか?」

「誰だったんだ?」

「知らないと答えたつもりだが。街のゴロツキじゃないのか?」

ハンドは苦々しげな眼でおれを見た。「街のゴロツキがカレラの機甲部隊の軍服を着た男のあとを尾《つ》けるか、ええ?」

「だったら、男の沽券に関わる問題だったか。縄張りを荒らされたくないという。ランドフォールにもギャングはいるんだろ？」

「コヴァッチ、きみこそ少しは考えてくれ。尾行者のレヴェルがあれほど低かったのにきみは気づかなかった。それはどういうことなんだ、ええ？　そういう可能性はどれほどある？」

おれはため息をついた。「あまりないだろうな」

「そのとおりだ。なあ、この人工遺物のパイを切り分けてもらいたがってるやつが誰かほかにもいるのか？」

「わからない」とおれはむっつりと言った。

そのあとの飛行はお互い無言で過ごした。

最後にクルーザーがバンクし、おれは窓から外を眺めた。クルーザーが空き缶や空き壜が捨てられた汚れた氷盤のように見える一帯に向かって下降していた。おれは眉をひそめ、その大きさを眼で測りながら言った。

「あれはもしかして入植時代の宇宙船か――」

ハンドはうなずいて言った。「いくつかはね。大きなやつがそうだ。小さな船は押収品と廃品だ。火星人の人工遺物市場が下落したときに業者が借金の担保にしたものだ。しかし、このご時世だ。たいていは倒産する。債権者は少しでも取り返そうとして、港湾当局の係官にプラズマ・カッターで船の備品を焼き切らせ、金目のものを船から持ち出そうとする。その結果、こういう場所ができあがったというわけだ」

おれたちは地上に置かれた入植船に近づいた。巨大な倒木の上でホヴァリングしているような気がした。ラティマーからサンクション第四惑星に来たときに船を動かしていた動力装置が、船体の一方のへりからまさに枝のように突き出ていた。その装置の下の部分は離着陸場にぶつかってひしゃげていたが、上の部分は硬い青空に向けてプロペラを扇のように広げていた。が、その入植船がふたたび飛び立つことはない。そもそも一方通行の船だからだ。一世紀ほどまえに、ただ一度の星間航行のためにラティマーの軌道上で組み立てられたもので、航行を終えたときには反重力機能もエネルギーも使い果たしていたはずだ。着陸時の反発ジェットの噴射で船体の下の砂が融解し、楕円形のガラスに変質しているのが見えた。その楕円形はほかの船によってできた同じような楕円形と結ばれ、それが連続してタイサワスディ・フィールドを形成していた。

船自体は、企業が自分たちの離着陸場やそれにともなう施設を造りはじめる頃にはもう、腸《はらわた》を抜かれていたことだろう。最初は居住用に充てられ、そのあとはすぐれた合金やハードウェアの材料の供給源になったことだろう。ハーランズ・ワールドでおれも何度か入植時代のコンラッド・ハーランの船の腹の中にはいったことがある。それらの入植船はデッキまで食い尽くされていて、船体の曲面に何層ものメタルの段ができ、でこぼこになっていた。船体だけが手つかずのまま残され、初期入植者が何世代にもわたって人生を賭して築いた礼拝堂のような不気味な威厳を保っていた。

クルーザーはその船の背骨のような部分を越え、船体が描く曲線に沿って下降し、ほかの地上の船体がつくる影の中に着地した。おれたちはクルーザーを降りた。寒くて静かだった。ガラスを張ったような平原を渡る風の音と、物を売り買いする人の声が船体の中からかすかに聞こえるだけだった。

「こっちだ」とハンドは合金の壁が曲線を描いているほうを顎で示して言うと、地上レヴェルに近いところにある三角形の入口に向かって歩き出した。気づくと、おれは狙撃者がひそんでいそうな場所はないかどうかあたりを見まわしていた。が、そんな自分の反射的な反応がわれながら苛立たしく、肩をすくめ、彼のあとについた。親切な風が膝の高さで舞い、おれのまえから岩屑を吹き散らしてくれた。

近くで見ると、その三角形の貨物搬出入口はなんとも巨大だった。三角形の頂点の部分が数メートルあり、底辺は襲撃爆弾をトロリーに載せて運び込むことができそうなほど幅があった。そこから傾斜路が延びていて、今は尻を地面につけ、ここ何十年も使われていないのだろうが、船がまだ飛んでいたときにはハッチの役割も果たしていたエントランスまで続いていた。搬出入口の上のほうは、火星人のようにも空飛ぶ天使のようにも見える像のホログラフで注意深くぼかしてあった。

「発掘アートだ」とハンドは蔑むように言った。そんな一帯を過ぎ、おれたちは薄暗いドームの中にはいった。

ハーランズ・ワールドでも体験したことのある朽ちた空間の感覚があった。が、ハーランズ・ワールドの船の内部には生真面目な博物館的な雰囲気があったのに対して、こっちは無軌道な色と音に満ちており、全体が混沌としていた。けばけばしい色の原始プラスティックで造った仕切りがあり、主甲板にはワイヤが一見でたらめに張りめぐらされ、エポキシ接続されていた。それがまるで毒キノコの個体群が船体を蝕んでいるかのように見えた。寸づまりの昇降階段やはしごや溶接された支柱がそうした仕切りをひとつにつなぎ合わせ、そこここに映されているホログラフ・アートの光が、もともとのイリュミナム照明に色を添えていた。予測不能のベースラインを奏でる音楽が、船体に取り付けられた段ボール箱ほどの大きさのスピーカーから流れていた。それらすべての上方から――誰かが天井の合金にあけた一メートルほどの穴から――日光が射し込み、薄暗い船内に光の柱が立っていた。

その光の柱の中にぼろをまとった痩せ細った人影があった。汗にまみれた黒い顔を陽射しに向けて立っていた。まるで熱いシャワーでも浴びているかのように。年季の入った黒い山高帽に着古された黒いロングコート。その人影は、メタルの床を打つおれたちの足音に振り向くと、腕を十字に交差させて言った。

「お二方」人工器官の声だった。傷痕のある咽喉《のど》にその器官がヒルのように貼りついていた。「ちょうど間に合いましたな。私はセメテア。ようこそソウル・マーケットへ」

三人で船内デッキに向かった。そこからだと、ソウル・マーケットに品物が運び込まれるところが見られた。

ケージ・タイプのエレヴェーターを降りると、セメテアが脇に寄り、ぼろぼろの翼のような腕を差し出して言った。

「見てください」

デッキに敷かれたレールを走る積み込み機がリフトアームで小さな籠を抱え、バックで移動していた。見ていると、その籠がまえに傾げられ、ふちから何かがこぼれ出て、デッキの上にばらばらと落ちた。霰《あられ》が降ってきたような音がした。

スタック。

ニューラケム視力のレヴェルをあげないとはっきりとはわからなかったが、大半があまりきれいなものではなさそうだった。スタックだけにしては大きすぎた。骨や脊髄組織の残滓が金属にまだへばりついていてかさばり、白黄色をしていた。籠がさらに傾き、ばらばらという音が激しくなった。ホワイトノイズのような――金属の小さな粒がぶちまけられたような――音になった。積み込み機がレールの上を何度か往復し、そのうちスタックの山ができあがった。霰混じりの嵐がさらに激しくなり、その音もやがてすでに崩れかけているスタックの山に吸い込まれ、あたりにまた静けさが戻った。

嵐が去り、見ると、空《から》になった籠だけが静かに揺れていた。

「終わったようですな」とセメテアが言い、スタックの山の裾をまわり込むようにして歩きはじめた。

「大半はスチンダの爆撃によるものです。市民に正規軍兵士。奇襲作戦に参加した兵のも。東地区全土からのものですが、誰かがケンプの地上軍の展開状態を読みまちがえたんでしょうな、たぶん」

「よくあることだ」とおれはつぶやいた。

「われわれとしてはよくあってほしいものです」セメテアはしゃがんで両手でスタックをすくい上げた。黄ばんだ霜柱のような骨がまだところどころに付着していた。「これほどの景気はそうそうあるものじゃない」

薄暗い洞《ほら》のようなところから何かが何かをこすっているような音が聞こえた。おれはその音をたどり、眼を凝らした。

スタックの山のまわりに業者がシャベルとバケツを持って集まってきていた。いい場所からいいスタックを掘り出そうと、互いに肘で押し合いへし合いしていた。シャベルの刃が山に突き刺され、シャベルにすくわれたスタックがバケツに入れられるたびに砂利が軋るような音がした。

そんなふうに特等席を争いながらも、彼らはセメテアには広々としたスペースを与えていた。おれは眼のまえでしゃがんでいる山高帽をかぶったセメテアに眼を戻した。セメテアはおれの視線に気づいたかのように、その傷だらけの顔に大きな笑みを浮かべた。おそらく周辺感覚を強化しているのだろう。おだやかな笑みをたたえながら、セメテアは指を開いてスタックをまた山に戻した。手から何もなくなると、手のひらをはたいて立ち上がって言った。

「たいていのスタックは目方で売られてます。そのほうがコストも手間もかかりませんからね。そういう商品でよかったら、彼らと話してみてください。軍用ということなら市民は除いてくれます。それでも安いものです。そこが肝心なところでしょ？　それともあなた方が必要としておられるのは、この私、セメテアか」

「何が言いたいんだ？」とハンドがつっけんどんに言った。

年季の入った山高帽の下で、セメテアの眼がいくらか細められたような気がした。が、気分をいくらかでも害されたとして、それがぼろをまとった黒人の声音に表われることはなかった。「言いたいことは」と彼は丁重に言った。「いつも同じです。望みは何かということです。セメテアはここに来る人たちが望むものだけを売っている。あなた方の望みはなんです、マンドレークの方？　あなたとあなたがお連れになってる機甲部隊のオオカミさんの望みは？」

おれはニューラケムが体を一気に駆けめぐるときの震えを覚えた。水銀計が小刻みに揺れるような。おれは軍服を着ていなかった。この黒人が何を装備しているにしろ、それはただの周辺感覚の強化システムだけではなさそうだった。

ハンドが左手で何かの印をつくり、おれにはわからない無音節の言語で何やらセメテアに言った。そのとたんセメテアは身をこわばらせた。

「きみは危険なゲームをしてる」とハンドは静かにセメテアに言った。「私のまえでおかしな真似はもうしないことだ。わかってもらえただろうか？」

セメテアは身をこわばらせたまましばらくじっと動かなかった。が、そこでだしぬけに笑みを浮かべると、両手を同時に対称的に動かしてコートの中に入れた。そのときには彼はカラシニコフのインターフェース銃の銃身を五センチと離れていないところから見ていた、おれが左手で反射的に抜いた銃の銃身を。

「ゆっくりな」とおれは言った。

「心配は要らない、コヴァッチ」ハンドの声はおだやかだった。が、その眼はじっとセメテアを見据えていた。「ファミリーの絆が今結ばれたところだから」

セメテアの笑みは必ずしもそのハンドのことばを肯定していなかった。それでも、充分慎重にコートの中から手を出した。その手には砲金《ほうきん》でできたカニのように見えるものが握られていた。しなやかそうな一本の節足からもう一本に眼をやってから、彼はまたおれの銃に眼を戻した。恐怖を覚えていたとしても、それは顔には表われていなかった。

「あなたの望みはなんです、企業の方？」

「もう一度同じ呼び方をしたら、この銃の引き金を引くぜ」

「彼はきみに言ったんじゃないよ、コヴァッチ」ハンドがそう言い、軽くうなずいてみせた。おれはカラシニコフをしまった。「スペシャリストだ、セメテア。で、古くないのがいい。殺されてまもないやつが。ここひと月以内だな。で、われわれは急いでる。きみのところの死体の在庫がどういう状態にしろ」

セメテアは肩をすくめた。「一番新鮮なのは今ここにあるものだけれど」とセメテアは言って、カニを二匹スタックの山に放った。カニは忙しく動きはじめ、小さなシリンダー状のスタックをその腕で注意深く取り上げては、青く光るレンズの下に置いてからまた捨てるという作業を繰り返した。

「お急ぎとあらば……」

セメテアは横を向き、薄暗いひとつの仕切りのところまでおれたちを案内した。そこでは痩せた女がひとり、ワークステーションに覆いかぶさるようにして、スタックを入れた浅いトレーから骨の破片を圧搾ブラストしていた。セメテアとは対照的に青白い顔の女だった。メタルから骨が剥がされる小さな甲高い音と、背後から聞こえてくる山師たちのシャベルとバケツの音が奇妙な対位法をなしていた。

セメテアがさきほどハンドが使った言語で何やら女に言い、女はもの憂げにクリーニング・キットから身を離すと、仕切りの奥の棚から探査用無人小型機ほどの大きさの金属の容器をおれたちのところまで持ってきた。そして、それを掲げて調べ、黒いマニキュアを塗った長い爪で容器に彫られたシンボルを叩き、やけに残響が残る音節の言語で何やら言った。

おれはハンドを見やった。

「オゴン（ヴードゥーの戦争と鉄の神）に選ばれし者たち」と彼は言った。皮肉とは取れなかった。「鉄と戦争の神のために鉄で守られた者たち。戦士のことだ」

彼はそう言うと、女に向かってうなずいた。女は容器を置くと、香りづけをした水を入れた鉢をワークステーションから持ってきて、その水で手と手首を洗い、洗った指を容器の蓋に置いて、眼を閉じ、韻律のようなことばを口にした。おれはそのさまをほとんど魅入られたようになって見つめた。女は眼を開くと、蓋をねじって開けた。

「何キロご所望かな？」とセメテアが宗教がかったその場に不釣合いな実務的な口調で尋ねた。

ハンドはテーブルの上に手を伸ばし、ひとつかみのスタックを容器からすくい取った。よく洗われたスタックが彼の手の中できれいな銀色に光った。

「いくら吹っかけようと思ってる？」

「キロ七万九千五百」

ハンドは不服そうに鼻を鳴らした。「このまえここに来たときには、プラヴェットが四万七千五百で売ってくれて、しかもその値段について申しわけなさそうにしていた」

「それはものがちがうからでしょうが、企業の方」とセメテアは首を振り、笑みを浮かべながら言った。「プラヴェットが売ってるのは選別されてない商品です。それに通常彼はスタックを洗いもしない。市民や徴用兵のスタックから骨や組織を取り除くのに貴重な時間を使いたいのなら、プラヴェットと交渉してください。これは選ばれた戦士クラスのスタックです。しかも洗浄され、油処理もされてる。私がさっき言った額の価値は充分あるものです。私としてはこんなことでお互い時間を無駄にしたくないんですがね」

「よかろう」ハンドはそう言って、カプセル化された命を一握り手ですくった。「そっちにはそっちの言い分もあることだろう。よし、それじゃ六万きっかりということにしようじゃないか。また近々おたくを利用させてもらうこともあることだし」

「近々」セメテアはハンドのそのことばを吟味するように言った。「近々ジョシュア・ケンプがランドフォールに核爆弾を落とすかもしれない。近々、企業の方、われわれは全員死んでるかもしれない」

「確かにそうかもしれない」ハンドはつかんだスタックをまた容器に戻した。ダイスが転がったような音がした。「しかし、世の中にはより長く生きる者もいればそう長くは生きられない者もいる。ケンプ側が勝利するなどという今のきみの反カルテル発言をあちこちに言いふらせば、それでもうきみは官憲に逮捕されるかもしれない、ちがうかね、セメテア？」

青白い顔の女がワークステーションの向こう側で苛立ったような声をあげ、宙に浮かんでいるシンボルをなぞろうと手を上げた。セメテアが厳しい口調で彼女に何やら言った。彼女は上げかけた手を下ろした。

「私を逮捕させてあなたにどんな得があるんです？」とセメテアはおだやかな声で言うと、容器に手を伸ばし、ぎらぎらと光っているスタックをひとつ取り出した。「これを見てください。私が手を引けば、あなたはプラヴェットと取引きしなきゃならない。七万」

「六万七千五百。それできみをマンドレーク社の仕入れ優先業者にする」

セメテアは親指と人差し指にはさんだスタックをまわした。今のハンドの申し出を真剣に吟味しているのは顔を見ればわかった。「いいでしょう」と彼は最後に言った。「六万七千五百で手を打ちましょう。しかし、それは最低五キロからの値段です。いいですね？」

「もちろん」ハンドはマンドレーク社のロゴがホロ彫刻されたクレジット・チップを取り出した。そして、それをセメテアに渡すと、だしぬけに笑った。「十キロは買うつもりだったんだ。包んでくれ」

セメテアはスタックを容器に放って戻すと、青白い顔の女にうなずいてみせた。女はワークステーションの下から凹面状の計量プレートを取り出すと、容器を傾けてその中に手を入れ、聖職者が儀式をおこなうような手つきでひとつかみずつスタックを取り出し、プレートの凹面にそっと置いた。スタックの小さな山の上に紫色の飾り文字の数字が浮かんだ。

視野から離れたグラウンド・レヴェルで何か動きがあった。おれはすばやくそのほうを振り向いた。

「掘り出し物のようです」とセメテアが笑みを浮かべながら陽気に言った。

スタックの山から戻ってきたカニの一匹がセメテアの足元までやってきて、さらにゆっくりとズボンをのぼりはじめた。そいつが腰のあたりまでのぼったところで、セメテアはつかみ取って掲げると、もう一方の手でそいつの下顎をこじ開け、何かを取り出した。そして、そいつをまた床に放った。そいつは宙に放り出されるや、足をちぢめ、何の変哲もないグレーの卵形の物体に変形し、床に落ちると、一度跳ねて転がってから止まった。そのあと足をそろそろと伸ばして体勢を整えると、また仕事に戻っていった。

「見てください」セメテアはまだ組織のこびりついているスタックを親指と人差し指のあいだにはさんでこすり、笑みのまま言った。「これを見てください、機甲部隊のオオカミさん、わかります？　うちとしちゃ、これからが書き入れ時というわけです」

第十三章

マンドレーク社の人工知能はわれわれが買った兵士のスタックを三次元機械言語データとして読み取り、即座にそのうちの三割を回復不能な精神的ダメージを負った者として篩《ふる》い落とした。面接をする値打ちもないものとして。ヴァーチャルで甦らせてもそいつらにできることといえば、ただ泣き叫ぶことだけだろう。

　ハンドは肩をすくめて言った。

「だいたいこんなもんだ。誰から買ってもこれぐらいのロスは常に覚悟しなきゃならない。残ったやつは全部精神外科分析機にかける。それで実際に目覚めさせなくてもある程度のリストが作れる。そこにあるのがそのための点検項目だ」

　おれはテーブルの上からハードコピーを取り上げてざっと眼を通した。会議室の壁の一面にはダメージを負った兵士のデータが二次元アナログでスクロールされていた。

「高放射能汚染環境での戦闘体験？」おれはハンドを見上げて言った。「こんなこともチェックするのか？」

「おいおい、コヴァッチ、知らないふりはやめてくれ」

「いや」地質学的には永遠に誰も見ることのない光が山を越え、峡谷から姿を現わした人影を追いかけるさまが脳裏をよぎった。「できれば、そんなふうにはならなければいいと思ってたんでね」

ハンドは磨く必要があるかどうか吟味するかのようにテーブルトップをじっと見つめて、慎重に言った。「われわれとしては半島を掃除しなければならなかった。その作業も今週末には終わるはずだ。で、ケンプ軍は退却する。ありがたいことに」

ダングレクのごつごつした尾根を歩いて偵察したときのことだ。ソーバーヴィルの市《まち》が午後の光に照らされて輝いているのを一度遠くから見たことがある。ニューラケムを最大限発揮しても遠すぎて細かなところはわからなかったが、見るかぎり、ソーバーヴィルは水ぎわに掛けられた銀のブレスレットのように見えた。超然として、人間的なものとはなんの関係もないもののように。

おれはテーブル越しにハンドと眼を合わせて言った。

「ということは、おれたちは全員死ぬわけだ」

ハンドは肩をすくめた。「それはどうやら避けられないようだな。核爆弾が落とされたすぐあとに行くわけだからね。新しく募ったメンバーのスリーヴには耐久性のあるものを使って、全員、抗放射能医療を受ければ、とりあえず必要な時間は持つと思うが、長い眼で見れば……」

「長い眼で見れば、おれはラティマー・シティでデザイナー・スリーヴを着てるさ」

「そのとおり」

「どんな抗放射能スリーヴを考えてる？」

ハンドはまた肩をすくめた。「そういうことは詳しくないんで、バイオウェア部の人間に相談しなきゃならないが、まあ、マオリになるんじゃないかと思う。どうして？　きみもスリーヴを替えたいのか？」

手のひらの中でクマロのバイオプレートが引き攣ったようにひくひくと動いたのがわかった。まるで怒ってでもいるかのように。おれは首を振った。

「このままでいい。どうも」

「きみは私をそこまで信用してない。そういうことかな?」

「いい機会だから言っておこう。そのとおりだ。だけど、取り替えないのはあんたを信用してないせいじゃない」おれは自分の胸を親指で示した。「これは〈クマロ・バイオシステムズ〉の機甲部隊仕様のスリーヴで、これ以上に戦闘的にすぐれたスリーヴはほかにはないからだ」

「抗放射能仕様にもなってるのか?」

「おれたちがやらなきゃならないことをやるあいだぐらいは充分持つ仕様だ。でも、ひとつ教えてくれ、ハンド。新しく募るやつらにはどういうオファーをするつもりだ? 放射能に耐えられるかもしれなければ耐えられないかもしれない新しいスリーヴ以外に。この仕事が終わったら、新しいメンバーは何を手にすることになるんだ?」

ハンドは怪訝な顔をして言った。「それは、まあ、雇用ということになると思うが」

「彼らはみな雇われていたやつらだ。で、その結果どうなった?」

「ここランドフォールで雇うということだ」おれのことばに含まれていた棘《とげ》がなんらかの理由で彼を苛立たせたようだった。それともほかの何かが。「たぶんマンドレーク社の保安スタッフとして契約してもらうことになるだろう。期間は戦争が続くかぎりか、五年契約か、どちらか長いほうということで。それだと、きみの内なるクウェル主義とも、虐げられた者たちを憐れむ気持ちとも、アナーキストの悔悟とも矛盾しないと思うが」

おれは片方の眉をもたげて言った。

「今あんたが挙げた三つは互いになんとも関係の希薄な哲学だ。おれとしちゃ、そのどれにも賛成することはできないが、死ぬことの代償として職を得るというのは悪くないオファーだと言ってるのなら、そう、悪くはないよ。そいつらと同じ立場なら、おれも仲間に入れてくれと言ってるだろう」

「今のことばは私に対する信任投票と受け取っていいね？」ことばとは裏腹にハンドは疲れたように言った。「きみにそう言ってもらえると、心強いよ」

「ただし、今のはおれにはソーバーヴィルには友達も親戚もいないと仮定しての話だ。そういうことについてはあんたもバックデータで調べたほうがいい」

彼はおれを見た。「今のはジョークのつもりか？」

「市《まち》ひとつを地上から消し去ることに関してジョークなんかおれには何ひとつ思いつかない。少なくとも今は。まあ、そういうところがおれの駄目なところなんだろうが」

呵責《かしやく》の念がその醜い頭をもたげた。そういうことかね？」

おれは薄い笑みを浮かべて言った。「馬鹿なことを言わないでくれ。ハンド、おれは軍人なんだぜ」

「そうだったね。そのことは私も忘れないようにしたほうがよさそうだ。だけど、そういうことならきみのよけいな感情を私にぶつけるのはもうやめてくれ、コヴァッチ。さっき言ったとおり、私がソーバーヴィルを消滅させるわけじゃないんだから。あくまでわれわれに都合よく消滅してくれるだけのことなんだから」

「あくまでな」おれはハードコピーをテーブルの上に放って返し、それが手榴弾であればいいのに、などとは努めて思わないようにした。「そういうことなら、その事実と折り合いをつけてやっていくしかないな。夢分析機の分析にはどれぐらい時間がかかる？」

精神外科医によれば、われわれはほんとうの自分と歩調を合わせるために、夢の中ではほかのどのような状況におけるより活発に動いているのだそうだ。オーガズムのときでも死ぬときでも。われわれが現実世界で為すことの多くがほとんどなんの意味も持たないのもむべなるかな、だ。夢に負けているのだから。

その夢分析機はマンドレーク社の人工知能の心臓部とつながっており、欲求パラメーターとソーバーヴィルとの関連性について、使えそうな残りの目方七キロ分の人間の精神を四時間たらずでチェックした。その結果、三百八十七個の候補者がリストアップされ、さらに可能性の高い者、二百十二個が選ばれた。

「そろそろ彼らを目覚めさせよう」とハンドはスクリーン上のプロフィールを次々に先送りしながら言い、あくびをした。それを見て、おれもあくびが出そうになった。

お互いあまり相手を信用していないせいだろう、分析機が仕事をしているあいだ、ふたりとも会議室を一度も出なかった。ソーバーヴィルに関していくらかやり合ったあとはもう話すこともあまりなく、データのスクロールダウンを見すぎて、おれは眼がむず痒くなっていた。また、体をやたらと動かしたい思いにも駆られ、煙草の禁断症状も出ていた。それでもおれはあくびをこらえた。

「この全員と面接しなきゃならないのか?」

ハンドは首を振った。「いや、それには及ばない。精神外科的周辺装置を備えた私のヴァーチャル・コンストラクトがコンピューターに組み込まれてるから。それをヴァーチャル環境に送り込んで、最も有望そうなのを十七、八名連れて帰ってくるよ。もちろん、きみが私をそれぐらいは信用してくれればの話だが」

あきらめておれは大口を開けて大あくびをした。

「信用するよ。任せる。それよりコーヒーでも飲んで、ちょっと新鮮な空気を吸わないか？」

おれたちは屋上に向かった。


マンドレーク・タワーの屋上のテラスに上がったときにはもう夕刻になっていて、空の色が深い紫がかった青に変わっていた。薄闇になったサンクション第四惑星の東の空に星がぽつぽつと瞬いていた。西の空では細い雲にはさまれた太陽が迫り来る夜の重みに圧迫され、赤い汁をにじませていた。シールドが降ろされていて、屋上には夕べの外気のぬくもりがあり、北からのそよ風が吹いていた。

ハンドが選んだルーフ・ガーデンにはいり、おれはそこここにいるマンドレーク社の社員を眺めた。彼らはペアか、あるいは小さなグループをつくって、カウンターとテーブルにつき、調整され、自信に満ちた声音で話をしていた。地元のタイ語とフランス語もちらほらと聞かれたが、だいたい聞こえてくるのは標準語のアマングリック語だった。おれたちに注意を向けている者はひとりもいなかった。

「教えてくれ、ハンド」おれは新しいランドフォール・ライトのパックの封を開け、一本に火をつけて言った。「今日のソウル・マーケットでのあのことば。あんたたち三人が使ってたことばだ。それに左手でつくった印。あれはなんだったんだ？」

ハンドはコーヒーを飲み、カップを置いて言った。「想像はつかないか？」

「ヴードゥー語？」

「まあ、そう呼んでくれてもかまわない」苦々しげな顔でそう言ったところを見ると、彼のほうは百万年経ってもそんなふうに呼ぶつもりはないようだった。「正式には何世紀もそんなふうには呼ばれてこなかったが。もともとそう呼ばれていたわけでもない。知らない人間の大半がするように、きみもいささか単純化しすぎてる」

「おれは宗教とはそういうものだと思ってたがね。考えることが不自由な人間の頭を単純化するものだと」

　彼は笑みを浮かべた。「そういうことなら、考えることが不自由な人間が世の大半ということになってしまうんじゃないか？」

「そうでなかったことがこれまで一度でもあったか？」

「いや、たぶんそうなんだろう」ハンドはコーヒーを飲んでカップのふち越しにおれをじっと見つめた。

「きみは神をほんとうに信じてないのか？　より高次元の力とか。ハーランズ・ワールドの人間は大半が日本の神道を信じてると聞いたが。そう、神道から派生したクリスチャンもいるそうだね」

「おれはどちらでもないよ」とおれは抑揚のない口調で言った。

「夜の到来に対する避難所を持たない。そういうことだね？　千メートルの石柱が倒れるように、きみという人間のちっぽけな存在の背骨に途方もない荷重がのしかかってきても、きみは逃げ込める路地を持たないということだね？」

「ハンド、おれはイネニンにいたんだぜ」おれは煙草の灰を落として、いかにもハンドが見せそうな錆びついた笑みを返した。「イネニンじゃ、あんたが今言ったくらいの石柱を背負って、より高次元の力を求める兵士の叫び声を何度も聞いたよ。だけど、見るかぎり、そういうものは現われなかった。その程度の同盟関係なら、おれはそんなものなしでも生きていける」

「神はわれわれのほうがあれこれ命じる対象ではないよ」

「ああ、そのとおりだ。セメテアのことを教えてくれ。あの帽子とコート。あれであの男は何かを演じてた、だろ？」

「そうだ」とハンドはその声に不快感をにじませて言った。「ゲーデ（ヴードゥーの死者の神）の恰好をしてた——」

「なんとも洒落たことに」

「――弱い心を持った競争相手より優位に立つために、だ。まあ、それはそれでたぶん功を奏しているんだろう。ある程度の精神的な影響をまわりに与えているところを見ると。しかし、ゲーデを現出させるところまではいっていない。その点に関しては私のほうが上だ」彼は薄い笑みを口元に浮かべた。「あるいは、私のほうに資格があるというべきか。で、あそこではそのことをはっきりとさせてやったのさ。こっちがどれほどの人間か示してやったんだ。私はあの男の趣味を下劣と思っている。そのことを明らかにすることでね」

「あの男のほうもあんたと同じことをしようとしなかったのは不自然な気がするが」

ハンドはため息をついて言った。「実際のところ、きみ同様、あのゲーデにもユーモアのセンスがあってね。ああいういかがわしい商売をしているわりには、彼はなんでも面白がる男なんだよ」

「なるほど」おれは身を乗り出して、ハンドの顔に皮肉めいた表情が浮かんでいないか確かめた。「で、あんたは神だのなんだのを信じてるわけだ、真面目に？」

ハンドはおれをしばらくじっと見つめてから、頭をのけぞらせ、空を示した。

「あれを見るといい、コヴァッチ。われわれは地球から遠く離れたところにいて、よほど眼を凝らさないかぎり地球の太陽は見えない。われわれは見ることも触ることもできない広がりの中で吹いている風に乗せられ、この星まで運ばれてきた。われわれの脳よりはるかに進んだ思考回路を持つ――それ自体神の為せる業といってもいい――コンピューターの心の中で夢を見ながら。そして、女の体ではない秘密の畑で育てられ、自分自身のものではない肉体の中で生き返った。それがわれわれの存在のありようだ、コヴァッチ。そのことと、死者は神々と呼ばざるをえない存在とともにいると信じることとは、どれほど異なる？　われわれのありようには神秘的なところなど何もないなどとどうして断言できる？」

おれはハンドのことばの熱さに奇妙な気恥ずかしさを覚えて顔をそらした。宗教というのは奇妙なものだ。宗教を利用する者たちに思いもよらない効果をもたらす。おれは煙草の火を揉み消し、慎重にことばを選んで言った。

「おれたちの存在は、人が地球を離れるより、人がコンピューターの原型をつくるより何世紀もまえに無知蒙昧な坊主たちが夢見たものとはまるで異なる。彼らはおれたちのような存在を夢見たりしなかった。だからこそ、彼らは彼らで時代に適応できていた。おれたちがここに見つけた現実がなんであれ、いかにも現実向きのあんたの精神世界ではなく、彼らの時代に」

ハンドはまた笑みを浮かべた。見るかぎり、気分を害してはいないようだった。むしろどこかでこのやりとりを愉しんでいた。「それはきみのひとつの見方にすぎない。現存する教会の大半は産業革命以前から始まったものだが、信仰は暗喩であって、暗喩の背後のデータはどこからどれほどの旅をしてきたのか、それは誰にもわからない。われわれはみなわれわれが直立歩行するより何千年、何万年もまえに、すでに神の力を持っていた文明の遺物の中を歩いている。きみのハーランズ・ワールドも、コヴァッチ、燃え立つ剣を持った天使たちに取り巻かれて――」

「やめてくれ」とおれは両の手のひらをハンドに向けて言った。「暗喩の話はしばらく脇に置いといてくれ。ハーランズ・ワールドを取り巻いているのは、火星人があの星を出るときに廃棄するのを忘れた軌道上物体だ」

「もちろんそうとも」とハンドはもどかしげに手を動かしながら言った。「しかし、それはどんなスキャナーを使ってもスキャンできない物質でできたものだ。都市や山を攻撃できる力を持った軌道上物体だ。ただ、実際に攻撃を受けるのは天に向かって上昇しようとする宇宙船だけにしろ。天使以外にそんな真似をする者がほかにどこにいる？」

「あれはただのマシンだ、ハンド。おそらく惑星間の戦争に備えてプログラムされたパラメーターを持った――」

「きみはほんとうにそう思ってるのか?」

彼はテーブルの上に身を乗り出していた。気づくと、おれのほうもいくらか熱くなって彼と同じ恰好をしていた。

「あんたはハーランズ・ワールドに行ったことがあるのか、ハンド? ない? だと思ったよ。おれはハーランズ・ワールドで生まれ育った人間だ。そのおれが言うんだ。ほかの火星人の人工遺物同様、ハーランズ・ワールドの軌道上物体には少しも神秘的なところなど――」

「それはつまり火星原産の〝歌の塔――ソングスパイア〟と同じくらい神秘的なところなど何もないという意味かね?」その声にはいくらか苛立ちが含まれていた。「日の出と日の入りに歌を歌う石の木と同じくらい神秘的ではないという意味かね? まるで寝室のドアのように宇宙に向けて開かれたゲートと同じくらい神秘的ではないと――」

彼はそこでいきなりことばを切り、あたりを見まわした。知らず知らず熱くなっていたことに顔を赤らめた。おれは椅子の背にもたれ、笑みを向けて言った。

「そんな高価なスーツを着た人間にしちゃ、賞賛に値する情熱だよ。しかし、つまるところ、あんたは火星人はヴードゥーの神みたいなものだっておれに売り込みたいのか? そうなのか?」

「何も売り込むつもりはないよ」彼はぼそっと言って上体を起こした。「火星人はこの現実世界にぴたりと収まる存在だ、ヴードゥーの神とはちがって。彼らのことを説明するのにはわざわざ火星まで行くこともない。ただ、私は神秘というものを拒絶する世界観というのはいかにも限定された世界観だと言いたかっただけだ」

おれはうなずいて言った。

「それならわからないでもないが」おれは彼に指を突きつけて言った。「ただ、ひとつ言っておこう、ハンド。おれたちがこれから行くところじゃ、この手の話はもうしてくれるな。オカルトがかったわけのわからないことを言われなくても、おれにはほかに心配しなきゃならないことがいくらもあるんでね」

「私は自分がこの眼で見たものしか信じない男だ」とハンドはこわばった声音で言った。「私はゲーデやカルフールが人間の肉体をまとって歩くのを見たことがある。ホーガンの口を借りて彼らが語る声を聞いたこともある。彼らをこの世に呼び出したことも」

「ああ、わかった」

彼は探るようにおれをじっと見すえた。憤りが溶けて何か別なものに変わるのがその表情からわかった。声もおだやかになり、つぶやくように彼は言った。「おかしなものだな、コヴァッチ。きみも私と同じくらい信念を持っているとはね。ただひとつ私にわからないのは、どうしてきみはそこまで〝信じない〟ということにこだわるのかということだ」

ハンドのそのことばはしばらくテーブルに置かれたままになった。おれがそのことばに触れるまで優に一分は過ぎた。テーブルのまわりのざわめきが消え、北からのそよ風さえ息をひそめたかのように思われた。おれは身を乗り出し、ハンドに語りかけるというより頭の中の記憶を追い散らすようにして言った。

「ハンド、それは誤解だ。おれもあんたが信じてるものに近づけるなら近づきたいよ。このくそ混沌としたくそ世界を創造したくそ野郎を呼び出せるなら呼び出したいよ。なぜならそれができればそいつらを殺すことができるからだ。じっくりと。愉しみながら」

ハンドのコンストラクトはヴァーチャル・ステージで候補者を十一人にまで絞った。それにはほぼ三ヵ月かかった。マンドレーク社の人工知能がフル稼働してそれをリアル・タイムの三百五十倍でやった結果、午前零時前にすべての作業が終わった。

その頃には屋上での熱っぽいやりとりの余韻も冷め、落ち着いて話ができるようになった。互いの思い出話――のちのち自分の世界を支える支柱になったような体験談――を披露し合い、それがそれぞれの漠然とした人生観に移行し、最後にはふたりとも無言でマンドレーク・タワーの胸壁から淋しい空を長いこと眺めた。そうした省エネ・ムードになったところで、ハンドのポケットベルがガラスが割れたような音を立てた。

おれたちはハンドのコンストラクトがやったことを確かめに階下《した》に降りた。タワーの室内のまばゆさに眼をしばたたき、あくびをしながら。その一時間たらずあと、午前零時を過ぎ、日が変わったところでおれたちはハンドのヴァーチャル・コンストラクトを消し、彼のかわりに自分たちをコンピューターにアップロードした。

いよいよ最終選考だ。

第十四章

彼らの顔が今でも記憶に甦る。

といっても、まだくすぶっているソーバーヴィルの煙が見えるダングレクに一緒に向かったときの彼らの顔ではない。そのときには全員マオリの抗放射能戦闘スリーヴの美しい顔になっていた。そのときの顔ではなく、彼らが再スリーヴされるまえの顔だ。セメテアに売られ、また戦場に戻されたときの顔、彼らが自分の顔として覚えている顔、無味乾燥なヴァーチャルのホテルで初めて会ったときの顔だ。

死者の顔だ。


オール・ハンセン。

ばかばかしいほど青白い顔をした白人だった。雪のように白い髪を短く刈り込み、おだやかな青い眼をしていた。医療装具のデジタル・ディスプレーは彼の負った精神的ダメージが重篤でないことを示していた。国連が補強兵として束にしてラティマーからサンクション第四惑星に冷凍移送した第一波のひとりだ。その頃は誰もがまだケンプの反乱など半年で鎮圧できると思っていた。

「また砂漠に行くんじゃなければいいんだけどね」と彼は言った。陽にひどく焼かれた跡が額と頬にま

だはっきりと残っていた。「もしそうなら、また収納容器に戻してくれ。この顔のメラニンの痒さには
おれはもう勝つ自信がなくてね」

「おれたちがこれから行くところはむしろ寒いところだ」とおれは請け合った。「暖かくてもラティマー・シティの冬ぐらいのところだ。きみは自分のユニットが全滅したことは知ってるのか？」

彼はうなずいて言った。「ヘリから閃光が見えたからね。それがおれが最後に覚えてることだ。当然だよ。襲撃爆弾にやられたんだから。おれは襲撃爆弾の信管をはずせって怒鳴った。コンピューターのプログラムを変えろって。だけど、ものわかりのいい襲撃爆弾なんてものはないからね」

ハンセンは〝ソフト・タッチ〟と呼ばれる爆破ユニットの所属だった。彼らの存在は機甲部隊内でもよく知られていた。まず失敗をしないユニットだった。失敗するまでは。

「戦友が恋しくなることは？」とハンドが尋ねた。

ハンセンは椅子の上で首をめぐらし、軽食と飲みものが置かれているほうを見やってから、ハンドに眼を戻して言った。

「いいかな？」

「もちろん」

ハンセンは立ち上がると、ビール壜の林から一本選び、琥珀色をした液体をなみなみとタンブラーに注いだ。そして、われわれのほうにタンブラーを掲げてみせた。が、口を真一文字に結び、おれたちに向けた視線は鋭かった。

「〝ソフト・タッチ〟に乾杯。彼らの原子の残骸が今どこにあるにしろ。墓碑銘はこうだ――彼らはくそ命令を聞くべきだった。聞いていれば、今ここにいられたのに」

彼は咽喉《のど》を低く鳴らして一気にビールを飲むと、アンダーハンドで空のタンブラーを放った。タンブ

ラーはアンチクライマックスな音を立てて絨毯の上を転がり、壁にぶつかった。ハンセンはテーブルまで戻ってきて椅子に坐った。その眼には涙が浮かんでいたが、それはビールを一気飲みしたせいだろう。

「ほかに質問は？」と彼は荒っぽい声音で言った。


イヴェット・クルイックシャンク。

二十代前半。色がきわめて黒くて青みがかって見える肌、軌道戦闘機の機首を横から見たような美しい骨格、こぶし大に頭頂にまとめてからうしろに垂らしたドレッドヘア。そのドレッドヘアには、見るからに危険そうなスティール・ジュエリーと、緑と黒のコードのある即席移植プラグがふたつつけられていた。うなじのジャックはプラグがまだほかにも三個差し込めることを示していた。

「なんだい、それは？」とおれはうなじのジャックを指差して訊いた。

「ひとつは言語パック、タイ語と北京語の。ふたつめは松濤館空手九段の格闘能力」彼女はそう言って点字タグのついた小さなつまみを指でいじった。砲火のさなかにも見ないでも調節できることを示してみせたのだろう。「これは衛生兵」

「頭につけてるのは？」

「衛星ナヴィゲーション・インターフェースとコンサート用ヴァイオリン」そう言って彼女はにやりとした。「ヴァイオリンはこのところあんまり出番がないけど、これ、わたしの幸運のお守りなんだよ」そう言うなり、彼女は滑稽なくらい急に沈んだ顔をして言い直した。「お守りだった」おれは唇を嚙まざるをえなかった。

「きみは去年だけで七回も奇襲作戦に参加希望を出してる」とハンドが尋ねた。「どうしてだね？」

彼女は怪訝な顔をした。「そのことはもう訊かれたと思うけど」

「訊いたのは私じゃない」

「ああ、そうか。マシンの中のあんたの幽霊ね。まあ、まえにも言ったんだけど、奇襲作戦だと、アドレナリンがどっくどっく出るでしょ、戦闘に与える影響もでっかいでしょ、それに兵器もじゃかすか使えるでしょ。あんた、このまえのときのほうがもっと笑ってくれた」


ジャン・ジャンピン。

白い顔をしたアジア人で、やや寄り目の賢そうな眼をして、常にうっすらと笑みを浮かべていた。可笑しな逸話を聞かされ、その逸話の可笑しさについて熟考しているかのように。手のへりにたこができていること、それに黒いオーヴァーオールを着ていかにも脱力した感じで立っていること以外、彼にはどういう特技があるのか示唆するものは何もなかった。見るかぎり、人間の命を奪う方法を五十七通り知っている男というより、くたびれた教師のようだった。

「この探検だけど」と彼はぼそっと言った。「戦闘行為とはちがうんだったね。商行為だよね」

おれは肩をすくめて言った。「どんな戦争も商行為さ、ジャン」

「まあ、そう思うのは勝手だけど」

「きみもそう思ってくれ」とハンドがしかつめらしく言った。「私は政府の高官とも親しいが、その私が言うんだ。カルテルの後ろ盾がなければ、ランドフォールは去年の冬にはもうケンプの手に落ちていただろう」

「ああ、おれが戦ってたのはそのためだ」彼は腕を組んだ。「で、そのためにおれは死んだのさ」

「ああ」とハンドはそっけなく言った。「そのときの状況を詳しく話してくれ」

「その質問にはもう答えたと思うけど。どうして同じことを何度も訊くんだ?」

ハンドは眼をこすって言った。

「きみが話したのは私じゃない。きみの相手をしたのはスクリーニング・コンストラクトだ。データを点検する時間がなかったものでね。頼む」

「ダナン平原での夜襲で、攻撃目標はケンプ軍の襲撃爆弾操作システムの移動ステーションだった」

「あの作戦に参加してたのか？」おれは敬意を覚えて眼のまえのニンジャ・スリーヴの男を見直した。この八ヵ月のダナン平原での戦闘で、ほんとうに成功したと言えるのはその奇襲作戦だけで、おれはその作戦のおかげで命を救われた兵士を何人も知っていた。実際、政府のプロパガンダ・チャンネルは、おれの小隊がノーザン・リムで撃たれまくっていたときにも、まだその戦略的勝利のニュースを喧伝していた。

「名誉なことにね。小隊長を仰せつかってた」

ハンドは、まるで動く性質のある皮膚病か何かのようにデータがスクロールしている自分の手のひらを見た。システム・マジック。ヴァーチャル玩具。

「きみの小隊は目標を達成した。しかし、きみはそのあと殺された。何があったんだね？」

「しくじったんだ」ジャンはさきほど〝ケンプ軍〟と言ったときと同じような嫌悪の念をことばににじませて言った。

「具体的には？」如才のなさにかけてはハンドに勝るやつはそうはいないだろう。

「ステーションを爆破したら、当然、自動歩哨システムも機能しなくなってるはずだとおれは思った。が、実際にはそうじゃなかった」

「なるほど」

ジャンはおれのほうをちらりと見た。

「掩護なしにはおれの小隊は引き戻せなかった。だから、おれだけあとに残ったのさ」

ハンドはうなずいて言った。「よく決断したね」

「おれのヘマなんだからな。でも、それでケンプの侵攻を止められたんだから、おれが死んだのなんてささやかな代償だよ」

「きみはケンプがよほど嫌いなようだが、ジャン？」おれは慎重に言った。まるでケンプ信者がこの場にいるかのように。

「ケンプ主義者は革命とやらをめざしてる」と彼は蔑むように言った。「だけど、やつらがサンクション第四惑星で力を得たとして、それで何が変わる？」

おれは耳を掻きながら言った。「まあ、通りや建物のまえにジョシュア・ケンプの銅像がいっぱい立ったりするんだろうな。それ以外はたぶん大して変わらない」

「そのとおり。なのに、やつはそんなことのために何十万の人間の命を犠牲にしてる」

「そこはむずかしいところだが、聞いてくれ、ジャン、おれたちはケンプ主義者じゃない。そんなおれたちが目的のものを手にしたら、途方もない利益が政府側に生まれ、その利益はこのサンクション第四惑星でのケンプの力を弱めるのに大いに役立つだろう。それでどうだ？」

ジャンは両手をテーブルに置いてしばらくその手をじっと見てから言った。

「ほかにおれにどんな選択肢がある？」


アメリ・フォンサヴァート。

細い鷲鼻、いぶした銅のような肌、いくらか伸びかかっていたが、几帳面なパイロット・カットの髪をところどころ黒く染めていた。その巻き毛の隙間から、フライト共生ケーブル用と思われるソケットがのぞいていた。左眼の下には十字の象眼模様のタトゥーがあり、データフロー・フィラメントを差し込める頰の位置を示していた。眼は潤んで見える澄んだグレーで、ダークブラウンの光彩とあまり釣り合っていなかった。

「病院にあったストックよ」と彼女はおれが彼女の頰を見ているのを補強視力でとらえて言った。「去年、ブートキナリー・タウンの上空を飛んでるときに撃たれて、データフローが全部飛んじゃって、軌道上の保護国病院で応急措置をされたらこうなったってわけ」

「データを飛ばされても飛んで帰ってこられたのか?」とおれは疑わしげに尋ねた。負荷によって頰骨に埋められた回路を粉々に砕かれたらしく、二センチほどの幅の焼け焦げが頰に残っていた。「自動操縦装置は?」

彼女は顔をしかめた。「オシャカになった」

「そんな状態でどうやって操縦できたんだ?」

「コンピューターをシャットダウンして、マニュアルでやったのよ。基本に戻って機体のバランスを取って。ロッキード・ミトマ社のものはやろうと思えば今でもマニュアル操縦が利くのよ」

「いや、おれが訊いたのはきみ自身そんな状態でよく操縦できたなってことだ」

彼女は肩をすくめた。「わたしって痛さにけっこう強いタイプみたいね」

確かに。

リュック・ドゥプレ。

背の高い男だった。戦場ではあまり賢いとは思えないほど髪を長くし、それをあまりスタイリッシュとは呼べないもじゃもじゃヘアにしていた。線の鋭い白人の顔で、骨ばった長い鼻、角張った顎、眼はあまり見かけることのない珍しい緑色をしていた。ヴァーチャルの椅子に手足を伸ばしてだらりと坐り、この部屋の明るさではおれたちの顔がよく見えないとでもいうかのように小首を傾げた。「それじゃ」その長い腕をテーブルに伸ばすと、おれのランドフォール・ライトのパックを取り上げ、一本取り出して彼は言った。「このギグについて説明してもらおうか」

「いや」とハンドが言った。「きみがわれわれのチームの一員になるまでは明かすわけにはいかない」

彼は煙草の火をつけながらしゃがれた笑い声をあげた。「このまえもあんたはそう言ったね。で、おれはこう言った、いったいおれが誰に話すっていうんだって。おれを雇いたくなきゃ、あんたはさっさとおれをまたブリキの缶に戻せばいいんだからって」

「それでもだ」

「わかった。何が訊きたい？」

「きみの最後の奇襲作戦のことを話してくれないか」とおれは言った。

「それはおれがあんたらのチームの一員になるまでは明かすわけにはいかない」そう言って、彼はおれとハンドの顔を交互に見た。が、ふたりともにこりともしていないのを見て取ると、慌てて言った。「おいおい、ジョークだよ、ジョーク。そのことはこちらの旦那に全部話したんだがな。聞いてないのか？」

ハンドが押し殺したような苛立たしげな声をあげたのが聞こえた。

「きみの相手をしたのはコンストラクトだ」おれはその場を取り繕ってやった。「だからおれたちとしては今日きみから初めて聞くことになる。もう一度おれたちに話してくれ」

ドゥプレは肩をすくめた。「わかった。ケンプ軍の司令官をやっつけたんだ。クルーザーに乗ってるところを」

「うまくいったのか?」

彼はにやりとした。「ああ。頭をやれたからな。胴体から切り離せたからな」

「いや、何、ちょっと思ったわけだ。なにしろきみは死んじまったわけだから」

「ついてなかったんだよ。その司令官の血液が致死毒素入りだったのさ。遅効性の。で、クルーザーに乗って引き上げるまでわからなかった」

ハンドが眉をひそめて尋ねた。「その血を浴びたのか?」

「いや」一瞬、ドゥプレは見るからに苦々しい顔をした。「おれの相棒が浴びたんだ。司令官の頸動脈を切ったときに。眼に」彼は煙草の煙を天井に向けて吐いた。「まったくついてなかった。そのときはたまたま相棒がクルーザーを操縦してたね」

「ああ」

「そう、それでビルの壁面に突っ込んじまった」彼はにやりと笑った。「こっちは即効だった」


マーカス・スジアディ。

薄気味悪いばかりに幾何学的に完璧な顔をしていた。ネット上でラピニーの隣りにいてもおかしくないほど。アーモンドの色と形をした眼、直線を引いたような唇、顎の先端だけいくらか丸みを帯びているものの、もう少しで完璧な逆二等辺三角形になる顔、黒い直毛の貼りついた秀でた額。世俗を離れてどこまでも超然としてしまったかのように見える、まったく変わらない表情。言ってみれば、省エネ顔。ポーカーをやりすぎた人間のグローバル・スタンダード・ピンナップ写真。そんな風貌だった。

「わっ!」その無表情を変えたくてついやってしまった。

アーモンド色の眼はほとんど動きもしなかった。

「きみは重罪で起訴され、そのままになっているようだが」とハンドが子供をたしなめるような視線をおれのほうに送りながら言った。

「ええ」

おれたちは待った。が、スジアディはその問題についてはもうそれ以上言うべきことなどないと思ったようだった。おれはスジアディが好きになった。

ハンドは手品師のように手を振り上げた。伸ばした彼の指先にスクリーンが現われ、それが回転しはじめた。つくづくシステム・マジックの好きな男だ。おれはため息をついて、スクリーンを見た。おれと同じ軍服を着た男の胸から上の像がバイオデータ・スクロールの横で回転していた。その男の顔には見覚えがあった。

「きみはこの男を殺したんだったね」とハンドは冷ややかに言った。「どうして殺したのか。そのわけを話してくれないか？」

「それはできない」

「彼に説明させるまでもない」とおれはスクリーン上の男の顔を身振りで示して言った。「ダグ・ヴューティン。このヴューティンというのは、たいていの人間に今スジアディが取ったような態度を取らせてしまう男だ。それでも、どうやって殺したのかということは聞かせてもらいたい。あるいは殺せたのか」

そのおれのことばに対しては、いくらか眼に反応があった。戸惑ったような眼でちらっとおれの機甲部隊の記章に眼をやって、スジアディは言った。

「後頭部を銃で撃った」

おれはうなずいて言った。「なんともそれは独創的なことだな。彼はほんとうに死んだのか？　つまり彼の死は真の死《リアル・デス》だったのか？」

「そうだ。フル・チャージしたサンジェット銃を使った」

ハンドが指を鳴らし、システム・マジックを消して言った。「きみのシャトルは撃墜されたわけだが、きみのスタックは生き延びた可能性があるということで、機甲部隊はきみのスタックを届けた者には賞金を出そうとさえしてる。彼らは今でもきみを正規の場で裁きたがってる」ハンドはおれのほうを見た。

「となると、われわれとしてもかなり面倒なことになるんじゃないだろうか」

「ああ、そのとおりだ」おれは機甲部隊にいるあいだに同じような例を何度か見ていた。機甲部隊は実に執念深い。

「きみを機甲部隊に引き渡すつもりはさらさらないが」とハンドは続けた。「ただひとりの反逆兵士のために危険を冒そうとは思わない。何があったのか詳しく話してもらいたい」

スジアディはおれの顔をじっと見ていた。おれはほんの少しうなずいてみせた。

「ヴューティンはおれにこんな命令を出した。部下にくじを引かせてあたったやつを殺せ、と」とスジアディは硬い声音で言った。

おれはうなずいた。今度は自分に対して。ディシメーション（反乱などに対して、十人にひとりの割り合いで殺す古代ローマの軍隊の処罰法）だ。それがヴューティンの地元の軍隊とのお気に入りのつきあい方だ。

「どうしてそんなことになったんだ？」

「おいおい、ハンド」とおれはハンドのほうを向いて言った。「今彼が言ったことが聞こえなかったのか？　彼は自分の部下を殺せと命じられたけど、そんなことはしたくなかった。そういう反逆者となら おれはいくらでも一緒に生きていけるよ」

「そういうことになるには理由というものが――」

「時間の無駄だ」とおれはぴしゃりと言って、スジアディのほうを向いた。「同じ状況にまた置かれたら、きみはまた同じことをするか？」

「する」そう言ってスジアディは歯を見せた。それを笑みと言えるかどうかは別にして。「また同じ立場に立たされたら、今度はサンジェット銃をワイドビームにして撃つだろう。それで彼の部隊全体を半焦げにする。逮捕されるようなへまはしないよ」

おれはハンドを見た。ハンドは片手で両眼を押さえて首を振っていた。


スン・リピン。

高くて幅の広い頬骨、蒙古襞のある眼。大笑いの後遺症のように両端がいくらか下がった唇。陽に焼けた肌に細かい皺。こわくて黒い髪を一方の肩まで垂らし、銀の静止場発生クリップでとめていた。おだやかさと同時に揺るぎのなさをオーラのように発していた。

「きみは自殺したのか？」とおれはにわかには信じられない思いで尋ねた。

「そのようね」垂れた唇の両端が少し吊り上がり、ひねくれた渋面になった。「引き金を引いたのは自分でも覚えている。プレッシャーを受けても自分の狙いが狂わないことがわかったのはよかったわ」

彼女が放った銃弾は顎の右下からまっすぐに脳の中心を貫通し、頭頂部を見事に吹き飛ばしていた。

「まあ、それだけの至近距離じゃ狂いようもないが」とおれはわざと皮肉を言った。

彼女のおだやかな眼の色にはどんな変化も見られなかった。

「それでも狂うこともある。わたしはそう理解してるけど」と彼女は生真面目に言った。

ハンドが咳払いをして言った。「どうしてそんなことをしたのか話してくれないか？」

彼女は怪訝な顔をした。「また？」

「まえのは」とハンドは歯を軋らせるようにして言った。「私の尋問コンストラクトで、私じゃないんだ」

「ああ」

彼女は横目で何かを探した。網膜接続周辺スクロールだろう。しかし、マンドレーク社の人間以外は、内蔵ハードウェアまではヴァーチャル・ステージに書き込まれていなかった。彼女はそのことがわかってもことさら驚いたふうもなく、原始的に記憶をたどって言った。

「相手は自動装甲部隊だった。スパイダー・タンクよ。わたしは彼らの応答パラメーターに細工をしようとしていた。でも、彼らのパラメーターにはコントロール・システムにつながれたウィルス性まぬけ落としが仕掛けられていた。たぶんローリング・ヴァリアントだったと思う」彼女はまた渋面をつくった。「じっくり考えている余裕はなかった。あなたたちにも想像できると思うけど。よくわからないけど、とにかくジャックアウトするだけの余裕はなかった。気づいたときにはもう、ウィルスの最初の一団がわたしの中にはいり込んできていたから。それが全部ダウンロードされるまえにわたしに与えられたかぎられた時間内で、わたしに思いつくことができたのはただひとつの選択肢だった。自分を消すしかなかった」

「なんとね」とハンドが感心して言った。

全員の面接がすむと、ふたりとも頭をすっきりさせようと屋上にあがった。おれは手すりに寄りかかって、外出禁止時間帯の閑散としたランドフォールを眺めた。ハンドはコーヒーを探しにいった。背後のテラスも閑散としていた。椅子とテーブルが、軌道に浮かぶ衛星の眼のために残されたテクノグリフのメッセージのように散らばっていた。階下《した》にいるあいだに気温が下がり、震えが来るほど風が冷たく感じられた。スン・リピンのことばが甦った。

ローリング・ヴァリアント。

イネニンの橋頭堡を破壊したローリング社製のウィルスだ。それにやられたジミー・デ・ソトは自分の眼を自分の手で抉って死んでいった。当時は科学の最先端を行く軍事ウィルスだったのが今では安価な軍需品になっている。せっぱつまったケンプ軍でも手に入れられる唯一のウィルス・ソフトウェアになっている。

時代は変わっても、自由市場は永遠だ。ほんとうに死んだ者たちを置き去りにして歴史はめぐる。生き残ったわれわれはこれを続けるしかない。

ハンドがすまなそうな顔をして、マシン・コーヒーの容器を持って戻ってきた。そして、おれにひとつ容器を手渡すと、おれの横で彼も手すりに寄りかかった。

「どう思う?」しばらくして彼は言った。

「くそみたいなひどい味だ」

ハンドはさも可笑しそうに笑った。「われらがチームをどう思う?」

「悪くない」とおれは答え、コーヒーをすすり、眼下の市《まち》を見下ろした。「あのニンジャに対しては大いに満足とはいかないが、あの男は役に立ちそうな技術を持ってる。任務とあらば死ぬことも辞さない覚悟ができてるように見える。兵士にとってそういう覚悟はいつの時代にも変わらない大きな強みだ。

クローンをつくるのにはどれぐらいかかる?」

「二日。たぶんそれより早くできるだろう」

「彼らが新しいスリーヴのスピードについていけるようになるのには、その倍かかる。〝入隊式〟はヴァーチャルでできるか?」

「もちろん。軍事人工知能なら未処理のデータからでもバイオラボのコンピューターを使って、ひとりのきわめて正確なクローンを書き上げてくれるだろう。リアル・タイムの三百五十倍で稼働させれば、新しいスリーヴのチーム全員にまるまるひと月与えられる。ダングレクのコンストラクト上で。リアル・タイムでは二時間以内だ」

「よし」とおれは言った。そう言いながら、どうしてことばと同じ気持ちになれないのか、自分を訝った。

「私のほうはスジアディにクエスチョン・マークがつくんだがね。ああいう男がわれわれの命令を素直に聞くとはどうしても思えない」

おれは肩をすくめた。「だったら、彼に命令を出させればいい。彼に指揮権を与えればいい」

「本気で言ってるのか?」

「もちろん。彼には指揮官の資質がある。実際、そういう立場にいたわけだし、経験もある。何より部下思いの男のようだし」

ハンドは何も言わなかった。が、五十センチばかり離れた手すりの上で彼が怪訝な顔をしたのが感じられた。

「どうかしたか?」

「いや、別に」彼は咳払いをした。「ただ、思い込んでいたもんでね。指揮権はきみが持つものとばかり」

おれが率いる隊員たちの頭上でスマート榴散弾が次々に炸裂したときの光景が脳裏に甦った。閃光、爆音、破片。豪雨のように降り注ぐ水銀のカーテンの中を飢えたように逃げ惑う隊員たち。その背景に聞こえつづけている何かを裂くようなブラスターの音。

第二部　商業的観点　　　　210

叫び声。

自分では自分の顔に浮かんだものが笑みには感じられなかった。が、そうだったのだろう。

「何が可笑しい？」

「あんたはおれのファイルを当然読んだわけだよね、ハンド」

「ああ」

「なのに、まだおれが指揮権を持ちたがってるなんて思ってたとはね。あんた、気は確かか？」

第十五章

コーヒーのせいでなかなか眠れなかった。

ハンドは勤務時間外に寝るベッド——あるいは容器——のあるところに戻り、おれはひっそりとした砂漠のような夜を眺めつづけた。地球の太陽を探して見つけた。サンクション第四惑星の人間が〝親指の家〟と呼んでいる星座の東側の先端で光っていた。ハンドのことばが甦った……

……われわれは地球から遠く離れたところにいて、よほど眼を凝らさないかぎり地球の太陽は見えない。われわれは見ることも触ることもできない広がりの中で吹いている風に乗せられ、この星まで運ばれてきた。われわれの脳よりはるかに進んだ思考回路を持つ——それ自体神の為せる業と言ってもいい——コンピューターの心の中で夢を見ながら……

おれは苛立ち、そのことばを頭から振り払った。

おれは地球で生まれたわけではない。このサンクション第四惑星同様、地球はおれにとって故郷でもなんでもない。酔って暴れていないときに親爺が地球の太陽を指差しておれに示すようなこともあったのかもしれないが、少なくともおれにそんな記憶は残っていない。あの小さな一点の光になんらかの意味があったとしても、おれにはなんの感慨もない。ここからではハーランズ・ワールドがまわりをまわっている星は見えない。

たぶんそれが問題なのだろう。

あるいは、一度行ったことがあるからか。人類の伝説的な故郷に。その結果、輝く星から派生したひとつの天体を頭に甦らせることができるようになったからか。その世界がまわっているところ――あの海辺の市《まち》が夜になると暗くなり、朝が来ると明るくなるところが思い描けるからか。警察車両がどこかに停まり、巡査部長が今おれが飲んでいるのと変わらないまずいコーヒーを飲んで、あれこれ思いをめぐらしているところが……

やめろ、コヴァッチ。

念のために言っておくと、コヴァッチ、今おまえが見ているあの地球の太陽の光は彼女が生まれるより五十年もまえに発したものだ。それにおまえが思い描いているあの彼女のスリーヴも今ではもう六十代、彼女がまだ同じスリーヴをまとっているとして。忘れることだ。

コーヒーの残りを飲み干した。さらに気温が下がっており、おれは思わず顔をしかめていた。東の空を見るかぎり、夜明けが近かった。夜が明けたときにもまだここにいるなど思っただけでなぜかぞっとした。コーヒー・カップに歩哨を命じて手すりの上に残し、散らばった椅子とテーブルのあいだを縫って一番近いエレヴェーター・ターミナルに向かった。

おれのスイートのある三階下の階まで降り、ゆるやかにカーヴした廊下を歩いた。誰にも会わなかった。細いケーブルでドアにつながられている網膜カップを引き出し、それを眼にあててドアを開けようとすると、コンピューター制御された静寂の中、足音がした。おれは反射的に背後の壁まで飛びのいた。習慣からベルトのうしろに差して持ち歩いているインターフェース銃に手を伸ばしていた。

われながらビビっていた。

マンドレーク・タワーにいるんだぞ、コヴァッチ。その重役用上階に。認可されなければ塵ひとつ上がってこられないところに。しっかりしろよ、まったく。

「コヴァッチ?」

ターニャ・ワルダーニ。

おれはひとつ息を大きくついて壁から離れた。彼女はカーヴした廊下の陰から姿を現わし、いつもとちがって珍しく不安げな顔をしていた。

「ごめん。驚かせちゃった?」

「いや」さきほどおれがカラシニコフに手を伸ばしたとたん、ドアの中に引っ込んだ網膜カップにまた手を伸ばした。

「ずっと起きてたの?」

「ああ」おれは網膜カップを眼にあてた。ドアが開いた。「きみもか?」

「まあね。二時間ほどまえまではなんとか寝ようとしてたんだけど……」彼女は肩をすくめた。「なんだか神経が昂ぶっちゃって。全部終わったの?」

「人集めのことか?」

「ええ」

「終わった」

「どんな感じ?」

「全員使いものにはなりそうだ」

開けられたまま誰も部屋にはいろうとしないので、ドアがすまなそうにチャイムを鳴らした。

「中に——」

「きみは——」おれは手振りで示した。

「ありがとう」彼女はどことなくぎこちない動きでおれよりさきに部屋にはいった。

スイートのラウンジの壁はガラス張りで、おれが部屋を出たときに不透明にセットしたままになっていて、街の灯がスモークガラスの表面に点々と映っているのが、ミルズポートのトレーラー船の網にかかって身を赤く染める深海魚の稚魚を思わせた。ワルダーニは繊細な内装のラウンジの中央で立ち止まった。

「わたし——」

「坐れよ。藤色の家具は全部椅子だ」

「ありがとう。まだ慣れなくて——」

「最新式とやらだからな」おれは彼女がユニットのひとつの端に腰かけるのを眺めた。そのユニットは彼女の体に合わせて自ら形を変えようとした。が、彼女はそれを許さなかった。「何か飲むか？」

「要らない。でも、ありがとう」

「ヤクでも吸うか？」

「とんでもない」

「ハードウェアの調子はどうだ？」

「いいわ」と言って、彼女は誰にというよりむしろ自分にうなずいた。「ええ、大丈夫」

「そりゃよかった」

「もう準備はほとんど整ったわけ？」

「おれは——」眼の裏側がぴりぴりしていた。部屋を横切り、椅子に坐り、椅子がおれの体形に合わせてくれるのに任せた。「あとは現地の展開を待つだけだ。それはきみもわかってると思うが」

「ええ」

しばらく沈黙を共有した。

「彼らはほんとうにやると思う？」

「彼らって？　カルテルか？」おれは首を振った。「避けられるなら、彼らはやらないだろう。だけど、ケンプはやるかもしれない。いいかい、ターニャ、そういうことは起こらないかもしれない。だけど、起ころうと起こるまいと、おれたちにできることは何もない。そういう調整をするにはもう遅すぎる。それが戦争だ。個人というものを全廃するのが戦争だ」

「何、それ？　クウェル主義者の警句か何か？」

おれは苦笑した。「まあ、おおざっぱに言ってしまえば、そうだ。クウェルクリスト自身は戦争についてなんて言ってるか知りたいかい？　あらゆる暴力的衝突について」

彼女は落ち着かなさげに体を動かした。「別に。いいえ、いいわ。教えて。聞きたい。これまでにわたしが一度も聞いたことがないことを言ってみて」

「戦争はホルモンによって惹き起こされる。クウェルクリストはそう言っている。多くは男性ホルモンのために。勝つか負けるかという問題ではなく、ただホルモンの発散だと。そのことに関して彼女は詩まで書いてる。地下にもぐるまえに。そう――」

おれは眼を閉じて、ハーランズ・ワールドを思い浮かべた。ミルズポートのアジトを。盗んできたバイオウェアが部屋の隅に重ねられ、部屋には、ヤクの煙と任務を遂行したことを祝う雰囲気が満ちていた。おれはヴァージニア・ヴィラウヴダと彼女のクルー――悪名高き〝小さき青き虫たち〟――と不真面目に政治の話をしており、クウェル主義者のことばや詩が飛び交っていた。

「具合でも悪いの？」

おれは眼を開けて、非難を込めて彼女を見た。「ターニャ、こういう詩はだいたいストリップジャップで書かれてるんだよ。ストリップジャップというのはハーランズ・ワールドの商用語だから、きみにはちんぷんかんぷんだろ？　だから、今そのアマングリック語版を思い出してたんだ」
「そう、なんだか具合が悪そうに見えたものだから。わたしのために苦しんだりしないで」
おれは手を上げて彼女を制した。「こういう詩だ。

男のスリーヴ
ホルモンに栓をするか
ほかのことの嘆きに
費やすか
（わたしたちはあなたたちに請け合う、ホルモンはもう充分だと）

注ぎ込まれた血
自分の武勇を誇らしく思う気持ちが
あなたたちを欺き、あなたたちをコケにもするだろう
さらにあなたたちが触れたすべてのものを
（あなたたちはわたしたちに請け合う、その代償は些細なものだと）

おれは彼女を見た。彼女は鼻で笑って言った。
「革命家にしては妙なスタンスね。彼女はかなり血なまぐさい反乱を起こした張本人じゃないの？　死

ぬまで保護国の圧政とやらと戦った女性じゃないの？」

「そうだ。実際、彼女はあらゆる反乱を起こした。だけど、彼女がほんとうに死んだという証拠はない。ミルズポートの最後の戦いで姿を消したのさ。彼女のスタックは回収されなかった」

「彼女にはミルズポートが攻撃された責任もあるんじゃないの？」

おれは肩をすくめた。「彼女は暴力の根幹にあるものに対する考えだけは絶対変えなかった。ほかならぬ暴力の真っ只中にあっても。ただ、避けがたいものだとも思ってたんだろう、たぶん。でも、行動は変えた、その場その場で」

「それも大した哲学とも思えない」

「ああ、確かに。だけど、そもそもクウェル主義というのは偉大な教義というわけじゃない。クウェルクリストが書き記したほぼ唯一の信条は、事実を見ろ、ということだ。彼女はそのことばを墓碑銘にしたがったほどだ。事実を見ろ。それは事実には創造的に対処しろということさ。事実を無視するのでもなく、歴史的に不都合なものとするのでもなく。彼女はいつも言っていた、戦争をコントロールすることはできないとね。自分から始めたときでさえ」

「なんだか敗北主義のようにも聞こえるけど」

「そんなことはない。彼女が言ってるのは、事実をよく見て、危険をしっかり認知しろということなんだから。避けられる可能性があるなら、戦争なんてすべきじゃない。なぜならいったん始めてしまったら、もうまともなコントロールなどとてもできないからだ。ホルモンに駆り立てられた道を戦争がまっしぐらに進んでるあいだは、ただ生き延びようとする以外には誰にも何もできない。ただ操縦桿を握って乗りきるしかない。生き延びて、ホルモンが出尽くすのを待つしかない」

「まあ、戦争がなんであれ」彼女はあくびをして窓の外を見た。「でも、コヴァッチ、わたしは待つのはあまり得意じゃないの。考古学者なんだから、そんなことはないんじゃないかって思ってるかもしれないけど」彼女は笑い声をあげた。が、声が震えていた。「考古学もそうだし、強制収容所体験も役に立ったんじゃないかと思ってるかもしれないけど」

おれはすばやく立ち上がった。「ヤクを持ってきてやろう」

「要らない」彼女は動かなかった。声も揺るぎなかった。「わたしには忘れなくちゃならないことなんて何もないから。わたしに要るのは――」

彼女は咳払いをした。

「わたしのためにあなたに何かしてほしい。あるいはわたしと。あなたがわたしにしてくれたこと。このまえ。あなたがしてくれたことには」彼女は自分の手を見た。「インパクトがあった。それはわたしには思いがけないものだった」

「ああ」とおれは言ってまた坐った。「あれか」

「ええ、あれよ」その声音には苛立ちがかすかに含まれていた。「あれは理に適《かな》ってると思う。あるひとつの方向に心を向けるのに役立つことだと思う」

「ああ」

「ええ。それで……さらにもとに戻す必要のある感情がわたしにはひとつあるんだけど、でも、それをやるのに、あなたとファックする以外どんな方法も思いつかないのよ」

「それはどうかな――」

「あなたにそう言われてもわたしはかまわない」と彼女は乱暴に言った。「あなたはわたしを変えた。あなたがわたしを治してくれたのよ」声がまたもとに戻った。「だから、わたしはあなたに感謝すべきなのかもしれない。でも、そんなふうな気持ちにはなれないのよ。治された。わたしにはそんなふうにしか感じられない。そんな感情をつくったのもあなたよ。わたしの中のアンバランスな感情をつくったのも。とにかくわたしは自分のその部分を取り戻したいの」

「ターニャ、きみはまだそういうコンディションには――」

「ああ、それね」彼女は薄い笑みを浮かべた。「今のわたしにははっきり言って性的魅力がないのはわかってる。今のわたしに魅力を感じるのは――」

「そういう意味で言ったんじゃ――」

「――ガリガリに痩せた子供が好きな変態野郎ぐらいかもしれないけど、わたしたちには治す必要がある。治すためにヴァーチャルに行く必要が」

おれは非現実的なあいまいな感覚を頭から振り払って言った。「きみは今やりたいのか？」

「今やりたい」また薄い笑みを浮かべた。「これがわたしのいつもの不眠パターンなのよ、コヴァッチ。こうなるともう駄目。でも、わたしも眠らなくちゃいけない」

「どこか考えてる場所はあるのか？」

「ええ」なんだか子供の肝試しのような様相を呈してきた。

「どこだ？」

「階下《した》よ」彼女は立ち上がり、まだ坐ったままのおれを見下ろして言った。「知ってた、コヴァッチ？あなたって男のくせに女と寝るのにやけにあれこれ訊くやつだって」

彼女が言った階下《した》とは、マンドレーク・タワーの中ほどにあるレクリエーション・フロアのことだった。ドアが開くと、フィットネス・センターの仕切りのない空間が眼のまえに広がった。さまざまなマシンが明かりのない薄暗さの中、不気味な昆虫のように点在していた。奥のほうに十かそこらのヴァーチャル・リンクのラックが斜めに並んでいた。

「ここでやるのか？」とおれはいささか居心地の悪さを覚えながら言った。

「いいえ。奥にユニットがあるでしょ？　来て」

おれたちはじっと動かないマシンの林の中を歩いた。歩くに連れて頭上とマシンの照明が点灯し、通り過ぎるとすぐまた消えた。おれはそのさまを神経衰弱の洞穴の中から眺めた。その洞穴は屋上から降りてくるまえからおれのまわりに形成されていた。ヴァーチャルを長くやりすぎると、時々そんな気分になることがある。ヴァーチャル空間から出たあと、脳が磨耗したようなぼんやりとした感覚があり、現実が鋭利に感じられない不安を覚えるのだ。狂気の一歩手前とはまさにこうした不確かな衰弱した感覚ではないかと思われるような。

そんな感覚を取り除く一番の方法はヴァーチャルからしばらく離れることだ。

ユニットは実際には九室あった。奥の壁面からそれぞれふくらんでいて、そのふくらみの上にそれぞれ番号が打たれていた。その中のユニット7とユニット8のドアが少し開いており、暗いオレンジ色の光が中から洩れていた。ワルダーニは7と書かれたユニットのまえで立ち止まった。ドアが外側に開いた。オレンジ色の光が広がった。催眠効果を高める柔らかな色で、ぎらついたところは少しもなかった。

彼女は振り向くとおれを見て言った。

「8にはいって。8はこの7に従属するようにセットされてるから。メニュー・パッドの〝同意〟のボタンを押せばいい」

そう言って、そそくさとユニット7のオレンジ色の光の中に姿を消した。

ユニット8の中は感情移入派の内装で、壁にも天井にもそのサイコグラムが描かれていた。が、催眠効果のある照明の中、それはただの魚のしっぽ状の渦巻きとランダムな点にしか見えなかった。もっとも、感情移入派の作品はどんな光の中でもそんなふうにしか見えないが。室温はやや暖かい適温で、自動成形ソファの脇に複雑な螺旋を描くコート掛けが置かれていた。

おれは服を脱ぎ、自動成形ソファに腰をおろし、ヘッドギアを引っぱり、ディスプレーに自動的に電源がはいるのを待って、点滅しているダイアモンド形の〝同意〟ボタンを叩いた。そして、システムが作動する直前にフィジカル・フィードバック・オプションをオンにした。

オレンジ色の光が霧がかって逆に濃くなったように思われ、ランダムに見えたサイコグラムの渦巻きと点がある種の均衡状態を保っているように見えはじめた。あるいは何か池に棲む小さな魚の群れのように。感情移入派の絵描きはそのどちらを意図したのだろう——彼らはなんともわかりにくいやつらだ——と思う間《ま》もなく、オレンジ色が薄まり、湯気のようになって消えた。気づくと、穴のあいた黒いメタルパネルが貼られた巨大なトンネルの中に立っていた。赤いダイオードの照明が両方の出口に向かって果てしなく延びていた。

オレンジ色の霧がメタルパネルの穴から噴き出し、その霧が眼のまえで徐々に女の姿に形を整えていった。ターニャ・ワルダーニのおおまかな輪郭ができあがり、最初はちかちかと光るオレンジ色のヴェールに頭から爪先まで包まれていたのが、徐々に部分的に何かをまとった姿に変わり、その何かが最後は剝がれて、一糸まとわぬ肢体があらわになった。おれは魅入られたようにそれを眺めた。

自分を見ると、おれのほうも何も身につけていなかった。

「積み降ろしデッキにようこそ」

彼女を見てまず思ったのは、彼女のほうはすでに準備万端整えていたのだろうということだった。たいていのコンストラクトは記憶の中の自己イメージによって再生される。思いちがいが激しいときにはサブルーチンが修正を加えるので、できあがるコンストラクトはだいたい現実の姿になる。二、三キロ体重が少なくなっていたり、二、三センチ身長が伸びていたりすることはあっても。眼のまえのターニャ・ワルダーニにもあまり矛盾したところはなかった。ただ、まだ現実には取り戻していない健康的な輝きがあり、不健康さはなりをひそめていた。眼は落ち窪んでおらず、頬骨と鎖骨もさほどめだっていなかった。小さな胸の下に肋骨が浮かんで見えはするものの、しっかり肉がついていた。おれが服の上から想像したよりはるかに多く。

「強制収容所には鏡はあまりないのよ」と彼女は言った。おれの表情を見て察したのだろう。「尋問室は別にして。でも、しばらくすると、歩いているときに建物の窓に映る自分の姿も見ないようになる。だから、わたしの体は自分で思ってるよりもっとずっとひどいはずよ。あなたに即席治療をしてもらったからよけいそんな気がする」

おれには適切なことばどころかどんなことばも見つからなかった。

「なのにあなたのほうは……」彼女はまえに出てきて、下から手を差し出しておれのペニスをつかんだ。「あなたのこれに何ができるか見てみない?」

おれはもうほとんど反射的に硬くなっていた。

たぶんシステムのプロトコルに書き込まれたもののせいだ。あるいは、ただ単にしばらくご無沙汰だったからか。それとも、長く欠乏状態に置かれていた女の肉体に対する薄汚れた欲望のためか。そういう欲望は虐待を連想させる。が、そのことにおれは嫌悪感までは覚えていない。つまるところ、おれはガリガリに痩せた子供が好きな変態野郎ということか。こういうことに関して戦闘用スリーヴはどんな反応をするのか、それは予測できない。戦闘用スリーヴであれ、どんな男性用スリーヴであれ。ホルモンの根底、血の深いところでは暴力とセックスと力が繊維状にからまっている。そこは暗くて複雑な場所だ。そこまで穴を掘ってみないことにはほんとうのところは誰にもわからない。

「なんでもできそうね」彼女の声がいきなり耳元で聞こえた。彼女はおれのペニスを放そうとしなかった。「わたしにはヘビーすぎるかも。あなた、あまり自分で自分の面倒をみてこなかったのね、コヴァッチ中尉」

彼女はもう一方の手をおれのペニスの根元から下腹、さらに胸へと這わせた。大工がサンドペーパー付きの手袋で木を削るように、よく発達した腹部の筋肉にまとわりつきはじめている贅肉を撫でた。おれは下を見て本能的な軽いショックを受けた。彼女が手のひらをあてた部分の贅肉が削られていた。彼女が手を動かすたびに削り取られた。温かい感触が腹の筋繊維に浸透した。ウィスキーを飲んだときのように。

システム・マジック――片手でペニスを強く引っぱられ、もう一方の手で腹と胸を撫でられるたびに体内に起こる痙攣を通しておれはそう思った。

おれのほうも両手を彼女に向けた。すると、彼女はうしろに退いた。

「まだよ」彼女はさらにもう一歩退いて言った。「見てて、わたしを」

彼女は両手を上げて自分の胸を押さえると、いったん持ち上げるようにして放した。より豊かに、より大きくなった。乳首も――片方は以前怪我をしたことがあるのだろうか？――大きくなった。黒く、円錐形にふくらみ、銅色の肌にくっついているチョコレート色の包皮のように見えた。

「こんな感じ？」

「とてもいい」

彼女は手のひらをまた胸に押しあて、今度はマッサージしてから手を放した。ジョコ・ロエスピノエジの愛人の重力に逆らった乳房のようになった。次は手をうしろにまわして、尻にも同じことをした。そして、振り返ると、漫画のようにまんまるの尻をおれに示してから、さらに上体を倒して尻を突き出し、手で割れ目を開いて言った。

「舐めて」一気にせっぱつまった声になっていた。

おれは片膝をついて、彼女の割れ目に顔を埋め、舌を使って、硬くなった括約筋の緊張をほぐしにかかった。片腕で彼女の長い太腿を抱いて自分も支え、もう一方の手ですでにぐっしょりと濡れている彼女の部分を見つけた。まえから親指を沈ませ、親指の腹で襞を撫で、うしろからは舌を奥深く挿し込んだ。そうやって指と舌をシンクロさせ、彼女の中で柔らかな輪を描いた。彼女は咽喉《のど》の奥から獣のようなうめき声を洩らした。と思ったとたん、おれたちは
シフトした。

液体のブルーの中に。床がなくなり、それとともに重力の大半も消えていた。おれは親指の相手を失い、手足を振りまわした。ワルダーニはものうげに体をスピンさせておれにきつくまとわりついてきた、ハーランズ・ワールドの海草、ベラウウィードが岩にへばりつくように。液体のように思われたのは水ではなかった。互いの肌をぬめらかにするものだった。おれは熱帯の空気のようにその液体を吸っていて、それを肺いっぱいに吸い込んだ。すると、ワルダーニがずるずるとおれの体をすべっておれの胸と腹を噛んだ。さらに手と口でおれの勃起したペニスを包んだ。

長くはもたなかった。どこまでも青白い空気のような新しい胸を太腿に押しつけられ、油のようにぬめる肌を乳首で撫でられ、口で吸われ、手でしごかれたら、首の筋肉が緊張しはじめ、頭をのけぞらせ、最後のクライマックスに向けてひくつくメッセージが神経系をかけめぐるまで、頭上の光源に気づく程度の時間しかなかった。

ただ、おれのコンストラクトにはスクラッチ・リプレー・ビブラート効果も組み込まれていて、オーガズムは三十秒以上も続いた。

それが収まると、彼女がおれの脇を浮き上がっていくのが見えた。髪を顔のまわりになびかせ、にやっと笑った口元から泡と一緒におれのザーメンの糸をたなびかせながら。おれはまえにすばやく移動して、眼のまえを行き過ぎる彼女の太腿をつかみ、自分のほうに引き戻した。

　おれが舌を沈み込ませると、彼女は水もどきの中で体を優雅にしならせた。彼女の口からさらに泡が立ち昇った。おれのみぞおちのジェット・エンジンと呼応するかのような彼女のうめき声の残響が液体伝いに聞こえた。それを聞いたとたん、また硬くなった。おれはさらに奥深く舌を沈ませた。息をするのも忘れて。いや、忘れたわけではなかった。もうかなりまえから息をする必要がなくなっていた。ワルダーニの身悶えはどんどん激しくせっぱつまったものになり、両脚をおれの背中にまわして自分の体を固定した。おれは彼女の尻を抱え、強く引き寄せ、彼女のプッシーの襞に顔を埋め、親指も彼女の中に挿し込み、舌の螺旋運動とシンコペーションさせて柔らかい輪を描きつづけた。彼女はおれの頭を両手でつかみ、おれの顔をさらに強く自分の股間に押しつけた。身悶えが輾転反側に変わり、間断なく頭上で聞こえる波の音さながら、うめき声が果てしない叫び声になり、おれの耳を満たした。おれは吸いまくった。彼女は体をこわばらせ、ひときわ高く叫び、何分も震えつづけた。

　一緒に水面に上がった。天文学的には存在しえない巨大な太陽が水平線に沈みかけ、急に普通の水になった水面をステンドガラス色に染めていた。ふたつの月が高くのぼり、おれたちの背後では海と椰子の木にふちどられた白い砂浜で波が砕けていた。

「きみが……これを描いたのか？」とおれは水を掻きながら、景色を顎で示して言った。

「とんでもない」彼女は眼を拭い、両手で髪をうしろに梳《す》いて言った。「マンドレーク社のヴァーチャル・システムにあった出来合いの景色よ。何があるか午後のうちに確かめておいたの。どうして？　気に入った？」

「今までのところは。だけど、あの太陽は天文学的にありえないんじゃないかな？」

「ええ。でも、そういうことをいえば、水の中で呼吸していたこともそうだけど」

「おれは息をしてなかった」おれは両手を水中から出して鉤爪のような恰好にし、苦しそうな顔をして、彼女がおれの頭を抱え込んだときの様子を道化て再現した。「これで何か思い出すことはないか？」

意外にも彼女は顔を赤らめた。それから声をあげて笑い、おれに水をはねかけ、岸に向かって泳ぎだした。おれはしばらくその場で水を蹴って笑ってから、彼女のあとを追いかけた。


砂は暖かく、パウダーのように細かかった。が、システム・マジックで肌には少しもくっつかなかった。おれたちの背後では椰子の実が時々木から落ち、粉々に砕けたものは宝石色をした小さなカニがせっせとどこかに運んでいた。

水ぎわでもう一度ファックした。ターニャ・ワルダーニは大股開きでおれのペニスにまたがった。彼女の漫画のようにまるくて柔らかい尻が交差させた脚に温かかった。おれは彼女の胸に顔を埋め、手を彼女の腰に添えてやさしく上下させた。彼女がまた震えだすまで。その彼女の震えは伝染性の熱病のようにおれたちふたりを貫いた。スクラッチ・リプレー・サブルーチンには共鳴システムが組み込まれていて、そのサイクルの中、オーガズムがおれたちのあいだを振り子シグナルのように行ったり来たりした。その昂ぶりの干満の波が永遠とも思われるあいだ続いた。

まさに愛だった。捕らわれ、純化され、耐えがたいほどに増幅された感情の融和性。「フィジカル・フィードバック・オプションはオンにした？」行為のあと、彼女がまだ息を切らしながら言った。

「もちろんだ。こんな思いをしたあと、精液も性ホルモンも満タンのまま現実世界に舞い戻りたがるやつがどこにいる？」

「こんな思い？」彼女は砂地から頭を起こして言った。眼が怒っていた。

おれは笑みを返して言った。「これはきみのためにやったことだろうが、ターニャ。そうじゃなきゃ、おれはここにいるわけが――おいおい、砂を投げるのはなしだ」

「くそったれ――」

「いいから聞けって――」

おれは投げつけられた砂を片手でよけて、彼女を波のほうに突き飛ばした。彼女は笑いながら仰向けに倒れた。おれは立ち上がり、道化てエクスペリア俳優、ミッキー・ノザワのファイティング・ポーズをしてみせた。波の中で立ち上がった彼女はノザワ主演のエクスペリア、『セイレーン――拳の悪魔』から抜け出してきたかのようだった。

「その汚れた手でおれに触るんじゃないぜ、キッド」

「わたしにはあなたはまだ自分で自分に触りたがってるみたいに見えるけど」と彼女は言って髪を払い、おれのペニスを指差した。

事実だった。システム・マジックで強化された彼女の体は肌に水玉を浮かせて、おれの末梢神経にシグナルを送ってきており、おれの亀頭はすでに充血していた。プラムが熟れるところをコマ落としで撮影してから、それを早送りで見ているみたいに。

おれはノザワのファイティング・ポーズを解いて、コンストラクトを見まわした。「出来合いにしろ何にしろ、ターニャ、このコンストラクトは悪くない」

「去年のサイバー・セックス優秀賞を取ってるみたいだけど」彼女は肩をすくめた。「まあ、賭けではあったけどね。また水の中でやる？　それとも、森を抜けたところに滝みたいなものがあるようだけど」

「滝も悪くない」

巨大な男根のような幹に支えられ、恐竜のように頭をもたげている椰子の林にはいったところで、落ちたばかりの椰子の実をひとつ拾った。カニたちがコミカルなほどの速さで慌てて巣穴に逃げ込み、眼《がん》柄《ぺい》を突き出しておれのほうを注意深く見返してきた。拾った椰子の実をひっくり返して見た。緑の殻が少し割れて、中の柔らかい実が少しはみ出していた。いい感じだ。その中の膜組織を親指で破り、逆さにしてみた。果汁はありえないほど冷たかった。

それまたいい感じだった。

林の中の地面にはとがった岩屑も落ちていなければ昆虫もおらず、歩き心地がとてもよかった。水が流れ、垂れている音がはっきりと聞こえてきた。その音がする方向に向けて、椰子の木のあいだを縫うようにしてはっきりと見える小径が延びていた。おれたちは手をつないで熱帯雨林の葉の下を歩いた。木の枝には鮮やかな色の鳥と小さなサルがいて、胡散臭いほど調和の取れた鳴き声をあげていた。

滝は二層になっていた。一本の長い羽根のような滝があり、川の水はまず大きな滝壺に落ち、そこから岩場を逆ってさらに流れ、一段下の小さな滝壺にもう一度落ちていた。おれは彼女より少しさきに着いて、小さな滝壺を取り囲む濡れた岩のへりに立った。そして、腰に手をあてて下を見下ろし、笑いを噛み殺した。彼女はおれをうしろから押して滝壺に落とそうとする。そのことがわかりきっていたからだ。結局、その拍子に彼女もおれと一緒に滝壺に落ちることも。

何も起こらなかった。

おれは振り返って彼女を見た。少し震えていた。

「どうした、ターニャ」おれは両手で彼女の顔をはさんだ。「大丈夫か？　どうした？」

もちろん、おれにはわかっていた。くそわかりすぎるくらい。

エンヴォイの特殊技能を用いようと何を用いようと、心の治療というのは複雑で時間がかかる。ちょっと背を向けただけで、様子が急変するなどというのは珍しいことでもなんでもない。

すべてはくそ収容所のせいだ。

彼女のそんな様子を見て、おれのほうもいっぺんに萎えてしまった。性的興奮が口いっぱいにレモンを含んだときに出る唾のようにシステムから滲み出てしまった。

すべてはくそ戦争のせいだ。

今ここにアイザック・カレラとジョシュア・ケンプがいたら——この美しいエデンの園のようなところにいたら、彼らの腸《はらわた》を素手でつかみ出して互いに結び合わせ、ふたりともこの滝壺に放り込んでやるのだが。

ここの水では溺れない——おれの一部が皮肉を言うのが聞こえた。エンヴォイ仕込みの特殊技能は決してシャットダウンされない。ここでは水の中でも呼吸ができる。

だけど、ケンプやカレラのようなやつらにはできないかもしれない。

そうとも。

おれはかわりにターニャ・ワルダーニの腰に腕をまわし、自分の腰に押しつけ、ふたりだけのための滝壺に飛び込んだ。

第十六章

眼が覚めると、アルカリのにおいがした。外からというより鼻の奥に感じられた。下腹部に精液がべっとりとこびりついていた。まるで蹴られでもしたかのように睾丸が痛んだ。頭上のディスプレーを見ると、スタンバイ状態になっていた。タイムチェック・パルスがディスプレーの隅で点灯していた。リアル・タイムでは二分たらずのことだった。

おれは上体を起こした。疲労困憊していた。

「くそ」自分を呪って咳払いをし、まわりを見まわした。自動成形ソファのうしろにロール状の新しい自動湿気配合タオルが垂れ下がっていた。たぶんこういうときのためだろう。おれはそれを引きちぎり、眼をしばたたいてヴァーチャルの名残を振り払い、下腹部を拭いた。

ワルダーニの震えが収まるのを待って、おれたちは滝壺の中でもう一度ファックしていた。

それから浜辺でもう一度。

さらに積み降ろしデッキでも。まるで永久《とわ》の別れのまえの最後のチャンスとばかりに。

タオルをもっと引きちぎり、顔と眼を拭いた。ゆっくりと服を着て、カラシニコフを身につけた。

そのときベルトから垂れた銃身が過敏になっている股間にぶつかり、思わず飛び上がった。ユニットの壁に取り付けられた鏡で自分を見た。ヴァーチャルの世界でいったい自分に何があったのかを探るように。

エンヴォイの心理学。

おれは深く考えもせず、その独特の心理学をワルダーニの治療に活用した。その結果、彼女は立ち直り、今は元気に歩きまわっている。それはおれが望んだことだ。彼女の内部におれに対する依存癖ができたとしても、それはほとんど不可避の副作用だ。そんなことはエンヴォイではまず問題にならない。心配事をほかに抱えて戦場に赴くなど、エンヴォイではありえないことだからだ。治療した患者がそういう問題を抱えても、そのときにはエンヴォイはもう別なところに行っている。しかし、ワルダーニは自分で健康回復剤を思いつき、調合し、それを自分に処方した。それはよくあることではない。

それにどんな効果があるのか、おれには予測がつかなかった。

そんなことがあったとはこれまでに聞いたこともなければ、見たこともないからだ。

逆に彼女がおれに何を感じさせたのかということもおれには判然としなかった。

それは鏡を見てもわからなかった。新しいことは何も。

肩をすくめ、つくり笑いを浮かべ、ユニットを出た。マシンはじっと息をひそめ、夜明けまえのほの暗さに包まれていた。ワルダーニがユニットのひとつのまえでぽつんとひとりおれを待っていた……いや

ほかにも誰かいる。

痛いほど鈍磨してふやけたおれの神経組織を直観が軋らせた。と思ったときにはもう、まちがいようのない丸くてとがったものがうなじに押しつけられていた。サンジェット銃の銃口だ。

「珍奇な真似はするなっちゃや、にいさん」赤道地方独特のことばづかいで、訛りもかなり強かった。

そのことは声紋歪曲装置越しにもわかった。「さもないと、おまえのドタマもここにいるおまえのガールフレンドのドタマも吹っ飛ぶっちゃ」

そいつは手慣れた身体検査でベルトに差したおれのカラシニコフを見つけると、部屋の隅に放った。カーペットが敷かれた床に銃が落ち、転がる鈍い音がした。

想像するのはむずかしくなかった。

赤道地方の訛りとことばづかい。

ケンプ主義者。

ワルダーニのほうを見やった。奇妙な恰好で腕をだらりと垂らしていた。男がそんな彼女のうなじにサンジェット銃より小さなブラスターの銃口を押しつけていた。フォームフィット型の黒のステルス攻撃スーツを着て、顔の上をランダムに動く透明のプラスティック・マスクをつけていた。そのため顔だちがたえず変わって見えた。眼にあてたブルーの用心深いふたつの小さな窓だけは変わらなかったが。

背中にパックを背負っていた。その中にここに忍び込むのに使った侵入ハードウェアがはいっているのだろう。たぶんバイオサイン・イメージ・セットや、抗供給コード・サンプラーやセキュリティ・システム・サンドバッガーが。少なくとも。

かなりのハイテクが。

「おまえらはもう死んでる」とおれは今の状況を面白がっているような口調で言った。

「笑わせてくれるやないっちゃ、にいさん」おれのうしろにいた男が腕をつかんでおれを振り向かせた。サンジェット銃の銃口がすぐ眼のまえにあった。その男ももうひとりの男と同じドレスコードでやってきており、同じプラスティック・マスクをつけていた。それに同じ黒のバックパック。さらにふたり、そいつらのクローンのようなやつらがそいつのうしろにいて、部屋の反対側を見張っていた。そいつらもサンジェット銃を持っていた。構えてはいなかったが、持ち方をみれば銃を使い慣れていることが容易に見て取れた。勝算が消えた、プラグを抜かれた発光ダイオード・ディスプレーのように。

しばらくはこいつらにつきあうしかない。

「誰に送り込まれた?」

「よう聞くっちゃ」とスポークスマンは言った。声のフォーカスが合ったりずれたりしていた。「こういうことっちゃ。おれたちの目当ては彼女っちゃ。おまえは誰でもないっちゃ。ただの歩くカーボンちゃ。だから、よけいな口は利くなや。たぶんおまえも連れていくことになると思うがや、そりゃそのほうが見た目がええからっちゃ。うちらをこれ以上苛立たせよったら、もううちらとしても見た目なんちゃどうでもよかなるっちゃ。エンヴォイの灰色の脳細胞を吹っ飛ばしたくなるっちゃ。わかったなや?」

おれは黙ってうなずいた。が、心の中ではおれの組織を浸している性交のあとの気だるさを必死になって振り払おうとしていた。少しスタンスを変えて……

記憶を整理して……

「よしゃ。それっちゃ、おまえの腕をもらおうかなや」スポークスマンは左手をベルトにやって接触スタンガンを取り出した。その間、右手に持ったサンジェット銃の銃口は毛の先ほどもぶれなかった。マスクがゆがんだ。笑みを浮かべたようだった。「一度に一本ずつなや」

おれは左腕を上げて男のほうに差し出した。同時に右手をうしろにやった。役立たずの怒りに駆られた。手のひらにさざ波が走った。

小さなグレーのスタンガンが手首にあてられた。作動中のランプが点滅していた。男はサンジェット銃を構える位置をずらした、もちろん。ずらさなければ、スタンガンに撃たれて力を失ったおれの腕が棍棒のようにその上に落ちてくる……

ニューラケムをマックスにしてもほとんど聞き取れないほど小さな音がエアコンの利いた部屋の中を走った。

スタンガンの音だ。

痛みはなかった。ただ冷たかった。光線スタンガンで撃たれたのに似ていた。そのサンクション第四惑星版だ。おれの左腕は死んだ魚のようにだらりと垂れた。仕様は最新式だったが、残念ながら、おれの左腕は男のサンジェット銃の上には落ちなかった。男はほんの少し体の向きを変えるだけでよかった。それも慌てることなく。マスクがまた笑った。

「よしゃ。それっちゃ右腕なや」

おれは笑みを浮かべて男を撃った——

——カラシニコフ社が重力マイクロ工学を駆使してつくりだした画期的火器を——

——尻から取り出して、三発男の胸に撃ち込んだ。男がどんな鎧をつけていようと、弾丸《たま》がきれいにその鎧に穴をあけ、バックパックまで達することを祈って。血が噴き出た。

至近距離から、カラシニコフＡＫ９１インターフェース銃がもたげられ、移植されたバイオ合金のホームプレートを直撃したのだ。

ステルス・スーツが血に染まり、血しぶきがおれの顔にかかった。男はよろめいた。人を諭すときの指のようにサンジェット銃が揺れた。ほかのやつらは——

ジェネレーターはたくわえた全エネルギーをほぼ無音で、十秒で発散させる。

——何が起きたのかまだ把握できないでいた。おれは男の背後にいるふたりにも向けて撃った。ふたりのうちひとりには命中したようだった。ふたりとも遮蔽物をつかみながら床を転がった。反撃しながら。ひやっとさせられる一発すらなかった。

おれは役に立たなくなった左腕をショルダーバッグのように垂らし、振り向き、ワルダーニとワルダーニに銃を向けていたやつを探した。

「やめなや、さもないと――」

銃弾を受けてマスクがゆがんだ。

その一撃で男はきれいに三メートルばかりうしろに吹き飛び、クライミング・マシンのクモの足のようなアームに引っかかり、使い古された人形のようにだらりと垂れ下がった。

ワルダーニは骨を抜かれたように床にくずおれた。サンジェット銃の銃弾に追われながら、おれはワルダーニが倒れたほうに体を投げ出した。床をすべり、ワルダーニの鼻とおれの鼻がくっつきそうになった。

「大丈夫か?」おれは歯の隙間からことばを押し出すようにして言った。

頬を床に押しつけたまま彼女はうなずいた。が、両腕ともスタンガンにやられたらしく、肩を痙攣させていた。

「よし。ここから動くな」おれは萎えた腕を振りまわし、マシンのジャングルにひそむ残りふたりのケンプ主義者を探した。

どこにも見えなかった。どこかにいるはずだ。狙撃できるタイミングを計っているのだ。くそ。

おれはぐにゃりと床に横たわっているスポークスマンに狙いをつけた。スポークスマンのバックパックに。二発でバックパックが裂け、生地の裂け目からハードウェアの破片が飛び出した。

それでマンドレーク社のセキュリティが眼を覚ました。

照明が煌々とともり、天井からサイレンが鳴り響き、昆虫のような恰好をしたナノコプターの大群が壁の通風口から一斉に飛び出してきた。その大群はビー玉のような眼を点滅させながらおれたちの頭上を飛んでいった。そして、数メートル離れたところで、群れの中の一団がマシンの林にレーザーファイヤーを雨あられと浴びせた。

叫び声が聞こえた。

サンジェット銃の銃弾がやみくもに宙に撃ち返された。被弾したナノコプターは火の玉となり、螺旋を描いて落下した、焼かれた蛾のように。しかし、それに応じたナノコプターの反撃はサンジェット銃の倍あった。

叫び声が泣き声にパワーダウンした。焼かれた侵入者の肉のにおいが漂ってきた。おれが床に身を伏せているところまで。

ナノコプターの大群は分散し、まるで家に帰るかのようにそれぞれの壁の通風口に戻りはじめた。去りぎわに別れの炎を浴びせていくやつが二体ばかりいた。泣き声がやんだ。

静寂。

ワルダーニがおれの脇で両脚を引き寄せた。が、上体を起こすことはできなかった。まだ回復期の彼女の体にはそれだけの力が残っていなかった。狂気じみた眼で彼女はおれを見ていた。おれは使える右手で上体を支えてから勢いをつけて立ち上がった。

「ここにいてくれ。すぐ戻る」

まだ飛び交っているナノコプターをよけながら死体を調べた。

マスクは口を開けた状態で固まっていた。まるで苦笑しているように見えた。とぎれとぎれにプラスティックが震えていた。ナノコプターがやっつけてくれた二体の死体を見ていると、それぞれの頭の下からシューという音とともに煙が螺旋状に立ち昇りはじめた。

「くそ」

おれはおれが顔を撃った死体のところまで駆け戻った。クライミング・マシンのところまで吹き飛んで、アームに引っかかったやつだ。同じだった。頭をマシンの支柱にあずけるようにして傾げ、ナノコプターのレーザーファイヤーからは免れていたが、そいつのうなじはすでに黒く焦げてぼろぼろになっていた。おれがマスクにあけた穴の下、プラスティックの口が不真面目に笑っていた。

「くそ」

「コヴァッチ！」ワルダーニがおれを呼んだ。

「ああ、すまん」おれはカラシニコフをしまって戻り、ワルダーニを立たせた。あまり手ぎわよくとはいかなかったが。部屋の一方の壁面にあるエレヴェーターのドアが開き、武装した警備員の一団が降りてきた。

おれはため息をついて言った。「さあ、行こう」

警備員の一団はすぐにおれたちに気づき、班長らしい女がブラスターを抜いた。

「動くな！　手を上げろ！」

おれは動くほうの手だけ上げた。ワルダーニはただ肩をすくめた。

「おふたりさん、わたしたちはここでお遊びをしてるんじゃないのよ！」

「おれたちは怪我をしてるんだ」おれは呼ばわり返した。「スタンガンでやられた。ほかのやつらは全員死んだ。完璧に。悪玉は自爆装置で自分のスタックを破壊しちまいやがった。もう全部終わった。ハンドを叩き起こしてくれ」

ハンドの対応はなんとも冷静だった。死体のひとつをひっくり返すと、その脇にしゃがみ込み、焼け焦げになったスタックを金属棒でつつきながら、考える顔つきで言った。

「分子酸キャニスターだ。去年〈ショーン・バイオテック〉がつくったものだ。ケンプたちがこんなものを持っているとは知らなかった」

「あんたが持ってるものは全部やつらも持ってる。ただ、その量がはるかに少ないだけだ。ブランコヴィッチを読むといい。『戦時市場における通貨浸透論』だ」

「ああ、わざわざどうも」ハンドはそう言って眼をこすった。「ただ、私は戦時投資に関してすでに博士号を取得してるんでね。才気走ったアマチュアから推薦図書のリストをもらわなくても大丈夫だ。そんなことより私が知りたいのは、夜も明けないこんな時間にきみたちふたりはここで何をしてたのかということだ」

おれはワルダーニを見やった。彼女は肩をすくめて言った。

「わたしたちはファックしてたのよ」

ハンドは眼をぱちくりさせてから言った。

「ほう、もう」

「その〝もう〟というのはどういう――」

「コヴァッチ、きみは私に頭痛の種ばかり植えつけてくれる」彼は立ち上がり、まわりに待機していた科学調査班の班長にうなずいて言った。「よかろう。ここから運び出してくれ。それから、ファインド小路に残されてた残留物と遺体の組織が一致するかどうか調べてくれ。ファイルは221ミリヘンリー。コードはセントラル・クリアリング課からもらうといい」

おれたちは四つの死体がエアクッション・ストレッチャーに乗せられ、エレヴェーターのほうへ運ばれるのを見送った。ハンドは金属棒をジャケットのポケットにしまいかけ、そこで気づいて鑑識班の最後のひとりに返し、金属棒を持っていた手の指をこすり合わせた。おそらく無意識に。

「何者かがきみを誘拐したがってる、ミストレス・ワルダーニ。それもハイテク機材をあれこれ持っている何者かが。その事実は、われわれの投資がまちがっていなかったことのひとつの証しにはなるかもしれないが」

ワルダーニは皮肉っぽく小さく一礼してみせた。

「その何者かは機材だけでなく、マンドレーク社内にパイプも持ってる」とおれはむっつりと言った。「侵入ギアをバックパックにあれこれ詰め込んでも、内部の手助けなしに侵入することは不可能だ。それはつまるところ、情報が洩れてるということだ」

「ああ、そのようだ」

「おとといの夜、おれたちが酒場から帰るのを見張ってたやつらを調べる件は誰にやらせた？」

ワルダーニが驚いたような顔でおれを見て言った。

「わたしたちは尾《つ》けられてたの？」

おれはハンドのほうを身振りで示して言った。「少なくとも彼が言うには」

「ハンド？」とワルダーニは促した。

「ああ、ミストレス・ワルダーニ、そのとおりだ。きみたちは何者かにファインド小路まで尾《つ》けられた」彼はいかにも疲れた声で言い、おれを見ると、どこか弁解するように答えた。「デング、だったと思う」

「デング？　嘘だろ？　冗談じゃない。あんたらは殉職した従業員をまたスリーヴに戻すのにどれくらいの期間をあけてるんだ？」

「デングには冷凍クローンがあったからだ」とハンドはぴしゃりと言った。「保安課の作戦主任にはそれぐらい用意しておくのが企業の常識だ。で、一週間のカウンセリングを受けさせ、フル・インパクトの休養休暇を取らせたあとダウンロードした。その時点で充分仕事がこなせる状態に戻っていた」

「ほんとうに？　だったら彼を呼ぼうじゃないか」

おれは死傷者身元確認査定システムのコンストラクトで自分が彼に言ったことを思い出した――〝あんたが仕えてるやつらは男も女も、おれが今夜やつらに見せたもののためなら、自分たちの子供さえ淫売宿に売りかねないような連中だ。そのことに比べたら、デング、あんたのような人間は虫けらみたいなものなんだよ〟。

誰しも殺されると心がもろくなる。殺されることに不慣れな者はなおさらで、暗示にかかりやすくなる。説得術。それもまたエンヴォイの特殊技能のひとつだ。

ハンドはオーディオフォンを開いた。

「デング・ツァオ・ジュンを起こしてくれ」間ができた。「わかった。だったら、そうしてくれ」

おれは首を振って言った。

「虚勢を張るのはやめろよ、ハンド。見え見えだぜ。あんたは死のトラウマをやっとこさ克服できたばかりの人間をまた同じ仕事に就かせたのさ。それも最初の任務と関連した任務に。いいから、もう電話はしまえよ。やつは逃げた。どれだけもらったかは知らないが、あんたを売ってその金を持って逃げたのさ」

歯を嚙みしめたらしく、ハンドのえらにこぶが浮き上がったのがわかった。それでも彼は電話を耳から離さなかった。

「いいか、ハンド、おれがそうするようにデングに言ったんだ」ハンドは横目でおれを見た。信じられないといった顔をしていた。「ああ、そうとも。なんとでも思ってくれ。おれのせいだとでもなんとでも。それで気分が少しでもよくなるなら。おれはデングにこう言ったのさ、マンドレーク社はおまえのことなんか屁とも思ってないとな。そのあとあんたはそれを見事に証明してみせた、おれたちと契約を結ぶことで。さらに尾行者たちのディテールを彼に教えた。そりゃもう傷口に塩を塗り込むようなものだ」

「私がデングを指名したわけじゃない、コヴァッチ」ハンドはずたずたになった平常心にしがみついていた。食いついていた。電話を握る手の指の関節が白くなっていた。「それにきみが彼に何を言おうと関係ない。いいから黙っていてくれ……そうだ、そう、ハンドだ」

彼は電話に耳を傾け、抑制された苛立ちのにじむ単音節のことばで受け答えした。そして、最後に電話を乱暴にたたんだ。

「デングは昨夜自分の乗りものでタワーを出てる。で、午前零時少しまえに〈オールド・クリアリング・ハウス〉モールで姿を消している」

「あんたらはまともな社員すら雇えないのか、ええ？」

「コヴァッチ！」ハンドは片手を勢いよくまえに伸ばした。ほんとうにおれをつかんだ腕を伸ばしておれを見るかのように。「そういうご託は聞きたくない。わかったか？　聞きたく――ない――だ」

おれは肩をすくめて言った。

「こういうご託は誰も聞きたがらない。だから、こういうことはいつまで経ってもなくならないのさ」

彼は圧縮空気が洩れたようなため息をついた。

「きみと雇用法について議論するつもりは私にはない。それも朝の五時になど、コヴァッチ」そう言っておれたちに背を向けた。「そろそろ準備してくれ。ダングレクのヴァーチャル・コンストラクトに九時にきみたちをダウンロードするから」

おれは横目でワルダーニを見た。笑っていた。それは子供じみた伝染性の笑みだった。おれは、マンドレーク社の重役の背後でこっそり手をつなぎ合っているティーンエイジャーみたいな気分になった。

ハンドは十歩ほど歩いて立ち止まった、何か感じたかのように。

「そうそう」振り向いて言った。「ケンプ軍が一時間ほどまえにソーバーヴィルの上空で襲撃爆弾を爆発させた。高核出力、犠牲者は百パーセントというやつを」

聞くなり、ワルダーニはおれから眼をそらした。その一瞬、彼女の眼にめらめらと白い炎が立つのを見たような気がした。そのあとはただ遠くを見るような眼つきになった。口を真一文字に結んでいた。

ワルダーニのそんな様子を見ながら、ハンドが言った。

「ふたりとも知りたがるだろうと思ったものでね」

第十七章

ヴァーチャルのダングレク。

　空は着古したデニムのような色をしており、その褪めたブルーのドームを背にすじ雲が高々と浮かんでいた。陽の光はその雲越しにも眼を細めなければならないほどまぶしく、太陽の暖かい指が外気にさらされたおれの肌を撫で、このまえ来たときより風があり、西から強く吹いていた。黒い死の灰がおれたちのまわりの植物をなぶっていた。

　ソーバーヴィルの岬のあたりはまだ燃えていた。煙が立ち昇り、淡い蒼穹の凹面を這っていた。そのさまが着古したデニムに油じみた指でしみをつけているように見えた。

「自分が誇らしい、コヴァッチ？」

　より高いところから遠くを見ようとおれの脇をすり抜けながら、ワルダーニがおれの耳元で囁くように言った。それがソーバーヴィルに関するニュースをハンドがおれたちに伝えたあと、ワルダーニが初めて言った台詞だった。

　おれは彼女のあとを追った。

「文句があるならジョシュア・ケンプに言うことだ」彼女に追いつくとおれは言った。「それにこのことを今まで知らなかったみたいなふりをするのはやめろ。こうなることはきみにもわかっていたはずだ、おれたち同様」

「ええ、そうよ。ただ、今はもうたくさんという気分なだけよ」

逃れることはできなかった。マンドレーク・タワーに設《しつら》えられたスクリーンというスクリーンがノンストップでそのときの模様を映し出すのを、おれたちはすでにいやというほど見ていた。軍事ドキュメンタリー・チームのカメラはピンの頭ほどの大きさから一気にふくらむ無音の閃光をしっかりととらえていた。そのあと爆音が轟き、稲妻が走り、きのこ雲が沸き起こり、それに早口のコメントが加えられ、ニュースのエンディングは慈愛あふれる静止映像で締めくくられていた。

軍事人工知能はそれらを全部消化して、おれたちのためにその情報をすべて書き込んでおり、まえに来たときに見たあいまいな苛立たしいグレー・エリアは環境コンストラクトから消えていた。

「スジアディ、チームを展開してくれ」

感応リグ・スピーカーからハンドの声がして、そのあと軍隊式の速記法のような短い文のやりとりが続いた。おれはそのやりとりに苛立ちを覚え、スピーカーを耳のうしろから引き離すと、おれたちのうしろから斜面をのぼってくる者の足音を無視し、揺るぎないターニャ・ワルダーニの頭とうなじにだけ注意を向けた。

「でも、彼らにしては対応が早かった」とワルダーニはなおも岬のほうを見つめながら言った。

「やつらの歌にあるようにな――〝何者よりもすばやく〟」

「ミストレス・ワルダーニ」オール・ハンセンだった。新しいスリーヴの彼の眼の色は黒だった。なのに、どういうわけかおれにはアーク灯の炎を思わせるもとのブルーに見えた。「爆破現場を見たい」

笑ったのか、ワルダーニは咽喉《のど》を詰まらせたような声を発した。すぐには返事をしなかった。

「もちろん」ややあってから言った。「ついてきて」

おれはふたりが斜面の反対側を浜辺のほうに降りていくのを眺めた。

「ちょっと！　エンヴォイ！」

おれは不承不承振り向いた。マオリ・スリーヴをまとったイヴェット・クルイックシャンクが斜面をおれのほうに向かってのぼってきていた。射程レンズを頭につけ、サンジェット銃を胸に押しつけるようにして抱えていた。おれはその場で待った。彼女は丈の高い草が生えた斜面をのぼってきていた。二回以上は転ばなかった。

「マオリの新しいスリーヴはどんな具合だ？」二度目に転んだときにおれは声をかけた。

「なんか――」彼女は首を振り、ふたりのあいだの距離をつめてから、声をノーマルな高さに戻して言い直した。「なんか変な感じ。わかるかな？」

おれはうなずいた。おれが初めて再スリーヴしたのは主観時間で三十年以上、客観時間では二世紀近くまえのことだが、忘れることはない。初めて外見だけ別人になることのショックは決して消えない。

「それとくそ青白いし」彼女は手の甲の皮膚をつまんでにおいを嗅いだ。「あんたのみたいな黒いスリーヴを選ぶことはわたしにはできなかったの？」

「おれは殺されなかったからね」とおれは彼女に思い出させた。「それに、放射能の影響が出はじめたら、そのときはそのスリーヴでよかったと思うはずだ。任務を果たすあいだ、きみのスリーヴはおれが飲まなきゃならない薬の半分でいいんだから」

彼女は顔をしかめた。「それでも結局、最後はやられるわけよ」

「やられるのはスリーヴだけだ、クルイックシャンク」

「そうだね。そのときにはあんたみたいなクールなエンヴォイ・スリーヴがいいな」そう言って彼女は笑い、そのほっそりとした手で短くて太いサンジェット銃の銃身を持って逆さにすると、考え込むように眼を細め、放出チャンネルからおれをまっすぐに見て言った。「あんたはこういう白いスリーヴの女でもやりたくなる?」

マオリの戦闘スリーヴは手足が長く、胸が厚く、肩幅が広いのが特徴だが、大半はクルイックシャンクのスリーヴのように皮膚が青白い。クルイックシャンクのスリーヴは、クローン・タンクから出されたばかりで、その青白さがよけいにきわだって見えた。高い頬骨、間隔の離れた眼、けばいほどの唇に鼻。マオリの白人女のスリーヴはおれには荒削りな感じがしたが、体の線の出ないカメレオクロームの戦闘衣を着ていても、その中身は……

「そんな眼つきで見られると」とクルイックシャンクは言った。「どう考えてもあのことしか考えてないんじゃないかって思っちゃうけど」

「すまん。きみに言われて、考え込んでしまった」

「ええ、忘れて。別に心配してるわけじゃないから。あんたはここでの作戦に参加したことがあるんだよね?」

「ああ、二ヵ月前のことだ」

「そのときはどんなふうだった?」

おれは肩をすくめた。「人が人を撃ってた。空にはホームプレートを探して高速飛行メタルが飛び交ってた。どの戦場とも変わらない。どうして?」

「機甲部隊のほうが大敗したって聞いたけど。そうだったの?」

「まさにそうとしか言えない。おれが見たかぎり」

「だったら、どうしてケンプは急にこんなことをしたわけ?　自分たちが勝ってるのに核兵器を使うなんて」

「クルイックシャンク」とおれは言いかけて、途中でやめた。彼女がまとっているような若い鎧越しにどのように伝えればいいのか。おれには判断がつかなかった。彼女はまだ二十二だ。だからあらゆる二十二歳同様、自分こそこの宇宙の不滅の中心だと思っているにちがいなかった。確かに彼女も一度は死を体験しているわけだが、それ自体が逆に彼女にとっては自分の不滅性を証明するものになったことだろう。自分が見ているものは周辺にすぎないばかりか、まったく無意味なものだという世界観。そんな世界観があるなどクルイックシャンクには思いもよらないことだろう。

彼女はおれの答を待っていた。

「聞いてくれ」とおれは最後に言った。「おれたちはここでなんのために戦っていたのか。誰も教えちゃくれなかった。それはおれたちが尋問した捕虜からも訊き出せなかった。まあ、ほんとうのところ、やつらにもわからなかったんだろう。だからおれもやめたよ、この戦争の意味を考えるなんてことは。きみにもおれと同じことをすることを勧めるね。この戦争を生き延びたけりゃそうすることだ」

彼女は片方の眉をもたげた。まだ不慣れなスリーヴなのであまりさまになってはいなかった。

「要するに、あんたにはわからないってことだね」

「ああ」

「クルイックシャンク！」感応リグをはずしていても、マーカス・スジアディのきんきんとした声がコムリンク越しに聞こえた。「おまえも生きていくために仕事をしにここへきたんじゃないのか、おれたちと同じように？」

「今行くよ、隊長」彼女はわざとしょげたような顔をおれに向けてから、斜面を降りかけた。が、数歩降りたところで振り向いた。

「ちょっと、エンヴォイ」

「なんだ?」

「機甲部隊が大敗したって話だけど。別にあんたを非難したわけじゃないからね。ただ聞いたことを言っただけだからね」

おれは兵士としての彼女の繊細さに思わず苦笑しないわけにはいかなかった。

「いいから忘れろ、クルイックシャンク。なんとも思っちゃいないから。そんなことより、おれがきみに涎を垂らしてたのがきみには気に入らないって言われたことに腹を立ててる」

「あら、そう」と彼女は笑みを浮かべて言った。「わたしのほうはただ訊きたかっただけだよ」彼女はわざとらしくおれの股間に眼をやった。「でも、そっちの件はもうちょっと考えさせてくれる?」

「どうぞどうぞ」

感応リグがおれの首のあたりでうるさく鳴った。おれはそれを耳のうしろにつけてマイクもつけた。

「ああ、なんだ、スジアディ?」

「もし差し支えないようでしたら」とスジアディは馬鹿丁寧に言った。「作戦展開中は私どもの兵士の行動を邪魔するような真似はおやめになっていただきたいんですが」

「ああ、すまん。以後気をつける」

「ああ、頼むぜ」

接続を切りかけたところで、ターニャ・ワルダーニの声がネット越しに聞こえてきた。ソフトな卑語が。

「誰だ、今のは?」とスジアディがきつい口調で言った。「スンか?」

「くそ信じられない」

「ミストレス・ワルダーニだ」ワルダーニの抑制された卑語にオール・ハンセンの簡潔なことばがかぶさった。「みんなこっちへ来て、これを見てくれ」

浜辺までハンドと競って走り、数メートル負けた。ヴァーチャルの世界では煙草もダメージを負った肺も足を引っぱることはない。マンドレーク社の投資の額の大きさが彼をそこまで速く走らせたのだろう。なんとも見上げたことに。まだ新しいスリーヴに慣れていない新隊員はさらに遅れた。現場に着くと、そこにはワルダーニしかいなかった。

彼女はこのまえヴァーチャルに来たときと同じスタンスで、落ちた岩を見ていた。が、何を見ているのかすぐにはわからなかった。

「ハンセンは？」とおれは尋ねた。愚かな質問だった。

「洞窟の中にはいっていった」と彼女は言って手でまえを示した。「とりあえず」

そこでおれは初めて見た。新しく発破がかけられた跡があり、岩場に二メートルほどの幅の亀裂が走り、そこから曲がりくねった小径が奥に向かって延びていた。

「コヴァッチ？」とハンドが言った。

「ああ、見てるよ。このコンストラクトをアップデートしたのはいつだ？」

ハンドは亀裂に顔を近づけ、爆破の跡を見ながら答えた。「今日だ」

ワルダーニが何かに納得したようにひとりうなずきながら言った。「高軌道衛星地表スキャンね、でしょ？」

「そうだ」

「そういうことなら」ワルダーニはそこから離れ、煙草を探してコートのポケットに手を入れた。「わたしたちにはここから何も見つけられない」

「ハンセン！」とハンドが手のひらを広げて口の脇にやり、亀裂に向かって叫んだ。どうやら感応リグをつけていることを忘れているようだった。

「聞こえてるよ」と間延びした爆破のエキスパートの声がリグ越しに返ってきた。笑っているのがわかった。「ここには何もない」

「もちろんよ」とワルダーニが誰に言うともなく言った。

「……中には球形のがらんとした空間があるだけだ。直径が二十メートルほどの。ただ、岩が妙なんだ。溶けてしまってるみたいに見える」

「それは即席にやったことだ」ハンドの苛立たしげな声がリグから聞こえた。「軍事人工知能が類推してやったことだ」

「空間の真ん中に何があるかハンセンに訊いてみたら？」とワルダーニが言った。海から吹く風を受けて煙草の火が光った。

ハンドは従順にそのことばをハンセンに伝えた。ひび割れたハンセンの声が返ってきた。

「ああ、大きな岩がある。石筍《せきじゅん》（石灰洞の床上に水が滴下し、含まれている炭酸カルシウムが沈殿・堆積して生じたたけのこ状の突起物）みたいに見えるが」

ワルダーニがうなずいて言った。「それがゲートよ、たぶん。軍事人工知能は少しまえに近接飛行偵察をしてコンストラクトに組み込んだのね。つまり、軍事人工知能は軌道から獲得できるデータで地図を描こうとしたわけだけど、こんなところには何もあるわけがないということで、岩にしたわけ——」

「しかし、誰かが来て、発破をかけてる」とハンドが言った。

「ええ、そうね」とワルダーニが煙草の煙を吐きながら答え、指差した。「それにあんなものもある」

浜辺に沿って数百メートル離れた浅瀬にトロール船が錨をおろし、海流に身を任せて揺れていた。漁網が舷側に広げられていた。それがなぜか船から逃げようとしているもののように見えた。

　空が真っ白になって消えた。


　死傷者身元確認査定システムのコンストラクトとはかけ離れた楽な帰還だった。それでも、現実世界に戻ったときには氷の風呂に放り込まれたような衝撃があった。凍えそうなほど寒く、腹の底から震えがきた。眼を開けると、高価そうな感情移入派のサイコグラム・アートが見えた。

「すばらしい」とおれはつぶやき、柔らかな光の中で上体を起こし、電極をまさぐった。

　ユニットのドアが圧縮されたような低い音を立てて外に開いた。ハンドが戸口に立っていた。ボタンまでとめてはいなかったが、すでに服を着ているのがわかった。背後の通路の明かりがユニットに射し込み、逆光になっていたが。おれは眼を細くして彼を見て言った。

「ほんとうに必要なことだったんだろうか？」

「シャツを着ろ、コヴァッチ」とハンドは言いながらシャツのボタンをとめた。「われわれにはやらなきゃならないことがある。私としては夕方までには半島に行きたい」

「あんたは過剰反応したんじゃ――」

　ハンドはもうおれに背を向け、戸口を離れていた。

「ハンド、新隊員はみんなまだ自分たちのスリーヴに慣れてないんだぜ。全然」

「彼らはヴァーチャルに置いてきた」ハンドは肩越しにそう言った。「彼らには時間がまだあと十分ある――ヴァーチャル・タイムでは二日。それから現実世界にダウンロードして、出発する。われわれよりさきにダングレクに行ったやつがいるようなら、そいつらはそのことを大いに嘆くことだろう」

「ソーバーヴィルが破壊されたときにいたとしたら」おれは不意に激しい怒りに駆られて怒鳴った。

「そいつらはもうすでに大いに嘆いてるよ。ソーバーヴィルの全市民と一緒に」

ハンドの足が通路を遠のいていくのが聞こえた。ミスター・マンドレーク・コーポレーション。シャツのボタンをぴっちりとめて、いかつい肩にスーツを着込んで、まえに向かって突き進むミスター・マンドレーク・コーポレーション。企業の過酷な使用に耐えうる実務家。おれは今しばらく裸の胸をさらして、焦点の定まらない怒りの水たまりに浸かっていたかった。

第三部

阻害要因

ヴァーチャルと現実のちがいはいたって単純だ。
ヴァーチャル・コンストラクトでは
すべてが全能のコンピューターによって動かされていると、誰もが心得ている。
現実はそんな安心感など提供してくれない。
だから、人はいともたやすく自分は自分を完璧に掌握しているなどという
過った感覚を増幅させてしまうのだ。

クウェルクリスト・フォークナー『崖っぷちに置かれた倫理』

第十八章

惑星間宇宙船をこっそり飛ばして惑星を半周させるなどどだい無理な話だ。だから、それは端《はな》から計算になかった。

マンドレーク社名義でまずカルテル準軌道交通部の優先離着陸飛行軌道を予約した。そのあと、おれたちは午後の熱気が弱まりかけた頃、ランドフォール郊外の名もない離着陸場まで飛んだ。ロッキード・ミトマ社製の惑星間攻撃宇宙船がすでにコンクリートの中に用意されていた。その見てくれは鉤爪を奪われたスモークガラスのサソリといったところだった。アメリ・フォンサヴァートはそれを見て、満足げなうめき声を洩らしておれに言った。

「オメガ・シリーズね」おれにそう言ったのはクルーザーを降りたとき、おれがたまたますぐ横に立っていたからだが、彼女はすぐに豊かな黒いうしろ髪をもたげると、静止場発生クリップで髪をとめ、うなじに取り付けられたフライト共生ソケットを出した。「あれなら街路樹一本焦がすことなく、インコーポレーション・アヴェニューを飛ぶことができる。さらに、プラズマ爆雷を国会議事堂のドアに撃ち込んで、国会議事堂が爆発するまえに軌道に乗れる」

「それはあくまで喩えだよな?」とおれはそっけなく言った。「そんな作戦目標を考えてるなら、きみはケンプ主義者ということになって、〈モワイ10〉みたいなやつを操縦しなきゃならなくなるぜ。だろ、シュナイダー?」

シュナイダーはにやっと笑った。「〈モワイ10〉の操縦なんて考えただけでぞっとするよ」

「何を考えただけでぞっとするって?」とイヴェット・クルイックシャンクが横からはいってきて知りたがった。「ケンプ主義者だったこと?」

「いや、〈モワイ10〉を操縦することだ」とシュナイダーは彼女のマオリの戦闘スリーヴを頭から爪先までじろじろと見ながら言った。「ケンプ主義者でいることはそう悪いことでもない。何度も誓約を唱えさせられることを除けば」

クルイックシャンクは眼をぱちくりさせた。「あんたってほんとうにケンプ主義者だったの?」

「まさか。冗談を言ってるのさ」おれはたしなめるようにシュナイダーに眼を向けて言った。今回の作戦に警察官は参加していない。が、ジャン・ジャンピンはケンプ主義者に対して激しい憎悪を抱いている。ジャンと同じ感情をほかの隊員の誰が持っていないともかぎらない。いかしたスタイルの女に気に入られようとして、内にひそんでいるかもしれない誰かの恨みを買うなど、愚の骨頂だ。

もっとも、シュナイダーはその朝ヴァーチャルでホルモンを搾り取られたりはしていなかったわけで、おれのほうがあらゆることに関して生理的に異常に安定しているのかもしれなかったが。

ロッキード・ミトマ社の攻撃船の開閉ハッチのひとつが開き、ややあってその戸口にハンドが姿を現わした。攻撃宇宙船の近頃の流行色とは対照的なくすんだ灰色の戦闘カメレオクロームでびしっと決めていた。普段の重役スタイルとはあまりにかけ離れ、またあまりに完璧な着こなしだったので、おれは妙な居心地の悪さを覚えた。実際にはこれで全員が同じ恰好になったわけだが。

「われらがクルージングにようこそ」とハンドはぼそっと言った。

マンドレーク社が認可を受けたランチャーが開くまでなんやかやで五分ほどかかった。アメリ・フォンサヴァートがフライト・プランをロッキード・ミトマ社のデータコアに打ち込み、システムをパワーアップした。そのあと彼女は一見眠ってしまったかのように見えた。うなじと頬骨にプラグをつなぎ、眼を閉じ、借りもののマオリのスリーヴ姿で仰向けに横たわった。植民地時代のいい加減なおとぎ話に出てくる冷凍されたお姫さまのように。彼女にしてもこれほど黒くこれほどスリムなスリーヴをまとったのはこれが初めてだったのではないだろうか。そんな彼女の皮膚からデータケーブルが突き出し、それが何やら青白い虫のように見えた。

副操縦士席に坐ったシュナイダーがもの欲しそうな眼でそんな彼女を見ていた。

「おまえにもいつかはチャンスが来るから」とおれは言ってやった。

「そうかい、いつ？」

「ラティマー・シティで百万長者になったら」

彼はおれに恨みがましい眼をやり、ブーツを履いた足をコンソールにのせた。

「クソ面白いことを言ってくれるもんだ」

アメリ・フォンサヴァートが眼を閉じたまま、口元に笑みを浮かべたのがわかった。おれが〝百万長者〟と言ったのが、〝百万年経ったら〟という意味の凝った言いまわしにでも聞こえたのかもしれない。おれたちとマンドレーク社との契約内容については新隊員は誰も知らない。ハンドはおれたちのことをコンサルタントとして彼らに紹介し、そのままにしてあった。

「これでゲートをくぐれると思うか？」とおれはシュナイダーの機嫌を取って尋ねた。

彼はおれのほうを見もせずに訊き返してきた。「そんなことなんでおれにわかる?」

「いや、ただ――」

「みなさん」とアメリが眼を閉じたまま、わざと馬鹿丁寧に言った。「泳ぎだすまえに少しばかり静かな時間を過ごすというのはわたしに許されることでしょうか?」

「もちろん。少し黙ったらどうだ、コヴァッチ」とシュナイダーが苛立たしげに言った。「あんたの席はうしろにあるはずだけど」

メイン・キャビンのシートのワルダーニの隣りにはハンドとスン・リピンが坐っていたので、その反対側のリュック・ドゥプレの横に坐った。彼はおれに怪訝そうな眼を向けると、また新しい手の点検に戻った。

「気に入ったかい?」とおれは尋ねた。

彼は肩をすくめた。「確かに立派な手だよ。だけど、おれは〝かさばる〟ことに慣れてなくてね」

「そのうち慣れるさ。よく寝ることだ」

また怪訝な眼で見られた。「あんたはそんなことにも詳しいんだ。いったいどういうコンサルタントなんだ?」

「おれはエンヴォイにいたことがあるんだ」

「ほんとに?」ドゥプレはシートの上で体をもぞもぞさせた。「そいつは驚いたな。だったらぜひ聞かせてもらいたいね、あんたがエンヴォイだった頃の話を」

ほかのシートでもドゥプレと同じように体をもぞもぞさせた気配があった。エンヴォイはそれほど悪名高いということだ。機甲部隊の中尉にまた戻ったような気分になった。

「長い話で、面白くもない話だ」

「出航まであと一分」アメリの声がインターコム越しに聞こえた。おれたちのやりとりを茶化している声音だった。「この機会に申し上げます。このたびの高速攻撃船〈ナギニ〉号へのご乗船、心より歓迎いたします。ただし、これから十五分間はシートにしっかりご着席ください。ご着席いただけない場合にはみなさまの身の安全は保証しかねます」

二列の座席でいささか慌てた動きがあった。すでにセーフティ・ウェブをつけていた者はそれを見てにやりとした。

「脅かしやがって」とドゥプレがことさら急ぐふうもなくウェブ帯タブを装具のプレートに挿し込んで言った。「こういう船には補正装置がついてるんだから」

「それはどうかな。途中で軌道火器に捕まらないともかぎらないからな」

「そのとおりだ、コヴァッチ」とハンセンが向かい側から笑みを浮かべて言った。「あらゆる可能性を考えたらな」

「さきを見越して悪いことはない」

「怖いのか?」とジャンが横からだしぬけに言った。

「ああ。いつものことだ。あんたは?」

「恐怖というのはどんなときも不都合なものだ。だからそれを抑制することを覚えなきゃいけない。それがプロの兵士になるということだよ。恐怖を捨てるというのが」

「いや、それはちがうわね、ジャン」とスン・リピンがむっつりと言った。「それは死ぬってことよ」

攻撃船がいきなり傾き、胸と腹に加速圧の負荷がかかった。手足から血が排出されるような感覚があった。呼吸すらままならないような。

「なんだ、これは」とオール・ハンセンが歯の隙間からことばを押し出すように言った。

そのあと急に圧迫感がゆるんだ。軌道に乗ったところで、フォンサヴァートが上げた推進パワーが搭載された重力システムに吸い込まれたのだろう。おれは首をめぐらしてドゥプレを見やった。

「これでもフォンサヴァートが言ったのは脅しだったか？」

ドゥプレは舌を噛んだらしく手の甲に血を吐き出してしげしげと見ながら言った。「ああ、脅しだったね」

「軌道ステータスにはいります」アメリ・フォンサヴァートの馬鹿丁寧な声がした。「このあとは約六分、安全なランドフォール高軌道静止衛星監視アンブレラの下にはいりますが、そのあとはそこから抜け出て攻撃回避航行をします。どうか舌など噛んだりなさいませんよう」

ドゥプレはむっつりとうなずくと、血のついた手の甲を掲げてみせた。みんなが笑った。

「ハンド」とイヴェット・クルイックシャンクが言った。「カルテルはどうして高軌道静止衛星を五個か六個ワイドスペースで展開させてこの戦争を終わりにしないの？」

反対側の座席の離れたところでマーカス・スジアディが薄い笑みを浮かべた。が、何も言わなかった。その眼はちらちらとオール・ハンセンに向けられていた。

「クルイックシャンク」とハンセンがスジアディからキューを与えられたかのように言った。どことなく暗い声音で。「おまえさんには襲撃爆弾《マローダー》のスペルが書けるんだろうか？　高軌道静止衛星は低軌道からの襲撃爆弾攻撃の恰好の標的になるだろうが、ええ？」

「そうね」とクルイックシャンクは生真面目に答えた。「でも、今はもうケンプ軍の襲撃爆弾の大半はグラウンド・レヴェルよ。だから、高軌道静止衛星があれば……」

「そういう話はソーバーヴィルの住人にするといい」ワルダーニが彼女に言い、そのことばがその場に彗星のような沈黙の尾を引いた。みんなの視線が複雑に通路を交差した。スラグ銃の弾丸《たま》が装填されたみたいに。

「あの攻撃もグラウンド・レヴェルのものだった、ミストレス・ワルダーニ」とジャンが最後に言った。

「そうなの？」

ハンドが咳払いをして言った。「実際のところ、カルテルはいったいまだどれぐらいのケンプの無人ミサイルが大気圏外に展開されているのか、正確な数はつかんでいないわけで――」

「嘘だろ」とハンセンがうなるように言った。

「――だから現段階で高軌道にプラットフォームを設置しようというのは――」

「設置しても利益をもたらさない？」とワルダーニが言った。

ハンドは不快げな笑みをワルダーニに向けた。「――いささか危険なことだ」

「今からランドフォールの高軌道静止衛星監視アンブレラの外に出ます」相変わらず、ツアーガイド口調のアメリ・フォンサヴァートの声がインターコムから聞こえた。「いくらか揺れがありそうです。お気をつけください」

補正装置がオフになり、こめかみのあたりに軽い圧迫感を覚えた。フォンサヴァートは惑星の曲面に沿ってまわり、再突入する曲芸航行の準備をしていた。カルテルの高軌道静止衛星監視アンブレラを出てしまうと、おれたちの惑星への帰還を見守ってくれる父親的なものはもう何もなくなる。ここからは自分たちの力だけでプレーしなければならない。

カルテルは常に地上を利用し、地上をたいらげている。しかし、そんなことにも人は慣れるものだ。彼らのけばけばしい企業タワーにも、彼らのナノコプターの警備にも、彼らの結束にも、彼らの高軌道静止衛星にも、彼らの何世紀にも及ぶ非人類的な忍耐強さにも、代々受け継がれる彼らの人類に対するゴッドファーザー的なステータスにも。慣れれば、彼らが彼らのプラットフォームにおれたちの居場所をわずかばかり残してくれていることにも感謝できるようになる。慣れれば、人類のカオスに舞い降りる、腹の底から寒くなるような急降下も完璧に望ましいものに思えてくる。

慣れれば、感謝するようになる。

それを心待ちにするようになる。

「監視アンブレラの外に出ました」アメリ・フォンサヴァートのコックピットからの声がした。

おれたちは降下した。

腸《はらわた》が押し上げられ、胸郭の下を圧迫し、眼の裏側がむずむずした。不快感にニューラケムがすねて元気をなくし、手の中のバイオ合金が震えた。フォンサヴァートはおれたちをマンドレーク社の着陸エンヴェロープの中に降ろし、メイン・ドライヴから引き出せる力すべてを引き出したのにちがいない。そうすれば、カルテルの航行物体と見て、暗号解読をしたかもしれないケンプ軍の抗侵入システムを負かせると信じて。

どうやらうまくいったようだった。

おれたちはダングレク海岸の沖約二キロの海上に着水していた。フォンサヴァートは再突入時に熱を帯びた船体の表面を冷やすのに軍隊式のやり方をしたのだ。このやり方は当然海水を汚染するので、これに関しては暴力的な抗議をする環境保護団体がいる星もある。が、サンクション第四惑星ではそんなことは話題にもなっていないはずだった。戦争には政治を単純化し、鎮静剤のベタサナティンのように政治家の心を慰撫する効果がある。面倒な問題の帳尻合わせなど無用になり、なんでも正当化できるのだから。戦って勝つ。われらに勝利を、だ。それ以外のことはすべてホワイトアウトする。ソーバーヴィルの空のように。

「船体の表面温度が正常値に戻りました」フォンサヴァートの声がした。「事前調査で周辺には何もないことがわかっています。これから岸をめざしますが、わたしが許可するまで座席を離れないでください。ハンド司令官、アイザック・カレラからニードルキャスト・メールが届いています。ご覧になります？」

ハンドとおれは顔を見合わせた。ややあって、ハンドはうしろに手を伸ばし、シートマイクに触れた。

「制限ループでまわしてくれ。私とコヴァッチとスジアディに」

「了解」

おれはヘッドセットを上から引きおろし、制限受信マスクをつけた。スクランブラー・コードの甲高い震音越しにカレラが現われた。戦闘服を着ていた。額から片頰にかけて新しい傷ができており、それが青白くゲル化していた。疲れているように見えた。

「ノーザン・リム司令部からＦＡＬ９３１／４へ。そちらのフライト・プランと活動地域については届けを受けたが、当方としては現情勢下では陸空とも充分な支援をすることができないことを通告しておきたい。われらが機甲部隊はマッソン湖まで退却しており、ケンプ軍の攻撃規模、およびその攻撃がもたらす影響が把握できるまで防御体制を取っている。すでにおこなわれた爆撃規模からすると、大がかりな作戦が実行される模様だ。爆撃地区以外での有効的な交信はこれが最後になるだろう。これらの戦略的な条件に加えて、貴殿らはカルテルがソーバーヴィル地区で実験的にナノ修復システムを展開していることを忘れないようにしてほしい。そのシステムが侵入者に対してどのような反応を示すか、それはわれわれとしても予測できないからだ。だから、個人的な忠告としては」彼はスクリーンの中で身を乗り出した。「私が前線支援命令を出せるようになるまで、マッソン湖までさがり、そこで待機することを勧告する。待たせたとしても長くて二週間といったところだろう。破壊調査など」不快げな表情がカレラの顔に一瞬浮かんだ、まるで負った傷の腐臭でも嗅いだかのように。「貴殿らが危険を冒してまでやらなければならないこととも思えない。貴殿らの雇い主がその調査からいったいどういう利益を目論んでいるにしろ。貴殿らが今は待機するという選択肢を選んだ場合には、機甲部隊の進入コードを有効にしておく。それ以外の選択をした場合には、こちらから支援できることはもう何もない。幸運を祈る。以上」

おれはマスクをはずしてヘッドセットをもとに戻した。浮かんだ笑みを口元に押し込んで、ハンドがおれを見ていた。

「カルテルに認められた司令官とはとても思えない。いつもあんなふうに無愛想なのかね？」

「馬鹿なクライアントのまえではね。それよりカルテルが展開している実験的なナノ修復システムというのは――」

ハンドは手を少しだけ上げておれのことばをさえぎり、首を振った。

「そのことは心配しなくていい。いつものカルテルの脅しの手だ。来てほしくないやつを立ち入り禁止区域に来させないための」

「それはただあんたがそう思ってるだけじゃないのか？」

ハンドはまた笑った。スジアディは何も言わなかった。が、口元をこわばらせたのがわかった。エンジンの甲高い音が外から聞こえてきた。

「浜辺に着きました」フォンサヴァートの声がした。「ソーバーヴィルにできたクレーターから二十一・七キロ地点。誰かカメラ持ってない？」

第十九章

ぬらぬらとした白さ。

ナギニ号のハッチに立って砂浜の広がりを見渡し、おれは一瞬雪でも降ったのだろうかと思った。

「カモメだ」とハンドが言って飛び降り、足元の羽根のかたまりを蹴った。「放射能のせいだろう」

白い斑《まだら》模様の海は相変わらずいたっておだやかにうねっていた。


サンクション第四惑星にしろ、ラティマーにしろ、ハーランズ・ワールドにしろ、入植の始まりは、その星の先住の種《しゅ》にとってはまさに驚天動地の出来事だっただろう。惑星の植民地化はどうしても破壊的作業にならざるをえないからだ。進歩した科学技術もそのプロセスを無菌化するだけのことで、どのようなエコシステムを強姦するにしろ、人類には慣習的にそのシステムの頂点に立つことが保証されている。その侵略は入植船が最初にそれぞれの星にたどり着いたときから避けがたく、すさまじいものだ。

巨大な入植船の熱はゆっくりと冷めるが、船内の活動は熱が下がるまえからすでに始まっている。まず冷凍タンクにぎっしりと詰められたクローン胎児がうごめき、コンピューター制御で高速成長繭に入れられる。遺伝子工学でつくられたホルモンが大量に繭に注ぎ込まれ、それぞれのクローンはほんの数ヵ月で十代後半まで成長する。星間航行の後半にすでに成長を始めていたクローンには、コロニーのエリートの心がダウンロードされ、目覚めたときには新しい秩序の中、すでに確立した地位が与えられている。といっても、それは年代記作者たちがみんなに信じ込ませようとしているほど、チャンスと冒険に満ちた話ではない。

航行中になんらかの損傷を受けた者は船内のどこかで環境モデル・マシンの手当てを受ける。

入植には必ず環境人工知能を持っていくのが今では常識だ。地球のエコシステムのサンプルを地球とはまったく異なる環境に移植することは、エレファント・エイ狩りとはわけがちがう。火星とアドラシオン星での大失敗のあと、そのことはすぐに明らかになった。地球人が住めるように火星で新しくつくられた空気を吸った最初の入植者は全員が死んだ。それもほんの数日で。室内にとどまった多くの人間はそれまで誰も見たこともない大食の甲虫の大群と戦って死んだ。その後、その甲虫は地球化によって惹き起こされた生態的大変動を巧みに生き延びた陸生ホコリダニの遠い親戚であることがわかる。

そこでまた実験室に逆戻りと相成る。

その結果、タンクに詰めたものではない空気を最初の入植者が火星で吸えるようになるには、それからさらに二世代が費やされた。

アドラシオン星はもっとひどかった。アドラシオン星の入植船〈ロルカ〉号は火星の悲劇より数十年早く地球を出発し、火星人の宇宙航行チャートに従って地球から一番近い居住可能な世界に向かって突き進んだのだ。戦車に投げつけられる向こう見ずなモロトフ・カクテルさながら。それは武装された星間空間の深みでは半ば絶望的な突撃であり、宇宙を支配する横暴な物理学のまえではテクノロジーの蛮行であり、同時に新しく解読された火星人のアーカイヴに対する無謀な信仰で、失敗に終わることは眼に見えていた。コピーされた自分たちの意識を植民星のデータスタックに——あるいは遺伝子を胎児銀行に――提供した者たちでさえ、自分たちが旅の最後に遭遇するものについては、そう楽観的にはなれていなかっただろう。

それでも、入植当初はその名が示唆するとおり（〝アドラシオン〟は〝崇拝〟の意）アドラシオンはまさに人類の夢が叶ったようなところに見えたことだろう。地球とほぼ同比率の窒素と酸素の混合気体に包まれ、陸と海の比率も利用されるのを待っていたかのように友好的だったのだから。〈ロルカ〉号の船倉に乗せられたクローン家畜の餌になりそうな植物群があり、しとめるのがむずかしそうな捕食動物もいなかったのだから。そもそも最初の入植者たちが敬虔な人たちだったのか、それとも新たなエデンの園に運よくたどり着いたことが彼らをそうさせたのか、上陸して彼らがまず最初にしたのが礼拝堂を建て、安全な航行ができたことを神に感謝することだった。

そして一年が過ぎた。

ハイパーキャスティングは当時はまだ揺籃期で、コード化された簡単なメッセージしか伝えられなかった。アドラシオンのニュースがビームによって地球に届いたとしても、それはがらんとした大邸宅の閉ざされた部屋の中で叫び声をあげるのに等しかった。ふたつの生態系が出会い、衝突し合うのは退路を断たれた戦場でふたつの軍隊が出会うようなものだ。〈ロルカ〉号の百万ちょっとの入植者の七十パーセント以上が入植後十八ヵ月以内に死んだ。

当時と比べたら、近頃は洗練されたものだ。いかなる有機体もエコ・モデラーが現地の生態系をすべて把握するまで船内を出ない。自動探測機がまず新世界を偵察してサンプルを取る。人工知能がそのデータを解析し、リアル・タイムの数百倍の速さで理論上地球の生命体と匹敵するものを割り出し、潜在的な衝突が探知されると、警告を発し、ジェネテクにしろナノテクにしろ、さまざまなテクノロジーを駆使してあらゆる問題に対する解答を書き出し、すべてを勘案して、居住プロトコルをつくりだす。そのプロトコルが落ち着くのを見計らって、船内のみんなが外に出る。

そんなプロトコルの中で何度も現われる優秀な地球上の種《しゅ》がいるが、彼らはまさに地球という惑星での成功者で、タフで適応能力にすぐれた進化の名《めい》アスリートと言える。その大半は植物と微生物と昆虫だが、大型動物の中にも何種かすぐれものがいて、メリノ種の羊、ハイイログマ、そしてカモメがその御三家だ。彼らはまず消えることがない。


トロール船のまわりの海面も白い羽根に包まれた死体に覆われていた。不自然なほどの静けさが海岸を圧し、白い死体が波の音をくぐもらせ、静寂を助長していた。

船自体は惨憺たる様相を呈していた。錨に逆らってものうげに漂い、船体のソーバーヴィル側は真っ黒に焦げていて、爆風で金属部が剝き出しになっていた。一度に何枚かの窓が割れ、デッキの上の魚網は乱雑に置かれたままその場で溶けてしまったようだった。ウィンチも同じように黒焦げになっていて、外に出ている者がいたら、みな第三度の火傷を負って即死していたことだろう。

デッキに死体はなかった。それはヴァーチャルですでにわかっていることだった。

「ここにもいない」リュック・ドゥプレが中央デッキの昇降口から頭を出して言った。「何ヵ月も誰も乗ってなかったようだな。あるいは一年ぐらい。食料はどれも虫とネズミに食われてる」

スジアディが眉をひそめて言った。「食料があった形跡があるのか？」

「ああ、大量に」ドゥプレは昇降口から体を出してそのへりに坐った。カメレオクロームのオーヴァーオールの腰から下の黒っぽい部分が、一秒ほどで外の陽光に合わせた色に変わった。「でかいパーティをやって、そのあと誰も後片づけをしなかった。そんな感じだ」

「そういうパーティならよくやってた」とフォンサヴァートが言った。

そのフォンサヴァートの声に交じって、聞きまちがえようのないサンジェット銃のシュッという銃声が聞こえた。スジアディもおれも音がしたほうを同時に振り向いた。ドゥプレがにやりとして言った。

「クルイックシャンクがネズミを撃ってるんだ。かなりでかい」

スジアディは銃をつかんでデッキを見まわした。乗船したときよりはいくらかリラックスしたようだった。「見当でいいから、ドゥプレ、どれぐらいいた？」

「ネズミか？」とドゥプレは笑みを広げて言った。「それはなんとも言えないな」

おれは笑いを噛み殺した。

「乗組員だ」とスジアディは苛立たしげに身振りを交えて言った。「乗組員は何人ぐらいいたと思う、軍曹？」

ドゥプレは階級で呼ばれたことに対して動じたふうもなく肩をすくめた。「おれは料理人じゃないんでね、隊長。それもなんとも言えない」

「わたしは以前コックをしてたから」とフォンサヴァートが意外なことを言った。「わたしが見てこようか」

「きみはここにいろ」スジアディはカモメの死骸を蹴飛ばしながら甲板の一方の端まで歩いていった。「作業を始めるまえに言っておきたい。おれはこの作戦にユーモアを求めちゃいない。求めてるのはみんなの適応力だ。この魚網を片づけることから始めてくれ。ドゥプレ、きみは下に降りて、クルイックシャンクに手を貸してネズミを始末してくれ」

ドゥプレはため息をついてサンジェット銃をしまうと、ベルトからやけに古めかしく見える武器を抜いて、弾丸《たま》を装塡し、空に向けて狙いを定めた。

「これがおれの仕事か」ぶっきらぼうにそう言うと、頭上に銃を高々と掲げて昇降口を降りていった。

感応リグがひび割れた音をたてたのがわかった。スジアディは首を傾げて聞き入った。おれもそれまではずしていたリグを耳のうしろにつけた。

「……の安全は確保したわ」スン・リピンの声だった。スジアディは彼女にチームの残り半分を率いさせて海岸に残していた。ハンドとワルダーニとシュナイダーもそっちのグループで、スジアディが彼らのことを少なくとも苛々させられ、悪くすると足手まといになる民間人と見なしているのは明らかだった。

「具体的には？」とスジアディは叱りつけるような声音で訊き返した。

「浜辺の上の丘に外縁部歩哨システムを設置したってこと。ベースラインは幅五百メートル、角度は百八十度。丘からにしろ、浜辺の両サイドからにしろ、いかなる侵入者もそれで捕捉できる」スンはいったんことばを切ると、弁解口調で続けた。「目視線だけの歩哨だけど、それでも数キロの範囲まで有効よ。わたしたちにできるのはそれがベストね」

「その……作戦目標はどんな具合だ？」とおれは横から言った。「手つかずのままかな？」

スジアディが不満げに言った。「作戦目標はそこにあるのか？」

おれは彼を見やった。スジアディはこれを幽霊探しだと思っていた。エンヴォイの特殊技能のひとつ、ゲシュタルト・スキャンをすると、彼の挙動の意味するところがスクリーンに映し出された画像のようによくわかった。彼はワルダーニの言うゲートなど考古学者の妄想にすぎないと思っていた。マンドレーク社に売り込むためにあやふやな仮説を誇大宣伝しているのだと。ハンドはポンコツ船を売りつけられただけだと。現場に最初に駆けつけることが何より可能性を生むという過当競争の中、マンドレーク社はただ欲に眼がくらんだだけだと。だから現場に着くなり、チームは消化不良を起こすだろうと彼は思っていた。ヴァーチャル・コンストラクトでのブリーフィングでも口にこそ出さなかったが、彼がそもそも今度の計画を疑っているのは、それはもうバッジをつけているほどにも明らかだった。

だからといって、おれは彼を責めようとは思わなかった。彼らの様子を見るかぎり、チームの半分は彼と同じように思っているはずだった。死から生還して兵役免除されるという途方もない契約内容をハンドが提示しなかったら、みな今回の探検などハンドのまえで一笑に付していただろう。

それはおれ自身ひと月ちょっとまえにシュナイダーに対してしたことだ。

「ええ、ここにある」スンの声には何か特別なものがあった。見るかぎり彼女はそれほど懐疑派ではなかったが、それが今は畏怖派にでも宗旨替えしたような口調になっていた。「これって……喩えようがないわね。こんなの、見たの、初めてよ」

「スン？　開いてるのか？」

「見たかぎりでは閉まってるけど、コヴァッチ中尉。ええ、そうね。でも、詳しいことが知りたいなら、ミストレス・ワルダーニと話したほうがいい」

おれは咳払いをしてから言った。「ワルダーニ？　聞こえるか？」

「今、忙しい」彼女の声は聞くからに張りつめていた。「船には何か見つかった？」

「まだ何も」

「ああ、そう。こっちも同じよ。切るわよ」

おれはまたスジアディを見やった。彼はどこか遠くを見るような眼をしており、新しいマオリのスリーヴだと心の内を読むのはむずかしかった。おれは鼻を鳴らし、感応リグをはずし、デッキ・ウィンチはどうなったか見にいった。背後から、スジアディがハンセンの報告を受けているのが聞こえた。

ウィンチはシャトル積載機とさほど変わらないものに変貌していた。フォンサヴァートに手伝ってもらい、スジアディがコムリンク通話を終えるまえにウィンチの出力アップをすることができた。スジアディもやってきて、ブームがスムーズにまわり、捕捉器が最初に海に降りていくところを見た。

しかし、実際に網を引っぱり上げるのはまた別の話だ。そのこつをつかむのに二十分かかった。その頃にはネズミ退治も終わったようで、クルイックシャンクとドゥプレもおれたちに加わった。手が増えても冷たい海水を含んだ網をデッキに引き上げるのは容易なことではなかった。おれたちの中に漁師はひとりもおらず、そういうことをするにはなんらかの技術を要するのは明らかで、おれたちの誰ひとりその技術を持ち合わせていなかった。みな何度も足をすべらせては転んだ。

しかし、それだけやる値打ちのある作業ではあった。

何度目かに引き上げた網のへりにふたつの裸の死体の残骸がからまっていたのだ。まだ輝いている鎖が膝と胸に巻かれていて、それが重りになっていたようだった。魚に骨まで食われ、びりびりに破れた油紙の包み紙のような死体だった。引き上げられた網の中で、ふたつのしゃれこうべが可笑しなジョークを笑い合う酔っぱらいの頭のように揺れた。よくしなる首に特大の笑みを浮かべて。

おれたちはしばらく彼らを見上げた。

「いい勘をしてたな」とおれはスジアディに言った。

「試してみるだけの価値はあった」スジアディは骸骨に近づき、裸の骨を仔細に見て言った。「こいつらは裸にされて、網に放り込まれたんだろう。腕と足を鎖に巻かれて。誰がこんなことをしたにしろ、そいつはこいつらに二度と浮かび上がってほしくなかったんだろうな。しかし、よくわからんな。どうして死体をそんなふうにして隠したのか。船がここで漂ってたら、ソーバーヴィルからやってきた者なら誰でも引き上げられる、だろ？」

「そうね。でも、誰もやらなかった」とフォンサヴァートが指摘した。

ドゥプレが手を眼の上にかざし、ソーバーヴィルがまだくすぶっている水平線に眼を凝らしながら言った。「戦争のせいか？」

おれは日付と最近の出来事を思い出し、計算した。「戦線は一年前はこんな西まで来てなかったが、南のほうは崩れかけてた」おれは煙が立ち昇っているほうを顎で示した。「で、ビビったのか。軌道からの攻撃を受けるかもしれない。これはどっちかがどっちかに仕掛けた罠かもしれない。互いにそう思ったのかもしれない。ブートキナリー・タウンのことは覚えてるか？」

「まざまざとね」とフォンサヴァートが指で左の頰骨を押さえて言った。

「あれがほぼ一年前だ。そのニュースはいたるところに伝わったはずだ。あのでかい空母が沈められて以降、民間のサルヴェージはこの惑星ではおこなわれていないはずだ」

「でも、どうして彼らを隠そうとしたの？」とクルイックシャンクが言った。

おれは肩をすくめた。「眼につかないところにおきたかったから。航空探査じゃわからないし、死体が上がれば、当然、当時は地元の警察が捜査しただろうし。ケンプポリスが今みたいになるまえの話だからな」

「インディゴ・シティだ」とスジアディが指摘した。

「そう、ジャンのまえじゃ絶対にケンプポリスなんて言わないほうがいい」とクルイックシャンクが言ってにやりとした。「ダナンの戦闘を恐怖のストライクって言っただけで、わたしの咽喉《のど》を絞めようとしたんだから。わたしはむしろお世辞のつもりで言ったのに！」

「なんであれ」とおれは大仰に眼をぐるっとまわして言った。「要するに、この死体がなけりゃ、これは誰も引き取り手のなさそうに見えるただの漁船だ。世界革命に邁進してる連中の注意を惹くものじゃない」

「いや、船がソーバーヴィルで借りられていた場合は充分注意を惹くさ」とスジアディが首を振りながら言った。「買われたものならなおさら。しかし、このふたりは何者なんだ？　昔ながらのチャンのトロール船じゃないのか？　なあ、ここととソーバーヴィルは数十キロと離れてないんだぜ」

「これが地元の船だと考えなきゃならない理由はどこにもない」おれはおだやかな海を手で示した。「この惑星の海じゃこの程度の船で、コーヒーカップから一滴もこぼさずにブートキナリーからやってこられる」

「そう。でも、空からの偵察の眼をごまかすためなら、死体をほかのがらくたと一緒に船内の調理室にでも放り込んでおけばいいわけじゃん」とクルイックシャンクが反論した。「海に沈めることはないよ」

ドゥプレが手を上げ、網の位置を少しずらしてしゃれこうべを揺らして言った。「スタックはなくなってる。身元がわかるほかのものと一緒にそれも海に葬られたのかな。そのほうがネズミに任せるより仕事は早いだろう」

「ネズミによるが」とおれは言った。

「あんたはネズミの専門家か？」

「葬儀だったのかも」とフォンサヴァートが言った。

「で、遺体を網にくるんだ？」

「考えるだけ時間の無駄だ」とスジアディが大きな声をあげた。「ドゥプレ、このふたりを降ろして、何かで包んでネズミにやられないところに置いておいてくれ。あとでナギニ号に戻ったら、自動外科手術機で検死してみよう。フォンサヴァート、クルイックシャンク。きみらはこの船のどたまからケツまで調べてくれ。この船でいったい何があったのか、なんでもいい、その手がかりとなりそうなものを探してくれ」

「この船の船首から船尾までね」とフォンサヴァートがとりすまして言った。

「なんであれ。なんでもいいから手がかりだ。こいつらが脱がされたはずの服とか……」彼は首を振った。作戦に奇妙な要因を新たに抱え込んでしまい、苛立っていた。「なんでもいい。なんでも。見つけてくれ。コヴァッチ中尉、あんたはおれと一緒に来てくれ。外縁部の防御を点検しておきたい」

「いいとも」と答えておれはスジアディの嘘に乗ってやり、こっそり笑みを浮かべた。

スジアディは外縁部の防御チェックなどしたがっているわけではない。おれと同じように、彼もスンとハンセンの履歴書を読んでおり、スンとハンセンに任せればまちがいのないことはわかっているはずだ。

スジアディは外縁部を見たいのではない。

ゲートを見たいのだ。

第二十章

ゲートについてはシュナイダーから何度か説明を受けていた。ワルダーニからは一度だけ受けていた。ジョコ・ロエスピノエジのところで静かなときを過ごした折りに。マンドレーク社に売り込むときには、ワルダーニがアングカー・ロードのイメージング・ショップでゲートの3Dのグラフィックをつくった。そのあと、ハンドがマンドレーク社のコンピューターを使って、おれたちがヴァーチャルでそのまわりを歩けるように原寸大のものもつくった。

そのどれもがちがっていた。

人が造った洞窟のようだった。次元主義派の作品を縦に引き延ばしたような。ムロンゴやオスパイルが描く風景画、技術軍隊の悪夢の風景画といったところもあった。構造物に不気味な襞が付着していて、十メートルはありそうなコウモリが六羽か七羽背中合わせになって防御方陣を組んでいるようにも見えた。〝ゲート〟ということばが示唆するような〝開口部〟はどこにも見あたらなかった。上の岩棚から射す柔らかい光の中、それはうずくまり、何かを待っているように見えた。

基部は一辺が五メートルほどの三角形を成していた。下の角は幾何学的な形というより、木のように何かが根を伸ばしたような恰好をしていたが。素材は以前見たことのある火星人の建造物に使われていた合金と同じものだった。表面は黒味を帯びて、いかにも密度が濃そうで、大理石か縞瑪瑙《しまめのう》を思わせたが、触ると、かすかに静電気を帯びているのがわかった。テクノグリフの描かれたパネルは鈍いグリーンとルビー色をしており、テクノグリフの模様は奇妙で不規則な波形を下の部分で描いているだけで、地上から一メートル半より上には伸びていなかった。その境界線に近づくにつれ、記号のようなその模様は結合力も力も失い、薄くなり、不鮮明になっていた。まるで彫刻の意匠そのものに迷いが生じたかのように。火星人のテクノ職人も自分たちが土台の上に創造したものにあまりに近いところで仕事をするのが怖かったのでは？　――スンがあとでそんなことを言った。

建造物自体は自らにからみつくような恰好で上に立ち昇り、黒い合金がさまざまな角度で何層にも重なり、一番上は短い尖塔で終わっていた。襞の隙間には細長い切れ目があり、合金の黒さがくすんだ蛍光色に変わり、その中の結合構造もまた幾重にも重なり合い、長く見ていると、見ていることが苦痛になってくるような幾何学模様を描いていた。

「これで信じられたか？」とおれはおれの横に立って見惚《みと》れているスジアディに言った。彼はしばらく返事をしなかった。が、ようやく答えた声音はさきほどコムリンク越しにゲートの様子を伝えてきたスン・リピンのそれと変わらなかった。圧倒されて呆然としているような響きがあった。

「こいつは動いてる」と彼は低い声で言った。「それが感じられる。作動してるのが。回転しているのが」

「たぶん」いつのまにかそばにやってきていたスン・リピンが言った。ほかのメンバーはナギニ号の近くにいた。洞窟の中にしろ近くにしろ、おれたちのいるところではあまり長い時間を過ごしたがっていないようだった。

「超空間リンクにちがいない」とおれは言って、この奇妙な幾何学的な建造物のどこかに突破口はないかと脇にまわった。「どこにつながってるにしろ、そのリンクがまだ生きてたら、シャットダウンされていても超空間では動いているはずだ」

「あるいは回転してるか」とスンが言った。「灯台の灯みたいに」

心の中で何かが騒いだ。

何かがおれを突き抜けたような感覚があった。それとまったく同時にスジアディの顔が一瞬引き攣ったのがわかった。突き出された舌のようなまわりにさらされた場所で何かに不意を突かれるだけでも充分まずい。この建造物はわれわれ人類にはまだほんの少ししかわかっていない次元で、〝来て、私を捕まえて〟信号を発信しているのかもしれない、などという考えにとらわれなくてもすでに充分まずい。

「光が要るな」とおれは言った。

そのおれのことばで魔法が解けた。スジアディは激しく眼をしばたたき、上から射している光を見上げた。夕暮れが迫り、あるかなきかの速度でその光の色が灰色に変わりかけていた。

「発破が要る」と彼は言った。

おれとスンは怪訝な顔を互いに見合わせた。

「何を爆破するんだ？」とおれは慎重に尋ねた。

スジアディは手で示した。「岩だ。ナギニは陸上攻撃するための超振動砲を船の前部に搭載してる。ハンセンなら、この建造物に疵ひとつつけずにこの岩全体をかなり取り除いてくれるはずだ」

スンが咳払いをして言った。「それにはハンド司令官が同意しないと思うけど。彼から暗くなるまえにアンギア製のランプを設置するように言われてるのよ。それから、ミストレス・ワルダーニはリモート・モニタリング・システムをインストールすることを要求したみたいだし。それでゲートに直接――」

「わかった、スン中尉。ありがとう」スジアディはもう一度洞窟を見まわして言った。「おれからハンド司令官に話すよ」

そう言って、大股で歩き去った。おれはスンを見やり、片眼をつぶって言った。

「今みたいなやりとり。ずっと聞きたいと思ってた」


ナギニ号ではハンセンとシュナイダーとジャンが忙《せわ》しげに速成合金バブルファブを組み立てていた。ハンドは積み降ろしハッチの隅に体を押し込めるようにして、ワルダーニが胡坐をかいてメモリーボードに何やらスケッチしているのを見ていた。あまりに無防備な様子で見惚れており、その顔を見るかぎり、急に何歳か若返ったように見えた。

「何か問題でも、隊長？」おれたちが近づくと彼は言った。

「おれとしては」とスジアディは親指で肩越しにうしろを指して言った。「あれをもっとよく見えるようにしたい。ハンセンに岩を振動爆破させようと思うんだが」

「問題外だ」ハンドはワルダーニから眼を離すことなく言った。「現段階でめだつことはできない」

「それにゲートを疵つける危険もある」とワルダーニが横からぴしゃりと言った。

「それにゲートを疵つける危険もある」ハンドはおうむ返しにワルダーニのことばを繰り返した。

「悪いが、スジアディ隊長、きみたちには現状のまま作業をしてほしい。それで危険はないはずだ。われわれより以前にやってきた者たちが立てた支柱はなかなかしっかりしたものだ」

「支柱はおれも見たけど」とスジアディは言った。「エポキシ接合は半永久的建造物用のものじゃない。だけど、そういうことが問題なんじゃ――」

「ハンセン軍曹はあの支柱を見て大いに感心していたようだが」とハンドはスジアディのことばをさえぎって言った。丁重な物言いの中にも苛立ちが含まれているのは明らかだった。「心配なら、支柱を補強するのはいくらでもかまわない。きみのいいようにやってくれ」

「おれが言おうとしたのは」とスジアディは抑揚のない口調で言った。「支柱のことじゃない。崩落の危険を心配してるんじゃない。いったいあそこには何があるのか。言ってみれば、それが目下一番火急の心配事だよ」

　ワルダーニがスケッチから顔を起こして明るい声で言った。

「それはいいことよ、隊長。礼儀正しい不信が二十四時間リアル・タイムで火急の心配事になるというのは。でも、正確なところ、何が心配なの?」

　スジアディはばつが悪そうな顔をして言った。

「この人工遺物、あんたはゲートだと言うが、だったら、向こう側から何かこっちに向かってくるものがあるんじゃないのか?　そんなものは何もないと保証できるのか?」

「いいえ、保証はできない」

「だったら、どんなものが飛び込んでくるか想像はつくのか?」

　ワルダーニは苦笑して言った。「それもわからない」

「そういうことなら、ミストレス・ワルダーニ、ナギニの主力火器をいつでも使えるようにしておくのが軍事的に賢明な策ということになる」

「これは軍事作戦じゃないよ、隊長」とハンドがあからさまにうんざりしたような顔をして言った。「そのことはブリーフィングで話したはずだ。この探検はあくまで商行為で、何より大事なのは、契約上確かなことが決まるまでは――法人憲章に照らしていえば、ゲートの反対側のものにマンドレーク社所有というブイが付けられるまでは――この人工遺物を上空からの眼にさらすわけにはいかないということだ」

「こっちの準備ができてないあいだにゲートが勝手に開いて、敵意を持った何かが向こう側から現われたら?」とスジアディは反論した。

「敵意を持った何か?」とワルダーニがメモリーパッドを脇に置いて言った。議論を面白がっているようにも見えた。「たとえばどんな?」

「そういうことはおれよりあんたのほうが詳しいはずだ、ミストレス・ワルダーニ」とスジアディは硬い声音で言った。「おれはこの作戦を安全に遂行したい。心配なのはそれだ」

ワルダーニはため息をつき、くたびれたように言った。

「隊長、彼らは吸血鬼じゃなかった」

「なんだって?」

「火星人。彼らは吸血鬼でもなければ悪魔でもなかった。彼らは科学技術的にきわめて進歩した、翼を持った種《しゅ》だった。それだけのことよ。ゲートの反対側にはあなたが心配しなければならないようなものは何もない」そう言って、彼女は岩盤のほうを指で示した。「わたしたちが今後数千年かけてもつくれないようなものは何もない。向こうにあるのはわたしたち人類にも今すぐつくれるものよ、軍拡に歯止めさえかければ」

「それはおれに対する侮辱か、ミストレス・ワルダーニ?」

「好きに取ってくれてかまわない。わたしたちは全員残留放射能でゆっくりと死にかけてるのよ、隊長。ここからほんの十キロちょっとのところにあった市《まち》では昨日、十万人が蒸気にされてしまったのよ、軍隊によって」声が上ずりはじめていた。震えてもいた。「どこでもいい。この惑星の大陸の約六十パーセントの場所で数知れない若い命が暴力的に奪われてる。兵士の手で。どこでもいい。強制収容所では政治的な一線を少しでも越えたら、餓死させられるか、撲殺されるかしている。それまた兵士がおこなってるサーヴィスの一環よ。軍隊に対するわたしの考えをはっきりさせるのにまだ何か必要？」

「ミストレス・ワルダーニ」とハンドが言った。それまで聞いたことがないような緊張した声音になっていた。タラップの下では、ハンセンとシュナイダーとジャンも作業の手を止めて、声が荒らげられたほうを見上げていた。「話がずれてしまってる。われわれは探検の安全性について議論していたはずだ」

「あら、そうだったの？」ワルダーニは頼りない笑い声をあげた。それでも声はまた普通に戻っていた。

「それじゃ、隊長、言わせてちょうだい。わたしは資格を得た考古学者として七十年この仕事をしてるのよ。でも、あなたのような人たちがこのサンクション第四惑星にしてきたこと、それ以上に不愉快なことを火星人がしたことを示唆するものにはまだお目にかかったことがない。だから、ソーバーヴィルの死の灰などという小さな問題を除くと、たぶん北半球のどこにいるよりこのゲートのまえにいるほうがはるかに安全だと思う」

短い沈黙ができた。

「ナギニ号の主力砲を洞窟の入口に向けておくというのはどうだ？」とおれは妥協点を探って言ってみた。「それで同じ効果がある。リモート・モニタリングできればなおいいが。五十センチの牙を持った怪物が現われたら、主力砲で洞窟を破壊すればいい」

「それがよさそうだ」と見るかぎり落ち着いた様子でハンドが言った。さりげなくワルダーニとスジアディのあいだに立っていた。「それで了承してくれないか、隊長？」

その声音にハンドの真意を汲み取ったらしく、スジアディは敬礼をすると、軍隊式のまわれ右をした。

そして、タラップを降りてきておれとすれちがったところで、おれの顔を見た。新しいマオリの顔にもすでにはっきりと表情が表われていた。なんだかおれに裏切られたような顔をしていた。

なんであれ、純粋な思いというのは奇妙なところに顔を出すものだ。

タラップを降りたところでスジアディはカモメの死骸に足を取られ、いくらか体のバランスを崩すと、その白い羽根の塊をトルコ石色をした砂浜に蹴飛ばし、命令口調で言った。

「ハンセン、ジャン。このクソを全部浜辺からどけてくれ。船のまわり二百メートル以内からすべて」

ハンセンは片方の眉をもたげて、その眉の横に手をやり、皮肉っぽい敬礼をした。スジアディはそれを見ていなかった。水ぎわのほうにすでに歩き出していた。

いやなムードになっていた。


ハンセンとジャンは、重力バイクの推進力を利用して、カモメの死骸を吹き飛ばした。バイクの甲高いドライヴ音とともに膝の高さほどの羽根と砂の嵐が起きた。そうしてできたナギニ号のまわりのきれいなスペースにキャンプが設営された。ドゥプレとフォンサヴァートとクルイックシャンクもトロール船から戻ってきたので、その作業は捗り、陽もとっぷり暮れた頃には、五つのバブルファブが攻撃宇宙船のまわりの砂地に建っていた。大きさも形もどれも同じカメレオクローム・コーティングされたバブルファブで、ドアの上のイリュミナムの数字だけが個性を主張していた。それぞれ寝室がふたつあり、ひとつのバブルファブに四人寝られた。部屋と部屋のあいだ、ファブの中央にリヴィング・スペース。五つのうちふたつのファブはそれとはちがって、半分がベッド・スペースになっていて、ひとつのファブは残り半分がミーティングルーム、もうひとつのファブの残り半分はワルダーニのラボ用に充てられた。

ワルダーニはそのラボにいた。まだスケッチを描いていた。

レーザーで切られたばかりのハッチは開いていて、エポキシ溶接された垂れ布《フラップ》から樹脂のにおいがまだかすかにしていた。おれはチャイムパッドに手を触れて、中をのぞき込んだ。

「何か用？」彼女は自分がしていることから顔も上げずに言った。

「おれだ」

「誰かはわかってる、コヴァッチ。なんの用なの？」

「敷居をまたぐ許可は？」

彼女は手を止めてため息をついた。が、まだ顔を上げようとはしなかった。「わたしたちはもうヴァーチャルにはいないのよ、コヴァッチ。わたしはもう――」

「ファックしにきたんじゃない」

彼女はためらってから顔を起こした。「ならいいけど」

「はいってもいいだろうか？」

「お好きに」

おれは中にはいり、メモリーパッドが吐き出したハードコピーが散乱する中を横切って、彼女が坐っているところまで行った。ハードコピーはどれもテクノグリフのさまざまなヴァージョンで、走り書きの注釈がついていた。見ていると、彼女は一番新しいスケッチに線を描いていた。

「なんとかなりそうか？」

「遅々たる歩みだけど」彼女はあくび交じりに言った。「自分で思っていたほどには覚えてなかった。ゼロからまたコンピューターの設定をし直さなければならないみたい」

おれはテーブルに寄りかかって言った。

「結局のところ、どれぐらいかかる？」

彼女は肩をすくめた。「一、二日はかかるわね。そのあとテストもしなくちゃならない」

「それはどれぐらい？」

「全部合わせて？　一次テストと二次テストで？　なんとも言えない。でも、どうして？　もう骨髄がうずいてきたの？」

おれは開けたままのフラップ越しに、ソーバーヴィルの炎が鈍い赤に染めている夜空を眺めた。爆発の直後でこれほど近くだと、エキゾチック原子がそれこそあたりにうようよしているはずだった。ストロンチウム９０やヨード１３１や彼らの無数の友達が。ハーラン一族の遺産相続者たちがテトラメスでハイになり、ミルズポートの安酒場に遊びに来たようなものだ。悪気はなくともその傍若無人な振る舞いが騒ぎを惹き起こす。彼らの豪勢な存在そのものが人の細胞を手あたり次第に破壊する。

知らず知らず顔が引き攣っていた。

「ただの好奇心だ」

「それは殊勝な心がけね。でも、そういう性格は兵士にはあまり適さないんじゃない？」

おれはキャンプ用チェアを開くと、テーブルの脇に置いて坐った。「きみは好奇心と同情心を混同してる」

「そう？」

「ああ、そうとも。好奇心はそもそもサルの習性だ。拷問なんか好奇心に満ちたもので、好奇心はいい人間をつくらない」

「そういうことについてはあなたは詳しそうね」

彼女の切り返しは賞賛に値した。彼女が強制収容所で拷問を受けたことがあるのかどうかはわからなかったが――おれのあずかり知らぬところで怒りの炎をたぎらせたことがあったのかどうかはわからなかったが――〝拷問〟ということばに動じた様子は毛ほども見せなかった。

「きみはどうしてこんな態度を取ってる、ワルダーニ？」

「言ったでしょ、わたしたちはもうヴァーチャルにはいないんだって」

「ああ」

おれは待った。かなり経ってから、彼女は立ち上がると、モニターが並んだ部屋の奥の壁ぎわまで歩いた。モニターにはリモート装置でいくらか角度を変えた十ほどのゲートの画像が映し出されていた。

「少しは大目に見てよ、コヴァッチ」とワルダーニは疲れたように言った。「今日、わたしはわたしたちの冒険のために十万人もの人が死んだところを見たのよ。ええ、もちろんわかってる。それをやったのはわたしたちじゃない。でも、だからといってなんの責任も感じないわけにはいかない。そんなのは都合がよすぎる。散歩をしても彼らの破片が宙を舞ってるのがわかる。あなたが革命の英雄たちを今朝手ぎわよく殺したなんてことがなくても、わたしはもう充分まいってるのよ。悪いけど、コヴァッチ、こういうことには慣れてないもんで」

「ということは、トロール船の漁網に引っかかっていたふたつの死体についてもきみは話したくないわけだ」

「わたしには何か話さなくちゃならないことがあるの？」彼女はおれのほうを見もしなかった。

「ドゥプレとジャンが自動外科手術機を使って検死したんだが、なんで殺されたのかはまだわからない。どこの骨組織にも外傷の痕跡がないのさ。手がかりになりそうなものはそれ以外にあまりないわけだからね」おれは彼女の脇まで移動して、モニターのすぐ近くに立った。「骨については細胞レヴェルのテストもできるそうだが、おれの勘では彼らからは何もわからないような気がする」

彼女はそのことばには反応した。おれのほうを向いて言った。

「どうして？」

「なんで殺されたにしろ、それはこれと関係があるからだ」おれは洞窟の威容が映し出されているモニター画面を指で叩いた。「こんなものを見たのはみんな初めてだ」

「魔女の刻《とき》にゲートから何かが飛び出してきたんじゃないか。そう思うの？　つまり吸血鬼があのふたりを殺したんだと」

「あのふたりは何かによって殺された」とおれはおだやかに言った。「寿命が尽きて死んだわけじゃない。それにスタックがなくなってる」

「それで吸血鬼の仕業という可能性はなくなる？　スタックを抉り出すというのはどう考えても人間の蛮行だもの。ちがう？」

「そうともかぎらない。超空間を築くことのできる文明ならどんな文明でも意識のデジタル化をやってるはずだ」

「でも、そういうことを示す証拠はどこにもない」

「常識に照らすと？」

「常識？」嘲《あざけ》りの響きがまた彼女の声音に戻っていた。「千年前までは太陽が地球のまわりをまわっているというのが世界の常識だった。ちがう？　ボグダノヴィッチが彼のハブ理論を訴えたときの世間の常識は？　常識なんてただ人間中心の考えよ、コヴァッチ。これが人間のしてきたことだから、科学技術を持ったどんな知的な種《しゅ》も同じことをするはずだ。そんなふうに考えるのがあなたの言った常識というやつよ」

「なんとも説得力のあるご高説だが、今までにどこかで聞かされたご高説だ」

「ええ、もちろん誰もが聞かされてるご高説よ」とワルダーニはあっさりと認めて言った。「常人の群れには常人向けの常識。どうしてそれ以外のものを与えなくちゃいけない？　もしかしたら火星人は倫理的理由から再スリーヴを認めてなかったかもしれない。でしょ、コヴァッチ？　そういうことを考えたことはないの？　死とは生というものの無意味さを証明するものだったら？　生き返ることができるのにあなたにはその権利がないということになったら？」

「科学技術の進んだ社会で？　星間文化で？　そんなのはたわごとだよ、ワルダーニ」

「いいえ、これはひとつのよく知られた仮説なのよ。機能に関わる猛禽の倫理。ブラッドベリ大学のフェラーとヨシモトの理論。今のところ、彼らの理論に対する反証はほとんどといっていいほど見つかっていない」

「じゃあ、きみはその理論を信じてるのか？」

彼女はため息をついて椅子に戻った。「もちろん信じてないわ。今度のパーティには人類の科学が扱ってきた、ぬくぬくと心地よい確かさを超える料理が出されている。わたしたちはこれからそれをたいらげなくちゃいけない。わたしが言いたいのはそういうことよ。わたしたちは火星人のことをほとんど何も知らない。何百年もの研究の成果がそれよ。だから、わたしたちが知ってると思ってることもいつ百パーセントまちがいだったなんて証明されないともかぎらない。あっさりとね。わたしたちがこれまでに発掘したもののうち半分はそれがなんなのかもわかってないのよ。にもかかわらず、わたしたちはコーヒーテーブルを飾る小物としてそれを売り買いしてる。だから、今このときにもラティマーの誰かが光より速い推進力の秘密を解明して、わかってみれば、その装置はどこかのろくでもない居間の壁に掛けられてたなんてことにもなりかねないわけよ」彼女は間《ま》を置いた。「わかってみたら、それが逆さに掛けられたりして」

おれは笑った。その笑い声が部屋の緊張感を和らげた。見ると、ワルダーニも不承不承笑みを浮かべていた。

「冗談じゃなくて」と彼女はつぶやくように言った。「わたしにはこのゲートが開けられるということで、あなたたちは何かゲートにハンドルのようなものがついてると思ってる。そうじゃないのよ。どんなこともどんなものも予測不可能なの。少なくとも人間のことばでは」

「わかった」おれも彼女に従って部屋の中央に戻り、適当な場所に坐った。実際のところ、人間のスタックが火星人のゲートのコマンドによって回収され、火星人のヴァーチャル・コンストラクトに移入されたところなど考えただけでぞっとした。それが人の心にどんな影響を与えるのか、想像しただけで。

「だけど、今はきみのほうが吸血鬼の怪談めいた話をしてる」

「わたしはただ警告してるだけよ」

「わかった。警告はわかったから別な話をしよう。このゲートのことを知ってる考古学者は何人いるんだ？」

「わたしの発掘チーム以外にってこと？」彼女はしばらく考えてから言った。「ランドフォールの所轄中央局には報告してあるけど、それはこれがなんなのかわかるまえのことだから、ただのオベリスクとしてしか届けてない。用途不明の人工遺物としてしか。でも、さっき言ったとおり、掘り出したもののふたつにひとつは用途不明の人工遺物よ」

「ハンドはランドフォールの登録所には該当するものがないと言ってる。それはきみも知ってると思うが」

「ええ。報告書はわたしも読んだわ。たぶんファイルがどこかでどこかにまぎれてしまったのね」

「なんだかそれはあまりに都合がよすぎる気がするんだがな。そりゃファイルが紛失することもあるだろうが、これはブラッドベリ以来最大の発見と言ってもいいものだ」

「だから言ったでしょ、わたしたちは用途不明の人工遺物として登録したのよ。オベリスクとして。だから、結局、オベリスクがまたひとつ増えただけだったのよ。これを見つけたときにはこの海岸ですでに十個ぐらいの建造物の破片を見つけてたわけだし」

「そのあとアップデートはしなかったのか？　これがなんなのかわかったあとも？」

「ええ、しなかった」彼女はずる賢そうな笑みを浮かべた。「わたしのワイチンスキ傾向に対するギルドのいやがらせは半端じゃなかったから。わたしが雇ったスクラッチャーも多くがギルドに汚されてしまった。同僚からは冷たい仕打ちを受けるし、学術誌ではこき下ろされるし。まあ、体制順応タイプというのはどんな世界にもいるものだろうけど。だから、発掘したものが何かわかっても、わたしは何も慌ててギルドに知らせる必要はないと思った。彼らにちゃんとしたことばづかいができるようになるのを待ってからでも遅くはないだろうってね」

「そうしたら戦争が始まってしまったんで、きみは見つけたものを同じ理由から埋めた？」

「あなたって飲み込みが早いわね」彼女は肩をすくめた。「今にしてみれば、なんとも子供じみたことに思えるけど、そのときにはわたしたちはみんなすごく怒ってた。そのことについてはわかってもらえるかどうかわからないけど。でも、どんな気持ちがするものなのか。政治論争のまちがった側に立ったことがあるというだけの理由で、どんな研究を発表してもクズ扱いされなくちゃならない気持ちというのはどんなものか」

　イネニンの聴聞会のことが一瞬思い出された。

「いや、よくわかるよ」

「でも、ほかにも……」彼女はそこでためらい、言い直した。「……ほかにもあったような気がする。初めてゲートを開けた夜、わたしたちはそれはもう気が狂ったようにはしゃぎまくった。盛大なパーティを開いて、ヤクもいっぱいやって、いっぱい話して。誰もがラティマーに戻ってフルタイムの教授になる話をして、わたしなんかその功績から地球の名誉教授の椅子も夢じゃないなんてみんなに言われたものよ」彼女はそこで笑みを浮かべた。「その申し出を受けるスピーチまでみんなのまえでやったのを覚えてる。それ以外のことはあまり覚えてないけど。夜が深まったあとのことは。翌朝のことも」

彼女はため息をつき、笑みを消した。

「翌朝、わたしたちはもっと真面目に考えはじめた。実際にはどんなことになるんだろうって。で、ひとつわかっていたのがギルドに届けたら、その時点で即、自分たちは影響力を失うということよ。ギルドはまちがいなく自分たちで支配しようとして、適当な政治家と手を組み、彼らを連れてマスター専用機で大挙してやってくる。わたしたちは肩を叩かれて家に送り帰される。もちろん、それで学術的な孤立からは救われるかもしれない。でも、それには代価がともなう。論文を発表することは認められるだろうけれど、検閲はされる。内容にワイチンスキ的な要素が多すぎないかどうか。仕事はあるでしょうけど、大したものはまわってこないでしょうね。コンサルタントがいいところかな」彼女は〝コンサルタント〟ということばをまるでまずいものでも食べたときのような顔をして言った。「誰かほかの人のプロジェクトの。お金はけっこうもらえるでしょう。でも、それは実際には口止め料よ」

「それでも、まったく払ってもらえないよりはいい」

しかめっ面が返ってきた。「自分の経験と資格の半分を費やして、あたりさわりのない政治的に正しい二流の仕事をするのが好きなら、わたしもほかのみんなと同じぐらいの地位まで行けてたでしょうよ。そもそもわたしがこんなところにいるのは自分の仕事がしたいからよ。自分が信じたことが正しかったと証明できるチャンスが欲しいからよ」

「で、ほかのみんなもきみと同じような気持ちを強く持ったわけだ?」

「ゲートを発見したあとはね。最初はただ仕事が必要だからわたしが差し出した契約書にサインしたのよ。あの頃はほかには誰もスクラッチャーを雇ってなかったから。でも、侮蔑されて二年も生きれば人は変わるものよ。それに彼らは若かった。大半が若かった。若さは怒りにエネルギーを与える」

おれは黙ってうなずいた。

「漁網に引っかかっていたふたりがそのスクラッチャーという可能性は？」

彼女は顔をそむけて言った。「たぶんそうだと思う」

「発掘チームは総勢何人だったんだ？　ここにまた戻ってきてゲートを開けることができるやつは何人いるんだ？」

「わからない。彼らのうち五、六人はギルドの資格を持っていて、その中のふたりか三人には開けられるかもしれない。アリボウォとウェンね。それにテチャクリエングクライ。三人ともとても優秀なスクラッチャーよ。でも、ひとりではどうかな？　だったら、メモや資料を参考にして、やったことを思い出して、三人で力を合わせてやったら？」彼女は首を振った。「わからない、コヴァッチ。なんとも言えない。そういうものよ。今とはちがってたし、チームでやったことだし。あのときとは異なる状況で彼らにもできるかどうか。わたしにはほんとうに見当もつかない。そもそもわたし自身できるかどうか断言はできないんだから、コヴァッチ」

彼女のそのことばに、なんとも理不尽なことに、ヴァーチャルの滝壺のへりにいたときの記憶が甦り、その記憶がおれの腸《はらわた》の中でとぐろを巻いた。おれは自分の思考の糸を手探りした。

「ランドフォールのギルドのアーカイヴにそいつらのＤＮＡファイルがあると思うんだが」

「ええ」

「骨が残ってるわけだから、ＤＮＡ鑑定をしたら――」

「わかってる」

「――だけど、ここからランドフォールのデータにアクセスするのは簡単じゃない。それに正直なところ、そんなことをしていったいどんな意味があるのかおれにはわからない。だいたいあのふたりが誰であろうとおれにはあまり関心はないんだ。ただ、なんで漁網にからんで死ぬようなことになったのか、知りたいのはそれだ」

彼女はぶるっと体を震わせて言った。

「もし彼らだったとしても」そこでいったんことばを切った。「誰かは知りたくない。そんなことは知らなくてもわたしは生きていけるから、コヴァッチ」

おれは彼女に手を伸ばそうかと思った。おれたちが坐った椅子と椅子のあいだはいくらもなかった。が、すぐそばに坐っている彼女はなんだか急に不気味で何層にも複雑に重なり合った存在になってしまったような気がした、まるであの火星人の建造物そのもののように。体のどこであれ、彼女に触れることにはなんの意味もないように思われた。ただ厚かましいか、露骨に性的か、ただ愚かしいだけの行為になってしまうように。

そんな一瞬が過ぎ、やがて消えた。

「ちょっと寝てくる」とおれは言って立ち上がった。「きみも少し眠るといい。スジアディはまずまちがいなく夜明けの出発が好みだろうから」

彼女はぼんやりとうなずいた。彼女の関心の大半はおれからもう離れていた。彼女は自らの過去の大樽の中をのぞき込んでいる。そんな気がした。

おれは彼女をテクノグリフのスケッチが散乱する中にひとり残して部屋を出た。

第二十一章

眼が覚めると、全身がぐったりしていた。放射能そのものか、寝るまえに飲んだ抗放射能薬のせいだろう。バブルファブの窓を通じてグレーの光が射し込んでいた。後頭部で夢の残滓が半分……〝見えます、機甲部隊のオオカミさん？　見えます？〟。

セメテア？

その夢の残滓はバスルーム・スペースから聞こえてきた勢いよく歯を磨く音に掻き消された。首をめぐらして見ると、シュナイダーが片手にタオルを持って髪を拭きながら、もう一方の手にパワー歯ブラシを持ってすさまじい勢いで歯を磨いていた。

「おはよう」と彼は口を泡だらけにしたまま言った。

「おはよう」おれは上体を起こした。「今何時だ？」

「五時すぎ」彼はどことなく申しわけなさそうに肩をすくめて洗面台に泡を吐き出した。「おれもひとりじゃ起きなかったと思うけど、ジャンが起きてマーシャルアーツだかなんだか狂ったようにやりはじめてね。おれは眠りが浅いほうだから」

おれは首を傾げて耳をすました。ニューラケムが目覚め、合成キャンヴァス地のフラップ越しに、激しい息づかいときゅっきゅっという衣《きぬ》ずれの音が鮮明に聞こえた。

「あのいかれ頭」とおれはつぶやいた。

「いや、昨日はあいつと浜辺でずっと一緒だったけど、いいやつだよ。トレーニングは毎日やらないわけにはいかないんだろう。それに、そんなことをいえば、あんたが集めたやつらの半分はいかれ頭だ」

「確かに。ただ、そのうち不眠症なのはジャンだけってことか」おれはよろよろと立ち上がり、戦闘用スリーヴなのにしっかり目覚めるまでこんなに時間がかかるのはなぜだろうと思い、ジャン・ジャンピンが朝っぱらからがんばっているのはこのためかと気づいた。スリーヴになんらかのダメージを受けた感覚とともに目覚めるというのは、誰にとっても不愉快なモーニングコールだ。どれほど微妙なものであれ、ダメージは自らを主張する。来たるべき最期のまえぶれであることを。加齢とともに訪れるどんなかすかな徴候も伝えるメッセージは数理的に明らかだ。残された時間はかぎられている。眼を覚ませ、眼を覚ませ。

急げ、急げ！

「はいいいい！」

「そのとおりだ」おれは両眼に人差し指と親指を押しつけた。「やっと眼が覚めた。洗面台はあいたか？」

シュナイダーから手渡されたパワー歯ブラシに新しいヘッドを取り付け、スウィッチを入れ、バスルーム・スペースにはいった。

太陽が顔を出し、陽が照りはじめた。

着替えをし、いくらかはすっきりした頭になり、合成キャンヴァス地のフラップを払ってリヴィング・スペースに出たときには、ジャンのトレーニングもいくらかパワーダウンしていた。しっかりと床に足を踏ん張って、上体を少しひねってはさまざまな防御姿勢をゆっくりと取っていた。リヴィング・スペースに置かれていた椅子とテーブルは空間をつくるために部屋の片側に寄せられていた。バブルファブのメインの出口は奥にあり、そこから砂の色を反射して青みがかった外の明かりが射していた。

おれはディスペンサーからアンフェタミン・コーラの缶を取り出し、蓋を開け、ジャンのトレーニングを見ながら飲んだ。

「何か？」ジャンがおれのほうに顔を向け、横に払って構えた右手越しに訊いてきた。昨夜のうちにマオリ・スリーヴの黒くて豊かな髪を剃刀で二センチほどの長さに切っていた。そのせいで大きな頭の形がよくわかった。

「毎朝やってるのか？」

「ああ」息をひそめて少しずつ押し出したような声になっていた。防御、反撃、股間、胸骨。速くやろうとすればいくらでも速くできそうだった。

「すごいな」

「必要だからだ」もう一発必殺拳。たぶんテンプルに放たれたものだろう。さらに防御姿勢のコンビネーション。退却にはいったことを思わせた。すばらしい。「どんな技も練習しないとな。どんな行為もリハーサルしないと。刃は相手を傷つけて初めて刃となるんだから」

おれはうなずいて言った。「ハヤシ」

ジャンの動きがほんの少しだけ遅くなった。

「ハヤシの本を読んだことがあるのか？」

「一度会ったことがある」

ジャンは動きを止めると、眼を細めておれを見た。「トオル・ハヤシに会ったことがある？」

「おれは見てくれより歳がいってる。おれたちはアドラシオンで同じ作戦に参加してた」

「あんた、エンヴォイなのか？」

「だった」

一瞬、彼はことばに窮したような顔をした。たぶんジョークだと思ったのだろう。が、両腕を胸の高さでまえに出し、左手で右手の拳を握ると、握り合わせた両手の上に覆いかぶさるようにしてお辞儀をした。

「タケシ－サン、恐怖に関して昨日おれが言ったことで気分を害したなら、謝る。おれは頭がよくないもんでね」

「いや、全然。気分なんか害してないよ。恐怖に対してはおれたちはみなそれぞれのやり方で対処してるんだから。朝食は？」

彼は部屋の一方の壁ぎわまで押しやられているテーブルを指差した。浅いボウルに新鮮な果物が盛られ、ライ麦パンと思われるパンが置かれていた。

「一緒にどうだい？」とおれは誘った。

「喜んで」

二十分後、それまで何をしていたにしろ、シュナイダーがリヴィング・スペースに姿を見せた。おれたちはまだ朝食を食べていた。

「メイン・バブルファブでミーティングだ」と彼は肩越しに言って、ベッド・スペースに姿を消し、すぐまた現われた。「十五分後だ。スジアディは全員集まるように言ってる」

それだけ言って、またいなくなった。

ジャンがすぐに立ち上がろうとしたので、おれは手振りでまた坐るように示した。

「落ち着けよ。まだ十五分ある」

「そのまえにシャワーを浴びて着替えもしたい」とジャンはいささか硬い口調で言った。

「スジアディには、あんたは今こっちに向かってる途中だって言っとくよ。それよりそれを片づけちゃえよ。二日もしたら、食べものを咽喉《のど》に通すだけでむかつくようになるんだから。まだできるうちに、食べるということをせいぜい愉しんでおくことだ」

彼は奇妙な顔をしてまた椅子に坐った。

「ちょっといいかな、タケシ–サン。ひとつ質問してもいいかな?」

「どうしてエンヴォイを辞めたのか?」おれはジャンの首肯をその眼に見て取って続けた。「倫理的天啓を得たとでもいえばいいかな。おれはイネニンにいたんだよ」

「イネニンのことは読んだことがある」

「ハヤシの著書で?」

彼は黙ってうなずいた。

「ああ、ハヤシが書いたことはかなり事実に近い。だけど、彼はイネニンにはいなかった。だから、そのところは全体にあいまいな表現になってる。判断するのはどうしてもためらわれたんだろう。おれはいた。だからおれには判断する資格が充分にある。あそこでやつらはおれたちをコケにしたのさ。やつらにそういうつもりがあったのかどうか、それは誰にもしかとはわからない。だけど、はっきり言うよ。そんなことはどうでもいいんだ。おれは戦友を何人も失った——真の死《リアル・デス》だ。死ぬ必要なんてないところで。おれにとって意味があるのはそのことだけだ」

「だけど、軍人としては当然——」

「ジャン、きみをがっかりさせたくはないが、おれはもう自分のことを軍人とは思ってない。言ってみれば、むしろ努めて軍人から進化しようと思ってる」

「だったら、自分のことをなんだと思ってる?」声は丁重なままだった。が、態度は硬くなり、食べものも皿の上に忘れられたままになっていた。「何に進化したんだ?」

おれは肩をすくめた。「ひとことで言うのはむずかしいけど、いずれにしろ、軍人よりはいいものだ。雇われ殺し屋とか?」

そのとたん、ジャンの眼が憤りにぎらついた。炎のように白眼に血管が浮き上がった。おれはため息をついた。

「気分を害したのなら謝るよ、ジャン。だけど、今おれが言ったことは真実だ。きみは聞きたくないかもしれない。たいていの軍人がそうだろう。そういう制服を一度着てしまうと、人は自分の正当な権利として、宇宙および宇宙と自分との関係に関する独立した決断をしていると思うようになる」

「あんたが今言ったのはクウェル主義だ」彼はもうテーブルから立ち上がりかけていた。

「かもしれない。だからといって、それが真実ではないことにはならない」おれはどうしてこんなに一生懸命ジャンに語りかけているのか自分でもわからなかった。彼にはニンジャ的なおだやかさがあった。そして、そのおだやかさは破壊されることを待っていた。そのせいかもしれない。それとも、ただ単に彼のキリング・ダンスに朝早く起こされたからか。「ジャン、自分に訊くといい。傷ついた子供たちでいっぱいの病院にプラズマ爆弾を落とせと上官に命じられたら自分はどうするか」

「作戦行動によっては――」

「いや、ちがう!」おれは自分の語気の鋭さに自分で驚いた。「軍人はそんな判断などしない。軍人にはそんな選択権などない。窓の外を見るといい、ジャン、黒っぽいものに交じって白っぽいものが風に舞ってるのが見えるだろ？　あれはもともと人間だったものだ。薄い脂肪の皮膜のあるその分子だ。上官から命令を受けた軍人によって蒸発させられた男と女と子供だ。たまたまそこにいたために」

「それはケンプ軍がやったことだ」

「おいおい」

「おれならそんなことは――」

「だったらきみはもう軍人じゃないのさ、ジャン。命令に従ってこその軍人だろうが。たとえどんな命令であれ。命令に従わなかった時点できみはもう軍人じゃなくなるのさ。戦時契約を再調整する雇われ殺し屋になるのさ」

彼は立ち上がると、冷ややかに言った。

「着替えをしてくる。遅れることをスジアディ隊長に伝えておいてくれ」

「ああ」おれはテーブルからキーウィ・フルーツを取り上げ、皮のままかじって言った。「じゃあ、またあとで」

ジャンが寝室スペースのひとつに姿を消すところまで見届け、おれも立ち上がり、新しい朝が訪れたばかりの外に出た。苦味のあることを承知で、キーウィ・フルーツを皮ごとかじりながら。

外に出ると、キャンプ全体がゆっくりと目覚めはじめているのがわかった。ミーティング用バブルファブに向かう途中、ナギニ号の支柱の下にアメリ・フォンサヴァートがしゃがみ込んでいるのが眼にとまった。イヴェット・クルイックシャンクが油圧システムの一部を持ち上げていた。フォンサヴァートはしゃがみ込んで何かを調べているようだった。ワルダーニはラボ用バブルファブでひとりで寝ており、残りの三人の女隊員は結局ひとつのファブを共用して一夜を明かしたようだった。それはたまたまのことなのか、何か意図があってのことなのか、おれにはわからなかったが。いずれにしろ、男の隊員は誰もそのファブの四番目のベッドを使おうとはしなかったようだ。

クルイックシャンクがおれに気づいて、手を振ってきた。

「よく眠れたか？」とおれは呼ばわった。

彼女は笑みを浮かべて言った。「それこそくそ死人みたいに」

ハンドがミーティング用ファブの戸口に立ってみんなを待っていた。ひげをきれいに剃った顔にもカメレオクロームのオーヴァーオールにもしみひとつなかった。たぶん髪からだろう、スパイシーな香りを漂わせ、どこから見てもインターネットの広告によく出てくる軍の指導教官だった。彼が〝おはよう〟と言うなり、喜んで撃ち殺せそうなほどよく似合っていた。

「おはよう」

「おはよう、中尉。よく眠れたかね？」

「ちょっとは」

そのバブルファブは四分の三ほどのスペースがミーティング用に、残りの四分の一がハンドの私用に充てられていた。ミーティング・スペースにはメモリーパッド付きの椅子が十二脚ばかり、ほぼ円を描くように並べられ、スジアディがすでにそのひとつに坐って、忙しげにマップ・プロジェクターを操作していた。テーブルサイズの浜辺とそのまわりの画像を回転させたり、タグを打ち込んだり、自分の椅子のボードに何やら書き込んだりしていた。おれがはいると、顔を起こして言った。

「コヴァッチ、よし。異論がなければ、あんたには今朝のうちにスンと一緒にバイクで行ってもらいたいところがあるんだが」

おれはあくびをしながら言った。「それは愉しそうだ」

「ああ、ドライヴが目的ではないがな。遠隔装置の二次リングをあと数キロ延ばして、反応エリアを広げたいんだ。それはスンにやってもらうけど、その作業のあいだスンは自分じゃ自分のケツを守れない。旋回砲塔役になってくれ。ハンセンとクルイックシャンクには北の端から始めさせるから、あんたとスンは南の端から始めてくれ」彼は薄い笑みを浮かべた。「どこかそのあいだで出会えるはずだ」

おれはうなずいて言った。

「そりゃ愉しそうだ」とおれは言って椅子にどっかと坐った。「あんたも見ててくれ、スジアディ。病みつきにさえなりそうな愉しさだ」

ダングレクの山の海側斜面に立つと、ソーバーヴィルの惨状がよりはっきりとわかった。火の玉が炸裂してできたクレーターが見え、それが半島の先端を引きずり込み、海が陸《おか》に押し寄せ、海岸線全体が変形してしまっているのがわかった。クレーターのまわりではまだ煙が空に向かって宙を這いのぼっていたが、政治地図の一触即発地域のような鈍い赤色の小さな炎の点も無数に見えた。その無数の群れが煙の供給源になっているのも。

建物、市《まち》そのものは消滅していた。

「ケンプには脱帽だな」とおれはほとんど海風に向かって言った。「委員会にかけることもなくこれほどのことをやっちまうんだから。大したもんさ。敗色濃厚と見るや、ドカン！　いきなり核だものな」

「何？」スン・リピンはふたりで設《しつら》えたばかりの歩哨システムの腸《はらわた》に書き込みをしていた。「わたしに言ってたの？」

「でもない」

「だったらひとりごと？」と彼女は両の眉を吊り上げて仕事の成果を見ながら言った。「それってよくない徴候よ、コヴァッチ」

おれは鼻を鳴らし、砲手サドルの位置を変えた。搭載したサンジェット銃の照準を陸地側の地平線に合わせ、重力バイクは草むらに斜めに停めてあった。サンジェット銃は風が草をなびかせたり、爆弾がソーバーヴィルを破壊してもなんとか生き残った小動物が動いたりするたびに、ぴくぴくと向きを変えた。

「いいわ、これで終わった」スンは点検ハッチを閉めると、うしろに下がって歩哨システムを見た。歩哨システムは酔っぱらったように立ち上がり、山のほうを向いた。上部の甲殻から超振動砲が飛び出し、そこで初めて自分の役割に気づいたかのように全身を引きしめた。油圧システムが働き、照準線以下でこの峰をのぼってきた者なら誰でもとらえられるように腰を落とした。好天用センサーが銃砲部の下の鎧の中から現われ、宙で撓《しな》った。見るかぎり、そのマシンはばかばかしいくらいカエルに似ていた。こっそり隠れて、痩せ細った前肢で外気を点検している飢えたカエルに。

おれはコンタクト・マイクを顎で操作して言った。

「クルイックシャンク、コヴァッチだ。聞こえてるか?」

「ええ」奇襲作戦オタクは簡潔に答えた。「今どこにいる、コヴァッチ?」

「ナンバー6に餌と水をやったところだ。これから第五地点に向かう。すぐにきみたちが照準線上にとらえられるはずだから、ちゃんと読めるところにタグをつけておいてくれ」

「ちょっと落ち着いてよ、コヴァッチ。わたしはこれで食べてるんだよ」

「それでも最後にはヘマった、ちがうか?」

彼女が不満げに鼻を鳴らしたのがわかった。「ローブローを食らってね。ローブローを。あんたはどうなの、これまで何回死んでるの、コヴァッチ?」

「数回だ」とおれは認めて言った。

「だったら」と彼女は嘲るように言った。「よけいなことは言わないことだね」

「それじゃあとで、クルイックシャンク」

「こっちの照準線がさきにあんたをとらえないかぎり。切るよ」

スンがバイクに乗って肩越しに言った。

「彼女、あなたのことが好きなのよ。後学のために言っておいてあげると。アメリ・フォンサヴァートとわたしはゆうべ一晩じゅう、イヴェット・クルイックシャンクの話を聞かされてたんだから。あなたと鍵のかかった避難ポッドで何がしたいかって話を」

「それはどうも。しかし、きみは黙っていろとは約束させられなかったわけだ」

スンがモーターをかけると、おれたちのまわりで風防装置が閉まった。「むしろ」と彼女は瞑想するような顔をして言った。「わたしとアメリのどちらかができるだけ早くあなたに言うことを期待して言ったんじゃないかな。彼女の家族はそもそもラティマーのリモン高地の出身だそうだけど、リモンの女というのは何かに関わりたくなったら時間を無駄にしないんだって」スンは振り返っておれを見た。「今のは彼女が言ったことばよ。わたしじゃなくて」

おれはにやりとした。

「もちろん彼女としても急ぐ必要があるわけだけど」スンは計器を調節しながら続けた。「だって、あとほんの数日でわたしたちはみんなそんな元気なんかなくしてしまうわけなんだから」

おれは笑みを引っ込めた。

おれたちは宙に浮いて、山の海側をゆっくりと飛んだ。荷籠を取り付けてあったが、重力バイクの飛行は快適だった。風防装置を作動させてあるので会話も楽にできた。

「あの考古学者さん、本人が言ってるとおりゲートを開けられると思う?」とスンが訊いてきた。

「誰かに開けられるとするなら」

「誰かに開けられるとするなら」とスンは考える顔つきでおうむ返しに言った。

おれは彼女に施した精神力学の治療のことを思った。肉にまで食い込んだ腐った包帯を剝がすように、ダメージを受けた彼女の内面を開いたことを。彼女の傷の中心にはダメージを抱えて生き延びるためにきつく縛られた核があった。

心が開かれたとき、彼女は泣いた。眼を開けて。眠気と戦う人のようにまばたきをして涙を払い、両脇に垂らした手を握りしめ、歯を食いしばって。

目覚めさせたときには、すでに自分を取り戻していた。

「いや、今のは撤回する」とおれは言った。「彼女ならできる。請け合うよ」

「彼女を信じてるのね」聞くかぎり、スンの声音に皮肉な響きはなかった。「不信の重りの下に自分を懸命に埋めようとしてる人がそんなことを言うのは、なんだか奇妙な気がしないでもないけど」「信じてるんじゃない」とおれはきっぱりと言った。「わかるのさ。信頼と知識とはまったく別なものだ」

「でも、エンヴォイの特殊技能には、そのふたつのうちの一方をもう一方にいともたやすく変えられる、というのもあるんじゃないの？」

「おれがエンヴォイだなんて誰に聞いた？」

「あなたによ」今度はその声にふくみ笑いが感じられた。「正確にはあなたはドゥプレに話した。それをわたしは聞いていた」

「抜け目がないんだな」

「どうも。いずれにしろ、わたしが聞いたことは正確な情報なんでしょ？」

「そうでもない。どこで聞いた？」

「わたしの一家はフン・ホームの出《で》なんだけど、フンにはエンヴォイを指す中国名がある」そう言って、スンはいくつかの音節を歌うように発音した。「その意味は、〝信念から事実をつくる人たち〟よ」

おれは鼻を鳴らした。同じような呼び名は二十年ほどまえにニュー・ペキンで聞いたことがあった。エンヴォイにまつわる神話はたいていの植民星にある。

「あまり気に入らなかったみたいね」

「というか、それはあまりいい翻訳じゃないよ。エンヴォイが持ってるのは直観補強システムだけだ。わかるだろ？　外に出るのに、そのとき別に天気が悪かったわけじゃないのにジャケットを羽織る。するとしばらくして雨が降る。それはどういうことなのか」

彼女は片方の眉をひそめて肩越しに振り向いた。「ただの運？」

「かもしれない。だけど、それより可能性のあるのは、自分では気づいていない心と体のシステムが意識下で環境測定をして、超自我プログラムを通じてメッセージを送ってきたということだ。エンヴォイの訓練というのはつまるところそれなのさ。超自我と意識下との調和だ。信頼など関係ない。何か心の底に横たわっているものだ。超自我と意識下を結びつけ、それに基づいて真実の骨組をつくる。そのあとそこにまた戻ってギャップを埋める。有能な探偵や刑事は誰の助けも借りずに何世紀も昔からやってることだ。それを超拡充させたヴァージョンと思ってくれればいい」突然、おれは口を突いて出る自分のことばにうんざりしてきた。生きるために自分がしていることの感情的な現実から逃避するために、ただたわごとを並べ立てているだけのような気がしてきた。「それより、スン、教えてくれ。どういう経緯できみはフン・ホームからここにやってきたんだ？」

「わたしが来たわけじゃない。来たのは両親よ。ふたりとも契約バイオシステム・アナリストだったんだけど、フン・ホームの協同組合がサンクション第四惑星に土地を買って移住することを決めたときに、ニードルキャストでやってきたのよ。ふたりともそういうことをしたかったんでしょう。つまり、デジタル人間移送でラティマーのシノ社製の注文仕立てのクローンに乗り移るということが。契約にはそこまで含まれてたみたい」

「ふたりともまだこっちに？」

彼女はほんの少し肩をそびやかして言った。「いいえ。何年かまえに引退して今はラティマーにいる。これまた移住契約でたっぷりお金が出たみたい」

「両親と一緒にラティマーに行こうとは思わなかった？」

「わたしはここサンクション第四惑星で生まれたのよ。ここがわたしの故郷よ」彼女はまたおれのほうを振り向いた。「あなたには理解しがたいかもしれないけど」

「そうでもない。もっとひどい星も見てきたからね」

「そうなの？」

「ああ。たとえばシャーヤとか。右だ！　右へ行け！」

スンはバイクを急下降させ、右旋回させた。新しいスリーヴなのにスンの反応は見事だった。おれはサドルの上で体をずらし、丘をざっと見まわした。同時に搭載したサンジェット銃のフライング・グリップに手を伸ばし、手動操作ができる高さにおろした。動きながら、さほど慎重にプログラムされていない自動火器を使うのはあまり賢明なこととは言えない。おれたちにはそういうプログラムをするだけの時間がなかった。

「あそこで何かが動いてる」とおれは顎でマイクを操作して言った。「クルイックシャンク、何か動いているものを見つけた。パーティに参加するか？」

きびきびとした返事が返ってきた。「そっちに向かってる。タグをはずさないで」

「見えてるの？」とスンが言った。

「見えてたらもう撃ってる。スコープには何か映ってるか？」

「今のところ何も」

「ほう、それはいい」小さな山を越えたところでスンの声がした。卑語だった。響きからするとペキン語のようだったが。彼女はバイクを横に傾げ、バイクの尻を振り、地上からさらに一メートルばかり浮上した。彼女の肩越しに下を見た。自分たちが追っているものが見えた。

「いったいなんだ、あれは？」とおれは自分につぶやいた。

これで大きさがちがっていたら、傷口をきれいにするのに使う生体工学蛆虫が孵化したばかりの巣とでも思ったことだろう。実際、おれたちの下の草むらをのたくる灰色の塊には、同じようなぬるぬるとした柔らかさが感じられ、自律的な動きが見られた。ミクロの世界で何百万という手が自らを、あるいは互いを洗い合っているような。それがほんとうに生体工学蛆虫なら、その量は先月ひと月にサンクションＩＶ第四惑星で人が負ったすべての傷さえまかなえそうなほどあった。幅は一メートルあまり、沸き立つ球といった感じで、ガスを注入された風船のように丘の斜面を進んでいた。おれたちのバイクの影がその上に落ちると、表面が盛り上がり、こっちに向かってふくらんで弾け、またもとに戻るという動きを繰り返した。

「見て」とスンが低い声で言った。「わたしたちが好きみたい」

「いったいぜんたいなんなんだ？」

「あなたがわたしに何かを尋ねるということをしたことがこれまでにあったかどうか、わたしには思い出せないんだけど」

彼女は今越えた小さな山の斜面に引き返し、バイクを着地させた。おれはサンジェット銃の発射チャンネルの焦点をわれらが新たな遊び友達に向けた。

「これで充分離れてる?」と彼女が言った。

「心配するな」とおれはしかつめらしく言った。「あれが少しでもこっちに近づいたら、原則として破壊する。あれがなんであれ」

「あまりソフィスティケートされた対応という感じはしないけど」

「ああ、そうとも。これからはおれのことをスジアディと呼んでくれ」

なんであれ、そいつはおれたちのバイクの影が射さなくなると、落ち着きを取り戻したように見えた。内部のうごめきは相変わらずだったが、おれたちのほうに向かって外に張り出してくるという動きはなくなった。おれはサンジェット銃の架台にもたれてそいつを眺め、一瞬、おれたちはまだマンドレーク社のヴァーチャル・コンストラクトにいるのではないかと自分を疑った。遭遇する可能性のある障害物を見ているのではないかと。まだ運命が決まっていなかったソーバーヴィルの上空を覆っていた灰色の雲を見たときのように。

ぶうんという鈍い音が耳に響いた。

「バタン・ズドン・クルー、ただ今参上」おれは北側の峰を見まわし、バイクをとらえ、ニューラケムを増幅させた。空を背景に、クルイックシャンクの髪が火器のうしろのシートからたなびいているように見えた。彼らはスピードを稼ぐために風防装置を円錐形の運転席の中に引っ込めていた。ハンセンが体をまるめるようにして真剣な顔で操縦していた。おれは彼らを見て、何か温かいものが体の中を突き抜けたのを感じ、自分にびっくりした。

オオカミの遺伝子接合——苛立たしいことにそんなことばが思い出された——は消えることがない。わがよきカレラ。あの狸じじいは常にこつを心得ている。

「ハンドに報告しなくちゃ」とスンが言っていた。「カルテルのアーカイヴで何かわかるかもしれない」

カレラのことばがまた頭に甦った。

カルテルは展開している――

おれは沸き立っている灰色の塊を新たな眼で見た。

くそ。

ハンセンがバイクを震わせながらおれたちの横に停め、ハンドルにもたれ、眉をひそめて言った。

「いったいありゃ――」

「わたしたちにもまるでわからない」とスンが辛辣な口調で言った。

「いや、わかる」とおれは言った。

第二十二章

ハンドはスンが映像をフリーズさせたあとも映された像を長いこと無感動に見ていた。彼以外はもう誰もホロディスプレーを見ていなかった。輪になって坐るか、バブルファブの戸口に固まるかして、みなハンドを見ていた。

「ナノテク、だろ?」とハンセンがみんなを代表して言った。

ハンドは黙ってうなずいた。相変わらず無表情だった。が、エンヴォイで訓練を受けた五官には彼の怒りの波動がその仮面越しに感じられた。

「実験用ナノテク」とおれは言った。「標準的な脅しのシステム。何も心配しなきゃならないものじゃない。そういうことだったと思うが」

「普通はそうだ」と彼は抑揚のない口調で言った。

「おれは軍事ナノシステムを扱ったことがあるが」とハンセンが言った。「あんなものを見たのは初めてだ」

「ああ、だろうね」ハンドはいくらか体のこわばりを解き、上体をまえに傾げてホロディスプレーを手で示した。「これは新種だ。きみたちが見てるのはゼロ形態のものだ。この極小微生物《ナノーブ》は従うべき特別なプログラムを持たない」

「で、何をしてるの?」とフォンサヴァートが尋ねた。

ハンドは驚いたような顔をした。「何も。やつらは何もしてないよ、ミストレス・フォンサヴァート。まったくのところ何も。放射能から逃れて、おだやかな率で繁殖して、そして、消えていく。それが彼らの唯一のパラメーターだ」

「だったら人畜無害ってこと?」とクルイックシャンクが疑わしげに言った。

スジアディとハンセンが顔を見合わせたのがわかった。

「もちろん人畜無害だ、そのままでは」ハンドは椅子のボードについているボタンを叩いた。フリーズしていた像が消えた。「隊長、この問題はこれでとりあえずおしまいにしたほうがいいと思う。このさきどのような予測不能な事態になろうと、設置したセンサーが事前にわれわれに警告してくれるんだから。ちがうかね?」

スジアディは怪訝な顔をした。

「動くものならすべて教えてくれるだろう」とそれでも同意はした。「しかし――」

「すばらしい。それじゃ、全員仕事に戻ってくれ」

ざわざわと低い声が輪に起きた。鼻を鳴らした者もいた。スジアディが静粛を求めて声をあげた。ハンドは立ち上がると、フラップを押し開けて自分のスペースに引っ込んだ。ハンセンがハンドのうしろ姿に向けて顎を突き出した。そのハンセンの行為を支持するさざめきが何人かから起きた。スジアディがまた静粛を求める声をあげ、そのあと全員に仕事の指示をしはじめた。

おれはそれが終わるのを待った。ダングレク・チームのメンバーはひとりふたりと出ていき、最後のひとりもスジアディに促されて外に出た。ターニャ・ワルダーニは自分のバブルファブに向かいかけて戸口でふと立ち止まり、おれのほうを見た。が、そこでシュナイダーが彼女の耳元で何やら囁き、ふたりともほかのメンバーの流れに従った。スジアディはおれがいつまでも部屋を出ようとしないのを見て取ると、無言でおれを睨んだが、最後には彼も出ていった。おれはそのあとさらに二、三分待ってから立ち上がり、ハンド用スペースのフラップのところまで歩き、チャイムに触れて中にはいった。

ハンドはキャンプ用ベッドに横になり、天井を見つめていた。おれのほうをほとんど見もしなかった。

「なんの用だ、コヴァッチ？」

おれは椅子を開いて坐ると言った。「あんたがおれたちを煙に巻かなくなったら、そのほうが驚きというものだが」

「私は最近誰にも嘘をついた覚えはないよ。嘘をついたかつかなかったか。そういうことはちゃんと記録することにしてるんでね。断言できる」

「しかし、あんたは真実も言わなかった。兵隊に言わなかった。特別作戦ではそれはまちがいだよ。彼らも馬鹿じゃない」

「ああ。彼らは馬鹿じゃない」と彼はきわめて事務的に言った。植物学者が標本にラベルを貼るように。「しかし、彼らは雇われたわけだ。それもまたいいことだ。もしかしたら、彼らが馬鹿じゃないこと以上に」

おれは自分の手のひらを眺めながら言った。「おれも雇われた。だけど、あんたがおれを騙そうとしてることがわかったら、ただ雇われたということだけで、おれがあんたの咽喉《のど》を掻っ切ることを思いとどまるなんて思わないほうがいい」

沈黙ができた。おれの脅し文句をどう思ったにしろ、彼の顔には何も表われていなかった。

「だから」とおれは最後に言った。「だから言ってくれ。あのナノテクはあそこで何をしてるんだ？」

「何もしてない。さっき私がミストレス・フォンサヴァートに言ったとおりだ。あのナノーブはゼロ形態のものだ。なぜならまったく何もしてないからだ」

「おいおい、ハンド。何もしてないのなら、なんであんたはそんなに怒ってるんだ?」

彼はしばらくバブルファブの天井を見つづけた。まるでバブルファブの天井の鈍い灰色に魅せられでもしてしまったかのように。おれは立ち上がり、そんな彼をベッドから引きずり出したくなった。が、エンヴォイの特殊技能の何かがおれを椅子に坐りつづけさせた。ハンドは何かを考えていた。

「知ってるかね」ようやく口を開いて言った。「こういう戦争のすぐれた点というのは何か」

「人の思考を停止させることか?」

薄い笑みが彼の顔に浮かんで消えた。

「革新の可能性を生むことさ」と彼は言った。

その自分のことばに急に息吹を吹き込まれでもしたかのように、彼は勢いよく足を床におろすと、膝に肘をついて手を握り合わせた。そして、おれの眼をじっと見つめた。

「きみは保護国のことをどう思ってる、コヴァッチ?」

「からかってるのか?」

彼は首を振った。「いや、ちがう。誘導尋問でもない。きみにとって保護国とはなんだ?」

「孵化させようとして卵を握った死人の骸骨の手?」

「なんとも詩的だが、私はクウェルクリストが保護国をどう呼んだか尋ねたわけじゃない。きみはどう思うかと尋ねたんだ」

おれは肩をすくめた。「彼女は正しかったと思う」

ハンドはうなずいてきっぱりと言った。

「確かに。彼女は正しかった。人類はまさしく星を股にかけた。われわれは自分たちの五官では感知できない次元の内側を推し量った。われわれは最速船でも端から端まで行くには五百年はかかる宇宙にいくつかの社会を築いた。われわれはそれをどんなふうにして成し遂げたか、きみは知ってるか？」

「その話はもうまえに聞いた気がするが」

「すべて企業がやったことだ。政府ではなく。政治家ではなく。われわれがリップサーヴィスで保護国と呼んでいるものでもなく。企業の計画がわれわれにヴィジョンを与え、企業の資金がそのヴィジョンに見返りを与え、企業に雇われた者が築いたのさ」

「みんなで企業に励ましの手紙を送ろう」おれは手のひらを五、六回打ち合わせた。乾いた音がファブに響いた。

ハンドは無視して続けた。「それが終わったとき、何が起きた？　国連がやってきて、われわれの口に口輪をつけた。移住のためにわれわれに一度は与えた権限を奪った。また税金を徴収しはじめ、議定書を書き換えた。やつらはわれわれを去勢したのさ」

「涙が出そうだ、ハンド」

「もう少し笑えることを言ってくれ、コヴァッチ。あのときわれわれが口輪などつけられていなかったら、今頃科学技術はどれほど進歩していたかきみには想像がつくかね？　移住期にはわれわれはどれだけ速かったか知ってるかね？」

「何かで読んだことはある」

「宇宙航行においても、冷凍遺伝学においても、生物科学においても、人工知能においても」彼は指を一本一本立てて列挙した。「今の一世紀の進歩を十年たらずで実現していたんだ。全世界の科学共同体がテトラメスでもやったときの興奮状態にあったと言える。それが保護国の議定書とともに停止してしまった。あのとき止められていなければ、われわれは今頃はもう超光速航行も実現していただろう。請け合ってもいい」

「今になってそういうことを言うのはたやすいことだ。あんたは不都合な歴史的事実をいくつか忘れてる。が、問題はそういうことじゃない。保護国はあんたたちのために議定書の一文を削除した。こんな些細な戦争などもっと早く終わらせられるように。ちがうか？」

「確かにそのとおりだ」とハンドは膝と膝のあいだで手振りを交えて言った。「もちろんそれは公《おおやけ》のことじゃないが。サンクション第四惑星には保護国の軍艦など公には一隻も存在しないというのと同様に。しかし、非公式にカルテルは戦争関連製品を徹底的に増産する権限を持ってる」

「あのわけのわからないものもその一環というわけか？　徹底的に増産されたナノウェアだと」

ハンドは唇をいったん固く結んでから言った。「ＳＵＳ－Ｌ。高性能超短命ナノーブ・システム《スマート・ウルトラ・ショートリヴド》」

「そいつはなかなか有望だ。で、結局のところ、何をするんだ？」

「わからない」

「おいおい、いい加減に――」

「ほんとうだ」彼は上体をまえに傾げて言った。「私も知らないんだ。誰も知らない。まったく新たな分野なのさ。だから、開放型プログラム環境反応ナノスケール・システムとも呼ばれてる。その頭文字を取ってオパーンズ《ＯＰＥＲＮＳ》とも」

「オパーン・システム？　なんとも可愛い名前だな。で、つまるところ、兵器なのか？」

「もちろんだ」

「どういう働きをする？」

「コヴァッチ、きみは私の話を聞いてない」彼の声音には何やらうらわびしい熱意のようなものが込められていた。「あれは進化システムだ。自動進化の。だからあれが何をするかは誰にもわからない。遺伝子が未発達ながら独自の思考法を持っていたら、地球の生物はどうなっていたか考えてみるといい。われわれはどれだけ早く今いる地点まで進化していたか。あれの百万、あるいはそれ以上のファクターにおいて途方もない進化速度が可能なのは、短命というのがほんとうに短命だからだ。私がこのプロジェクトの説明を最後に受けた時点で、すでにあれの一世代の寿命は四分にまで短縮されていた。そんなあれが何をするのか。あれに何ができるのか。われわれはまだその可能性を考えはじめたばかりで、軍の人工知能が描いたハイスピード・コンストラクトでモデリングしても、そのたびに異なった結果が出ている。たとえば一度など、あれがグラスホッパー・ロボット銃をつくったことがあった。そのときには、スパイダー・タンクぐらいの大きさながら七十メートルは宙に飛び上がることができて、落下しながらきわめて正確な射撃ができた。また、接触すると炭素結合分子を溶かしてしまう胞子の塊になったこともあった」

「すばらしい」

「ここではそういう進化はしないはずだ。あれの進化に影響を及ぼすほどの数の兵がここにはいないからだ」

「しかし、もっと別な進化をするかもしれない、だろ?」

「ああ」ハンドは自分の手を見た。「と思う。それがいったん動きだしたら」

「そうなるまでに時間はどれほどある?」

ハンドは肩をすくめた。「あれがスジアディの歩哨システムを掻き乱すようになるまでだな。歩哨システムが攻撃を加えたとたん、あれはそのことに対処できるよう進化するだろう」

「だったら今破壊してしまうというのは? スジアディはそうしたがるに決まってるから言うんだが」

「何を使って破壊する？　ナギ二号の超振動砲を使ったら、あれが歩哨システムに対処できるようになるのを早めるだけのことになる。ほかのものを使っても、結果は同じだ。歩哨システムに対してより荒っぽくより賢い対処をするだけだろう。あれはナノウェアなんだからね。ナノーブを個別に殺すことはできない。いくらかは必ず生き残る。むしろそれは逆効果だ、コヴァッチ。全体の八十パーセントが殺されるというのがわれわれのラボが弾き出した理想的な進化の値なんだから。これはもう原理みたいなものだ。いくらかは生き残る。そして、そいつらは最も手強いやつらで、次はどうやって相手をやっつければいいか、その策を考えだすやつらだ。ゼロ形態からあれをはみ出させる行為はどんな行為も事態をより悪くするだけだ」

「しかし、あれをシャットダウンする方法が何もないというのは変だろうが」

「もちろんあるよ。プロジェクト終了コードがある。しかし、私はそれを知らない」

放射能のせいか、抗放射能薬のせいか、おれは急に疲労を覚え、疲れた眼でハンドを見つめた。前夜ターニャ・ワルダーニがスジアディに食ってかかって繰り広げた長広舌のようなもの以外、言うべきことばを何ひとつ思いつかなかった。息の無駄づかい。こういう輩とは話はできない。軍人や会社の重役や政治家とは。できるのはただひとつ、殺すことだけだ。それが事態を好転させることはめったになくても。こいつらは自分のクソをあとに残してほかのやつにその始末をさせる。

ハンドが咳払いをして言った。「運がよければ、われわれはあれがかなり進化するまえにここから出られるだろう」

「それはヴードゥーのゲーデがわれわれの側についてくれていたらってことか？」

彼は笑みを浮かべた。「そう思いたいのであればそう思ってくれてもいい」

「ハンド、あんたはほんとうはくそゲーデなんか毛の先ほども信じてないのさ」

第三部　阻害要因　　　　320

笑みが消えた。「私が何を信じているかなどどうしてきみにわかる?」

「OPERNS。SUS－L。あんたは頭文字をよく知ってる。あんたはコンストラクトによってわかった結果も知ってる。このくそプログラムのハードウェアのこともソフトウェアのことも知ってる。だから、ナノテクのことでカレラから警告を受けてもまばたきひとつしなかった。なのにいきなり怒り、怯えはじめた。こっちとしちゃ、何かおかしいと思うのが当然だろうが」

「それは残念だ」と言ってハンドは立ち上がりかけた。「きみに話そうと思ったことはもうすべて話した」

おれは彼よりさきに立ち上がり、右手のインターフェース銃を抜いた。それはおれから何か摂取でもするかのようにぴたりとおれの手のひらに吸いついた。

「坐れ」

彼は自分に向けられた銃を見て――

「馬鹿な真似を――」

――おれの顔を見た。最後まで言うことはできなかった。

「坐れ」

彼は慎重にまたベッドに腰をおろした。「私に危害を加えたりしたら、きみは何もかも失うことになる。ラティマーでつかえる金もオフワールドへの航行チケットも――」

「あんたの今の口ぶりからすると、どっちみちおれが金を手にすることはなさそうな気がする」

「私はバックアップされてる。だから、私を殺してもただ弾丸《たま》を無駄にするだけのことだ、コヴァッチ。私はランドフォールで再スリーヴされて――」

「腹を撃たれたことはあるか?」

彼はおれの眼を見すえ、口を閉じた。

「この銃には高衝撃破片弾を装塡してある。至近距離用のものだ。これがデングの手下にどういうことをしたか。それはあんたも知ってるよな。ひとかたまりで体内にはいったあと、単分子の破片になって体外に飛び出す。腹を撃てば死ぬのに丸一日かかる。どんなストックが用意されてるにしろ、今言った体験をここでするのはあんただ。おれ自身、一度そういう死に方をしたことがあるが、言っておくよ、それはおよそ理想的な死に方とは言えない」

「きみがこんなことをしてもスジアディが――」

「スジアディはおれに命じられたことをするだろう。ほかのみんなもな。さっきのミーティングであんたに友達はひとりもできなかった。彼らもおれと変わらない。あんたの進化ナノーブに殺されたいなんて誰も思ってない。だから、おれとしてはこのことについてはもっと文明的なやり方でけりをつけたいんだがな」

彼はおれの眼と態度からおれの意思を探っていた。彼が外交的心理感覚能力や状況測定の熟練した技術を持っている可能性は高かった。しかし、エンヴォイはたいていの企業のバイオウェアを欺く能力を持っている。エンヴォイには偽物の信念から純粋な感情をつくりだすことができる。だから、この時点でもおれ自身にもハンドを撃つことになるのかどうか判然としなかった。

彼はそんなおれのほんとうの意思を読んだようだった。あるいは何かが動いた。そんな一瞬があったことが彼の表情からわかった。おれはスマート・ガンの銃身を立てた。どっちに転ぶかまったくわからなかった。こういうことはしょっちゅうだ。それがエンヴォイでいるということだ。

「これはここだけの話だ」とハンドは言った。「ほかのメンバーにもSUS－Lの話はする。しかし、それ以外はきみと私とのあいだだけのことにとどめておいてほしい。みんなに知らせることは逆効果になるから」

おれは片方の眉をもたげた。「それほどひどいのか?」

「どうやら」と彼はおもむろに言った。ことばそのものにいやな味でもついているかのように。「私は拡張しすぎたようだ。われわれははめられた」

「誰に?」

「きみは知らないと思う。ライヴァルだ」

おれも坐って訊き返した。「ほかの企業ということか?」

彼は首を振った。「オパーンズはマンドレーク社のパッケージだ。もともとはフリーランスのSUS－Lの専門家から買ったものだが、プロジェクトはマンドレーク社の独占で、その機密が外に洩れたとは考えられない。われわれをはめたのはマンドレーク社内のほかの重役だ。社内での地位争いをしている私の同僚だ」

最後のことばはまるで唾のように口から吐かれた。

「そういう同僚が大勢いるのか?」

彼はしかめっつらをした。「マンドレーク社にいて友達をつくるなどというのは無理な算段だ、コヴァッチ。ペイするあいだは同僚もバックアップしてくれる。そこを超えて彼らを信用してしまったら、もうその時点で死んだも同然だ。テリトリーの問題で、私はどうやら計算ミスを犯したようだ」

「つまりあんたをここから帰れなくするためにあんたの同僚がオパーンズを展開させたということか? それはまたなんとも企業人として近視眼的な発想だな、ええ? そもそもあんたがなんでここにいるのかを考えたら」

ハンドは両手を広げた。「彼らはどうしてわれわれがここにいるのか知らない。このプロジェクトに関するマンドレーク社のスタックのデータには厳重な封がされていて、それにアクセスできるのは私だけだ。そもそも私がここにいること自体知ろうとするだけで、持てる縁故を最大限利用して、しかもかなりのコストをかけなければならない」

「それでも、あんたがここにいることをあんたのライヴァルは突き止めた……」

ハンドはうなずいて言った。「ああ」

ハンドがここで腹に弾丸《たま》を食らいたくない理由がほかにもあることがおれにはわかった。おれは自分の読みを訂正した。ハンドはさっきおれの脅しに屈したわけではなかった。計算していたのだ。

「だったら、あんたのクローンはどれほど安全に保管されてるんだ？」

「マンドレーク社外からの脅威に対してはまったく問題はないだろう。しかし、社内の脅威となると……」彼は自分の手を見た。「なんとも言えない。われわれは急いで社を出た。保安コードは比較的古いものだ。時間さえあれば……」

彼は肩をすくめて言った。

「時間というものはいつでも何より重要になる」

「おれたちはいつでも引き返せる」とおれは言った。「カレラの進入コードを使えばいい」

ハンドはこわばった笑みを浮かべて言った。

「カレラがどうしてわれわれにコードを与えてくれたと思う？　実験ナノテクはカルテルの議定書によって封印されてる。それを展開させたということは、私の敵は戦争会議にコネのあるやつということだ。ということは、当然カレラの委任コードにもアクセスできるやつということだ。カレラのことは忘れたほうがいい。カレラは敵のポケットの中だ。コードを与えてくれたときにはまだそうじゃなかったかもしれないが、今はもう与えられたコードは迎撃ミサイルのタグ付きコードだと思ったほうがいい」ハンドはまたこわばった笑みを浮かべた。「機甲部隊は狙った獲物はまずはずさないんじゃないのか?」

「ああ」とおれはうなずいて言った。「ああ、まずはずさない」

「さて」ハンドは立ち上がると、ベッドの反対側の窓フラップのあるところまで歩いた。「これできみはすべて知ったことになる。満足かな?」

おれは言われたことを反芻した。

「ということは、あんたが五体満足でここから出ていける唯一の道は……」

「そうだ」彼は窓の外を見たまま言った。「われわれが見つけたものの詳細を伝え、それらにマンドレーク社の所有物であることを示す続き番号のタグをつけること。それ以外に、この異教徒に勝てるほど有利な状態でゲームに復帰する道はない」

おれはさらに坐りつづけた。が、彼にはもうこれ以上話をするつもりはないようだった。おれは立って戸口に向かった。彼はそれでもおれのほうを見ようとはしなかった。そんな彼の顔を見ていると、思いがけずおれは彼に同情を覚えた。計算ちがいというのはどんなものか、おれもよく知っていたからだ。

戸口でおれは立ち止まった。

「なんだね?」と彼は言った。

「祈りを唱えたらどうだ?」とおれは彼に言った。「それで少しは気分が楽になるかもしれない」

第二十三章

ワルダーニは猛烈に仕事をしていた。

幾重にも重なったゲートの無感動な層にアタックしていた、狂ったようになって。何時間もゲートのまえに坐り込んで、テクノグリフをスケッチし、それらの関連性を計算しては、テクノグリフを鈍い灰色のインスタント・アクセス・データチップにしていた。まるでテトラメスでハイになって演奏するジャズ・ピアニストのように。そして、それを整理し、ゲートのまわりに並べたいくつものシンセサイザーにテクノグリフをかけ、彼女が押しつけたプロトコルに反発するホログラフのスパークがコントロール・ボードに現われるのを見ていた。自分を抱きかかえるようにきつく腕を組んで。何か手がかりはないかと、四十七のモニターに映し出されるゲート上のテクノグリフの微々たる反応に時折眼をやりながら。それでも、テクノグリフから理に適《かな》った反応はなかなか返ってこず、それがわかると、ノートを集め、浜辺を走ってバブルファブに戻り、また最初からやり直すということを繰り返していた。

彼女が彼女のラボにいるときには、おれは邪魔にならないように見晴らしの利くナギニ号の積み降ろしハッチからバブルファブのフラップ越しに、背中をまるめた彼女の姿を見守った。ニューラケムで視野を望遠にすると、スケッチボードやチップローダー・デッキに向かって一心不乱に作業をしている彼女のイメージが見えた。彼女が洞窟に行ったときには、バブルファブの床に捨てられたテクノグリフのスケッチの山の中からモニターを通して彼女を見守った。

彼女は髪をきつくうしろに引っつめていたが、たいてい一房か二房額に垂れていて、横にも垂れているのを見るたび、それをきちんともとの場所に戻してやりたい衝動に駆られた。

彼女の仕事を見ていると、仕事が彼女に及ぼしている影響も容易に見て取れた。

歩哨システム・ボードはスンとハンセンが交替で見ていた。

スジアディはワルダーニがそこで働いていようとなかろうと、洞窟の入口を見ていた。

ほかのメンバーは通信妨害波が出ているものの、どうにか見られるブロードキャストを見ていた。見られるときにはケンプ軍のプロパガンダ・チャンネルを見ていた。笑いを求めて。それが見られないときには政府のプログラムを見ていた。ケンプ軍の人間が映ると嘲り、画面に向けて銃を撃つ恰好をし、ラピニーの徴兵ソングが流れると、拍手を送り、シュプレヒコールを繰り返した。それがいつからか、反応の色合いがぼやけて皮肉モードになり、ケンプもラピニーもファンレターを受け取るようになった。ドゥプレとクルイックシャンクはラピニーが登場するたびに皮肉なジョークを言い合い、全員がケンプのイデオロギー・スピーチを覚え、ボディ・ランゲージとデマゴーグ・ジェスチャーを交えて一緒に唱えるようになった。要するに誰もが笑いを必要としていたのだろう。ジャンでさえ時々青白いはかない笑みを浮かべていた。

ハンドは南東の海を見ていた。

おれは時々夜空を見上げ、星の光が広がるのを見て、いったい誰がおれたちを見ているのだろうと思った。

二日が経ち、歩哨システムがナノーブ・コロニーに最初の血をもたらした。

システムの超振動砲が作動したとき、おれは朝食を吐いていた。それでも波動が骨とみぞおちのあたりに感じられた。嘔吐をしているときにそういう波動を感じてもなんの助けにもならない。間隔をあけて波動は三回あった。それで終わった。

おれは口を拭い、バスルーム・スペースの処理ボタンを叩き、浜辺に出た。空は水平線までべたっと貼りついたような灰色で、ソーバーヴィルからまだしつこく立ち昇っている煙がその一面の灰色を汚していた。ほかに煙はなかった。歩哨システムのダメージを示唆するようなきらめきも炎も見えなかった。クルイックシャンクが外に出ていた。サンジェット銃をいつでも発射できる状態にして丘のほうに向けていた。おれは彼女がいるところまで歩いた。

「あんたも感じた?」

「ああ」おれは砂浜に唾を吐いた。頭がまだずきずきしていた。吐いたせいか、それとも超振動砲の波動のせいか。「これはつまり交戦状態になったということかな」

彼女は横目でおれを見た。「あんた、大丈夫?」

「吐いたんだ。そんな顔をしないでくれ。二、三日すればきみも同じようになる」

「どうも」

下腹に響くような波動がまたあった。今度はさきほどより長く続いた。体内にはいり込んできた。発砲で広がった付随波動だ。超振動砲が発射されて狭帯域で起こる反跳。おれは歯を食いしばり、眼を閉じた。

「今のが本番だね」とクルイックシャンクは言った。「最初の三発は追跡弾で、今ので標的をとらえた」

「すばらしい」

波動が体の中から出ていった。おれは体を折り曲げ、鼻の奥につまっている吐物の小さな塊を出そうとした。クルイックシャンクがもの珍しそうにのぞき込んできた。

「気になるか？」

「おっと失礼」彼女は顔をそらした。

おれはもう一方の鼻の穴もすっきりさせ、唾を吐き、水平線を探した。まだ何も見えなかった。足元に吐き出した反吐《へど》には血が交じっていた。何かがばらばらになっていく感覚があった。くそ。

「スジアディは？」

彼女はナギニ号のほうを指差した。クランク式の可動タラップが船体の鼻づらの下に出されており、スジアディがハンセンと一緒に立っていた。ナギニ号の前方砲列を見ながら何やら話し合っていた。その近くの浜辺の低い小砂丘にフォンサヴァートがいた。砂地に坐り込んで見ていた。ドゥプレとスンとジャンはナギニ号の調理室でまだ朝食を食べているのだろう。それとも何かほかに暇つぶしを見つけたか。

クルイックシャンクは手を眼の上にかざして、タラップのふたりを見ながら考える顔つきで言った。

「われらが隊長はこのときを待ちかねてたんだろうね。ここに来てから毎日あの砲列を磨いてたくらいだもの。見て、彼、笑ってる」

おれは吐き気の波を乗り越えながらタラップのほうに向かった。スジアディはおれが近づいてきたのに気づくと、タラップの隅に腰をおろした。クルイックシャンクが言った笑みはもう消えていた。

「どうやらおれたちの持ち時間は尽きたようだな」と彼は言った。

「いや、まだだ。ハンドはあのナノーブが超振動砲に適切な反応をするようになるには何日かかかると言ってた。だからまだ時間はある」

「だったら、あんたのお友達の考古学者も同じように進歩してくれるのを祈ろう。最近彼女と話したか?」

「そんなやつが誰かいるのか?」

スジアディは顔をしかめた。ワルダーニはオパーン・システムのことが明らかになってから、あまり話しやすい相手ではなくなっていた。食事のときもただ黙々と食べ、食べおえるとすぐに席を立ち、誰かが話しかけようとしても単音節の返事しか返さなくなっていた。

「現状報告が聞ければと思ったんだがな」とスジアディは言った。

「ああ、様子を見てくる」

おれは浜辺に向かった。クルイックシャンクのまえを通り、通りすがりに彼女に教わったリモン式の握手を交わした。それはとっさの反応だった。が、自然と笑みが浮かび、気分の悪さが幾分和らいだ。これまたエンヴォイで教わったことだ。反射的行動というのは奇妙なもので、心の深い部分に触れることがある。

「ちょっと話せる?」見晴らしのいい小丘の上まで行くと、フォンサヴァートが言った。

「ああ。すぐ戻る。さきにちょっと煮詰まっちまってるわれらが女同志の様子を見てくる」

そんなことを言っても笑みは返ってこなかった。

ワルダーニは洞窟の脇に置いたラウンジチェアにぐったりとなって坐り、ゲートを睨んでいた。彼女の頭上に広げられた金線細工のようなスクリーンではプレーバック映像がちらちらと光っていた。彼女の脇のデータコイルは片づけられ、くずデータが最小化されたまま、コイルの左上の隅でむなしい螺旋を描いていた。それは珍しい設定だった。たいてい人は使いおえると、プロジェクションの表面からデータのくずを消し、ディスプレーもシャットダウンする。もっとも、どちらにしろ、それは机の上を腕で払い、そこにあったものをすべて床に落とすのと同じ行為に変わりはないが。モニターを通して、おれは彼女が今と同じことをするのを何度か見ていた。苛立ったジェスチャーながら、データをディスプレーの上方に押しやるのはどこかしら優雅な動作に見え、実はちょっと気に入っていた。

「わかりきった質問はされたくないんだけど」と彼女は言った。

「ナノーブが動きだした」

彼女はうなずいて言った。「ええ、それは感じた。これでわたしたちにはあと何日残されたことになるの、三日か四日？」

「長くて四日だとハンドは言ってる。だからまだプレッシャーを感じる必要はない」

その台詞でどうにか笑みを獲得できた。なんとも弱々しい笑みだったが、それでもウォーミングアップにはなった。

「なんとかなりそうか？」

「それはわかりきった質問よ、コヴァッチ」

「すまん」おれは収納ケースを見つけて、その上に腰かけた。「スジアディはもう落ち着かなくなってる。パラメーターを求めてる」

「わたしとしてはいつまでもだらだらしてないで、一気にゲートを開けちゃえばいいのかもね」

今度はおれのほうが弱々しい笑みを浮かべた。「それはそれでいいかもしれない、ああ」

沈黙ができた。おれはゲートにだけ注意を向けた。

「そこにあるのよ」と彼女がつぶやくように言った。「波長は合ってる。音と像のテクノグリフもまちがってない。数字も正しい。もちろん、わたしに理解できてる範囲内でということだけど。わかるかぎり、起こるべきことの確証は得られた。覚えていることにかぎりなく近いことができた。だから、これで絶対まちがいがないはずなのよ。なのに何かがちがう。何かを忘れてるのよ。このまえはわかってい
た何かを」彼女の顔がゆがんだ。「その何かがわたしの中から出ていってしまった」

最後のことばにはヒステリックな響きがあった。戻らない記憶に対するどうにもならない苛立ちがあった。おれは試しに言ってみた。

「誰かがおれたちよりさきに来てたとしたら、そいつがセッティングを変えてしまったということは考えられないかな？」

彼女はすぐには何も言わなかった。おれは待った。ようやく彼女は顔を起こして言った。

「ありがとう」と彼女は皮肉っぽく言って咳払いをした。「つまり、あなたはそれだけわたしを信用してくれてるってことよね。でも、いい？　そういうことは考えられない。百万にひとつの可能性もない。そうじゃない。わたしは何かを忘れてるのよ。それはもうまちがいない」

「百万にひとつでも可能性はないわけじゃない、だろ？」

「ええ、可能性はないわけじゃないわ、コヴァッチ。どんなことにもね。でも、現実的に考えてありえない。どんな人類にもそんなことはできない」

「でも、その人類が一度は開けたわけだろうが」とおれは言った。

「ええ、そうよ、コヴァッチ。うしろ足で立って充分背を伸ばせば、犬にも開けられる。でも、犬がドアの掛け金をはずしてまた閉めるところをあなたが最後に見たのはいつ？」

「わかった」

「能力の問題がある。火星人のテクノロジーに関してわたしたちが学んできたことはすべて——宇宙航行チャートを読むことにしろ、ストーム・シェルターを作動させることにしろ、ヌクルマーズ・ランド

で発見されたあのメトロ・システムを動かすことにしろ――それらは通常の火星人の大人なら寝ていてもできることよ。つまり、基本テクノロジーね。車を運転したり、家に住んだりするのと変わらない。これは」彼女は彼女の機材のバッテリーの反対側にある湾曲した尖塔を手で示した。「これはそんな彼らにしても文明の頂点にあるようなものよ。三十以上の世界をこれまで五百年も掘り返してきて初めて見つかったただひとつのものよ」

「もしかしたら、おれたちは見るべきところをまちがえてるのかもしれない。〝繊細な回路を足の下に踏みつけながら、プラスティックのパッケージをいじりまわしている〟のかもしれない」

彼女は鋭い視線をおれに向けた。「誰なの、あなた？　ワイチンスキに改宗したの？」

「おれもランドフォールで少しは勉強をしたのさ。ワイチンスキの後期の研究論文のコピーを手に入れるのは簡単じゃなかったが。それでもマンドレーク社には幅広いデータスタックがあった。で、おれが読んだかぎり、ワイチンスキはひとつはっきりとした確信を持っていた。つまり、ギルドのサーチ・プロトコルは何もかもでたらめだということだ」

「それを書いた頃には彼はもう相当ギルドにいやな思いをさせられていた。昨日まではギルドのお墨付きをもらった夢想家だったのが、今日からはパージされた反体制派にされるというのは、誰にとっても愉しい経験とは言えない。でしょ？」

「しかし、彼はゲートの存在を予測していた。ちがうか？」

「それはもう確信さえ持っていた。そのことは彼のチームがブラッドベリで回収したものに関する資料からもうかがえる。〝ステップ・ビヨンド〟と呼ばれるものに関する言及がそうよ。ギルドはそれをハイパーキャスト・テクノロジーに関する叙情詩人の考えだと解釈した。つまるところ、当時、われわれは自分たちが何を読んでるのかもわかってなかったのよ。叙事詩なのか天気予報なのかも。どれもみんな同じに見えて、ギルドはわたしたちがきわめておおざっぱで基本的な解読さえしていればそれで満足してたのよ。だから、ハイパーキャスターの翻訳としての〝ステップ・ビヨンド〟も無知の産物でしかなかった。それがわれわれの誰も見たことのないテクノロジーを意味していたとしても、誰にも利用することのできないものだった」

波動が洞窟にまで及んできた。間に合わせの突っ張り越しに細かい岩屑が落ちてきた。ワルダーニが上を見上げて言った。

「おっと」

「ああ、眼は離さないほうがいいようだ。ハンセンとスンを信じれば、外縁部の歩哨システムからかなり中にはいった反響でも大丈夫ということだが、でも」おれは肩をすくめた。「ふたりとも少なくとも過去に致命的なまちがいを犯してここにいるわけだからな。タラップを持ってきて洞窟の天井をチェックしておこう。きみがゲートを開けたとたんに岩盤が落っこちてきたりしないように」

「どうも」

おれはまた肩をすくめた。「みんなの利益となることだから」

「そういう意味で言ったんじゃない」

「ああ」おれはなんだか自分が急に不器用な人間になったような気がして手振りを交えて言った。「きみは一度これを開けてるわけだ。だから必ずまたできる。ただ時間の問題だ」

「その時間がわたしたちにはあまりない」

「教えてくれ」おれは彼女の声にふさぎの虫の声を聞き取り、その声を消し去る方法を探して言った。「火星人の文明にしてもこれが頂点を示すものだとしたら、そもそもどうしてきみたちにゲートを開けることができたんだ？　つまりおれが言いたいのは……？」

おれはそこまで言って訴えるように手を上げた。

彼女はまた疲れた笑みを浮かべた。おれはふと思った。現時点で彼女は放射能と化学物質の戦いにどれほど痛めつけられているのか。

「あなたはまだわかってないのね、コヴァッチ。わたしたちは人類に関して話してるんじゃないのよ。火星人はわたしたちと同じ思考回路を持っていなかった。ワイチンスキはそれを〝剝離した民主的なテクノアクセス〟と呼んだ。ストーム・シェルターがいい例よ。要は誰でもそれにアクセスできるってこと――もちろん誰でもというのは火星人のことだけど。だって、自分たちの種《しゅ》がアクセスするのに苦労するようじゃ、テクノロジーを築くことにどんな意味がある？」

「なるほど。それはわれわれ人類にはない思考回路だ」

「それがそもそもワイチンスキがギルドとうまくいかなくなった理由のひとつよ。彼はストーム・シェルターに関する論文を書いた。シェルターの背後にある科学はきわめて複雑だけれど、シェルターそのものはそんなことがなんの支障にもならないようにつくられてる。コントロール・システムなんかわれわれ人類でさえ操作できるほど単純化されている。ワイチンスキはそれが火星人の種《しゅ》としての統一性と協力性を何より物語っていると言った。だから、火星文明は植民地戦争で自らの絶対権を争って自己崩壊したなんていう説はまったくのたわごとだってね」

「でも、彼は口を閉ざすべきときを知らなかった。そういうことか？」

「まあ、それはひとつの見方ね」

「だったら火星人は何と戦ってたと彼は言ってるんだ？　別な種との戦争だった？　おれたちがまだ出会ったことのない種との？」

ワルダーニは肩をすくめた。「そうなのか、それとも彼らはこの銀河系を出てどこかほかのところへ行ってしまったのか。どっちにしろ、ワイチンスキはそこのところまではきちんと説明しなかった。彼はどちらかといえば偶像破壊者だったのよ。自分の学説をより強固に構築することより、ギルドがすでに犯した過ちを糾弾するほうに関心があった」

「おれに言わせれば、あれほど頭のいい人間なのに驚くほど愚かなことをしたものだ」

「あるいは驚くほど勇敢なことをね」

「まあ、それもひとつの見方だな」

ワルダーニは首を振った。「なんであれ、要はわたしたちが発見して、理解できたテクノロジーは使えるということよ」彼女はゲートのまわりに並べた機材を手で示した。「わたしたちは、火星人の咽頭腺からの光と彼らがつくったとわたしたちが思う音から統合しなければならない。でも、それが理解できたら、これを動かすことができる。わたしたちは前回どうしてこのゲートを開くことができたのかってあなたはさっき訊いたけど、それはこれがそもそもそのようにつくられてるからよ。このゲートを抜ける必要のあった火星人には誰でも開けられるようにできてるからよ。つまり、これらの機材と時間さえあれば、わたしたちにも開けられるということよ」

彼女のことばは好戦的な火花を放っていた。また自信を取り戻したようだった。おれは黙ってうなずき、収納ケースからすべりおりた。

「行くの?」

「フォンサヴァートがおれに話があると言うんでね。何か要るものは?」

彼女は不思議そうな顔でおれを見た。「別にないけど。でも、ありがとう」そう言ってラウンジチェアの上でいくらか姿勢を正した。「もう少しここでシーケンスを試してから、食事に戻るわ」

「わかった。じゃあそのときにまた。そうだ」おれは立ち止まって言った。「スジアディにはなんて言えばいい？　何か言ってやらないと」

「二日以内には開けられる。そう言っといて」

「ほんとうに？」

彼女は微笑んだ。「いいえ。たぶん無理ね。でも、彼にはそう言っといて」


ハンドは忙しくしていた。

バブルファブの彼のスペースには砂が撒かれ、それが複雑な紋様を描いていた。黒いろうそくの火が部屋の四隅にともされ、そのにおいと煙が漂っていた。ハンド自身は砂の紋様のひとつのへりにあぐらをかいて坐り、見るかぎりトランス状態にはいっていた。片手に銅のボウルを持ち、もう一方の手の親指からその中に血を垂らしていた。彫刻模様のある骨片がボウルの中心に置かれ、血が滴ったところだけ骨片の象牙色が赤く染まっていた。

「いったい何をやってるんだ、ハンド？」

トランス状態からいきなり戻されたハンドの顔が怒りにゆがんだ。

「誰も来させないように、スジアディに言っておいたんだがな」

「ああ、やつからはそう聞いたよ。なあ、いったい何をしてるんだ？」

返事はすぐには返ってこなかった。おれはハンドを読んだ。彼のボディ・ランゲージは暴力にきわめて近いところで揺れていた。おれのほうはそれで全然かまわなかった。ゆっくりと死んでいる今の自分がむず痒く、何かを傷つけたくてうずうずしていたから。二日ほどまえに彼に感じた同情心などもうとっくに蒸発していた。

彼もまたおれを読んだのだろう。螺旋を描くようにして左手をおろした。見ると、顔の緊張もかなり和らいでいた。ボウルを脇にやると、親指についている血を舐めた。

「別にきみの理解を得ようとは思ってないよ、コヴァッチ」

「あてさせてくれ」おれは四隅のろうそくを見まわした。そのにおいは暗くて無味乾燥だった。「あんたはおれたちをこの窮状から救い出すために超自然的な力を呼び出そうとしてた」

彼は立ち上がることもなく、うしろに手を伸ばして一番近くにあったろうそくのにおいを嗅いだ。またマンドレーク社の重役の顔になっていた。「いつものことながら、コヴァッチ」声も普段のそれに戻っていた。「きみはチンパンジー部隊の感受性でもって、自分が理解できないものにアプローチしようとする。霊の王国との関係はどんなものも実りあるものだとすれば、どのような場合にも敬意が払われてしかるべき儀式というものがある。今はそれだけ言っておいてあげよう」

「それはおれにも理解できなくはない。いや、ほぼ理解してると言ってもいい。あんたは報酬システムのことを話してるのさ。埋め合わせシステムといってもいい。つまりちょっとばかりの血で、多大な好意を得ようというわけだからな。なんとも商業的なことだ。あるいは企業的か」

「私になんの用だ、コヴァッチ？」

「まじないの話なんかじゃなく、あんたと知的な会話がしたい。外で待ってる」

おれはフラップを押して外に出た。自分の手が小刻みに震えているのに気づいて驚いた。手のひらに埋め込んだプレートのバイオ回路からの制御不能フィードバックのせいだ。ひどいときにはそれがドッグレースの犬並みに落ち着きをなくし、自分の保全状態を侵すものに対して強く反発するようになる。おそらく体のほかの部分同様、放射能への対応がうまくいっていないのだろう。

ハンドが焚いていた香のにおいが濡れた布のように咽喉《のど》の上部に貼りついていた。おれは咳をした。こめかみがずきずきと痛んだ。顔をしかめ、チンパンジーの吠え声のような声をあげた。腋の下を掻いた。もう一度咳払いをし、そのあと咳き込んだ。ミーティング用テーブルのまわりに並べられた椅子のひとつに坐り、手を確かめた。どうやら震えは収まったようだった。

　ハンドがあれこれ片づけて出てくるのには五分ほど要した。出てきた彼はおれたちがキャンプで見慣れているマルシアス・ハンドの有能版だった。両眼の下には青いしみが浮かび、肌の色は透き通るほど青白く灰色がかってもいたが、死にかけている人間の眼に現われる放射能の影響は見られなかった。それをしっかりと内に閉ざしていた。ただ、差し迫った死を本人が自覚していることは見て取れた。エンヴォイで訓練を受けた眼で探せば。

「きわめて重要な話なんだろうね、コヴァッチ」

「いや、おれとしては重要でないことを祈りたい。さっきフォンサヴァートから聞いたんだが、ナギニ号のモニタリング・システムがゆうべシャットダウンしたそうだ」

「なんだって？」

　おれはうなずいて言った。「ああ。時間にすれば五分か六分程度のことだったようだが。シャットダウンさせるのはむずかしいことじゃないそうだ。これは標準的な検査の一環だとシステムを納得させればいいそうだ。だからアラームは作動しなかった」

「ダンバラー（ヴードゥーの豊穣の神）」彼は浜辺を見た。「このことはほかに誰が知ってる？」

「あんたとおれ、それにフォンサヴァートだけだ。彼女はおれに言い、おれはあんたに言った。あんたはゲーデに言えばいい。ゲーデならなんとかしてくれるかもしれない」

「そういう話はもうやめてもらいたい、コヴァッチ」

「いずれにしろ、決断はあんたにしてもらわなきゃならない、ハンド。フォンサヴァートはシロだろう。そうでなきゃ、わざわざこんなことをおれに言うわけがない。おれも自分がシロだということはわかってる。あんたもたぶんそうだろう。それ以外に絶対信用できるやつは残念ながらひとりもいない」

「フォンサヴァートは船をチェックしたのか？」

「離陸しないでできるチェックはできるかぎりやったそうだが、積んである機材のことが気になる」

ハンドは眼を閉じて言った。「ああ、すばらしい」

おれのことばづかいがハンドにも伝染したようだ。

「保安対策として、おれはあんたとおれを乗せて飛ぶようにフォンサヴァートに言っておいた。表向きはナノサイズのわれらが友を偵察するということで。で、おれたちが積み荷の検査をしてるあいだに彼女にはシステム・チェックをしてもらう。今日の午後遅くにでもやろう。ナノサイズの偵察としてはそれぐらい時間をあけたほうがもっともらしいから」

「わかった」

「あんたもこういうやつをひとつ隠し持つことを勧めるね」おれはフォンサヴァートからもらったコンパクト・スタンガンを見せた。「なかなかかわいいだろ、ええ？　海軍の官給品のようだ。ナギ二号のコックピットの救急箱の中にはいってたそうだ。まあ、搭乗兵が反乱でも起こしたときの用心のためだったんだろう。こういうやつならあんたがトチ狂って相手をまちがえて撃っても、最悪の事態だけは避けられる」

彼はスタンガンに手を伸ばした。

「おっと。自分のは自分で調達してくれ」おれは小さな武器をジャケットのポケットに戻した。「フォンサヴァートに言うといい。彼女は武器の宝庫だから。とにかく、何かが起こるまえにそれを未然に防ぐ。おれたち三人で」

「ああ、わかった」彼はまた眼を閉じると、人差し指と親指で目頭を押さえた。「そうしよう」

「ああ。おれたちにゲートを抜けさせたがってないやつがいる。そうとしか思えない。もしかしたら、あんたは見当ちがいの相手に腹を立てていたのかもしれないぜ」
超振動砲からまた一発撃たれた気配が外から伝わってきた。

（下巻に続く）

■著者紹介

リチャード・モーガン（Richard Morgan）

1965年、ロンドン生まれ。処女作の『オルタード・カーボン』でフィリップ・K・ディック賞受賞。著書に『ウォークン・フュアリーズ 』（パンローリングより近刊）、『Market Forces』（ジョン・W・キャンベル記念賞受賞）、『Thirteen』（アーサー・C・クラーク賞受賞）、『The Steel Remains』『The Cold Commands』『The Dark Defiles』などがある。イギリス在住。

■訳者紹介

田口俊樹（たぐち・としき）

1950年奈良市生まれ。早稲田大学英文科卒。『ミステリマガジン』で翻訳家デビュー。訳書にローレンス・ブロック『八百万の死にざま』（ハヤカワ・ミステリ文庫）、ジョン・ル・カレ『パナマの仕立屋』（集英社）、トム・ロブ・スミス『チャイルド44』（新潮文庫）、リチャード・モーガン『オルタード・カーボン』『ウォークン・フュアリーズ』、ドン・ウィンズロウ『ザ・ボーダー』（ハーパーBOOKS）など多数。

本書は『ブロークン・エンジェル』（2007年4月、アスペクト）を新装改訂したものです。

2019年12月2日 初版第1刷発行

フェニックスシリーズ ⑼

ブロークン・エンジェル 上

著　者　リチャード・モーガン
訳　者　田口俊樹
発行者　後藤康徳
発行所　パンローリング株式会社
〒160-0023　東京都新宿区西新宿 7-9-18　6階
TEL 03-5386-7391　FAX 03-5386-7393
http://www.panrolling.com/
E-mail　info@panrolling.com
装　丁　パンローリング装丁室
印刷·製本　株式会社シナノ

ISBN978-4-7759-4218-5